中山出版
ZHONGSHAN PUBLISHING
香山承文脉 好书读百年

中国翠亨

解析名人故里的文化符码

Cuiheng China,
the Cultural Code of Celebrities' Hometown

郑万里 著

SPM 南方传媒 | 广东人民出版社

·广州·

图书在版编目（CIP）数据
中国翠亨 ：解析名人故里的文化符码 / 郑万里著.
广州 ：广东人民出版社， 2024. 8. -- ISBN 978-7-218
-17918-6
Ⅰ. I25
中国国家版本馆CIP数据核字第2024T8Y146号

ZHONGGUO CUIHENG : JIEXI MINGREN GULI DE WENHUA FUMA
中国翠亨：解析名人故里的文化符码
郑万里 著

出 版 人：肖风华

责任编辑：廖智聪 吴嘉文
装帧设计：陈宝玉
责任技编：吴彦斌

统 筹：广东人民出版社中山出版有限公司
执 行：王 忠
地 址：广东省中山市中山五路1号中山日报社13楼（邮政编码：528403）
电 话：（0760）89882926 （0760）89882925

出版发行：广东人民出版社
地 址：广东省广州市越秀区大沙头四马路10号（邮政编码：510199）
电 话：（020）85716809（总编室）
传 真：（020）83289585
网 址：http://www.gdpph.com
印 刷：广东信源文化科技有限公司
开 本：787mm×1092mm 1/16
印 张：17.75 字 数：222千
版 次：2024年8月第1版
印 次：2024年8月第1次印刷
定 价：88.00元

如发现印装质量问题，影响阅读，请与出版社（0760-89882925）联系调换。
售书热线：0760－89882925

书写是一种审美之旅
——自序

坐落于山水之间的翠亨村，如今的身份更加显赫了。

她是咸淡水文化的融点，华侨华人文化的亮点，世纪伟人孙中山的起点，近代中国历史进程的兴奋点。

可以这样说，翠亨与中国近代史千丝万缕的关系，是中国百万村庄难以比拟的。无疑，它是中国最厚重、最负盛名的文化地标之一。

能为这样一座村庄著书立说是荣幸的。它让我真切地走进中国近代波澜壮阔的历史，进一步认识了驾驭时代风云的孙中山、陆皓东、杨鹤龄、杨心如、杨殷，以及为中华民族的崛起与复兴付出生命代价的翠亨儿女，他们用鲜血书写了伟大祖国的苍翠亨达。

为着他们的宏愿，我为这部书取名《中国翠亨》。

就文学而言，穿越历史是为了完成一次审美之旅。因为被历史掩埋的时空里隐藏着太多金光闪耀的宝藏，作家必须用审美的眼睛去发现它、重塑它，让它成为人类前行的路标。

有人说，欣赏是与历史对话的最佳方式，这话有些道理。康德认为，“历史是大自然一幕隐蔽计划的实现”。它宛如一部神秘而厚重的连续剧，无论如何，躬身掸靴是必须的。

这大概就是我书写翠亨村的初衷吧！

据此，我对莫言所说“文学从来就不是唱赞歌的工具”不以为然，这话太绝对了。难道文学是抹黑的工具？好像也不对。还是老人家说得好："百花齐放，百家争鸣。"唱赞歌的作品有优有劣，不唱赞歌的作品同样有优有劣。可见，唱不唱赞歌不是评价文学的标准。

文学毕竟是人类前行的啦啦队，应该在百家争鸣中唱出希望和力量，而不是低吟灰心丧气的挽歌。文学是一项主观意识很强的创作活动，对待同一事物，一百个作家有一百种看法，这才是百花齐放。一棍子打下去，只剩下"蜣螂虫"了，这是文学氛围吗？

人世间，真善美是主流，假丑恶是小支流。

任何作品都应是歌颂真善美，鞭挞假丑恶的。尤其是纪实类文学，它起之于真，求之于真，归之于真。真——成了纪实类文学的重要标志，这不仅体现在事实判断的真，也体现在价值判断的真。《中国翠亨》尝试着将价值判断融入事实判断之中，企图在历史生态链中构建一个文学的"小木屋"，让它成为"历史珍珠"的纪念馆，为后来者提供一些赏心悦目的参考物。

事实判断说到底是一种系统性认知。我们的世界可以用系统的概念来描述和解释。世界是普遍联系的，事物也是普遍联系的。格式塔心理学有一句格言："整体多于它的部分之和。"它告诫我们，认识客观世界需要一个系统的概念和模式。这种思维方式就叫系统世界观。

《中国翠亨》的事实认知，是一项艰巨而庞大的任务，它涉及遥远的时空和众多的人物事件，作家的抵达变得困难重重。好在当今世界是一个"地球村"，便利的网络将我们的触角延伸到需要抵达的任何历史场域，这对事实的发掘与甄别起到很好的辅助作用。纪实类文学强调抵达，事实的认知需要抵达，应该说，抵达是纪实类文学创作的基本要求。但是，抵达不只是身体的在场，尤其是历史题材的抵达，新认知和新价值的抵达似乎比身体的抵达更重要，原因是我们已经无法穿越到那个曾经鲜活的历史场域。我们对历史的认知大都是间接的，但间接的认知不等于没有抵达，因为历史时空是昨天、今天和明天的连续，这个完整的时空链就是一个完整的信息链。我们抓住这个时空链就抓住了历史真实。

而体现历史真实的是思想。它是新认知和新价值的发现者与承载者，事实浩如烟海，深入其中捞取“历史珍珠”，需要一张疏而不漏的网，这张网就叫思想。它承载着我们对新认知和新价值的编码、重构、审视和追问等。作家能够在什么程度上认知事物的复杂性，新认知和新价值就能抵达什么深度。

从哲学意义上讲，深度是思想抵达真实的程度，而真实又造就典型的纯度。别林斯基认为：“典型性就是作家的徽章，在真正有才能的作家笔下，每个人物都是典型。”纪实类文学的典型性来源于生活，高于生活，是生活提纯之后的文学真实。

求新求真的过程，也是审美感知、审美体验、审美升华的过程。曾几何时，我们将真实与审美对立起来，认为真是客观存在，是隐藏在事物深处的金。而美则是一种无形的感受，说不清道不明。其实，真到纯净就是美，美到极致就是真，所以叫真美。它之所以不容易被人发现，就在于它是汗水浇灌的果实，是提纯之后的金。

实际上，一部优秀的纪实类文学作品应该是一个鲜活的生命体，它的骨血中交融了人与自然、人与社会、人与人的深度思考。而这种思考往往会导致一种解读空间的包容开放，从而便于人们在悦读中生成一种超乎寻常的审美体验。

《中国翠亨》能否达到这种境界，我对自己没有信心，好在我所书写的对象是翠亨村和孙中山、陆皓东、杨殷等时代骄子，他们自身的光辉就是最美的人类图景。

我们没有必要在英雄身上涂脂抹粉。

目　录

孙中山对陆皓东的牺牲痛惜不已，他回顾广州起义时说：“筹备甚周，声势颇众，本可一击而生绝大之影响。乃因运械不慎，致海关搜获手枪六百余杆，事机乃泄，而吾党健将陆皓东殉焉。此为中国有史以来为共和革命而牺牲者之第一人。”

他们是一代有信仰的人，当国家和民族处于危急时刻，毅然舍弃优渥的生活，踏入血雨腥风的民族解放运动中，甚至毁家舍业，直至献出生命。他们的初心就是让天下的劳苦大众都解放。为此，他们“朝闻道，夕死可矣”。

翠亨属下的石门九堡，是五桂山抗日烽火策源地，曾发生过 41 名村民被日、伪军活埋的石门九堡惨案，曾涌现出姐妹双双参加游击队、杨氏家族满门英烈、石门九堡遍地堡垒户的抗日和支前景象，仅抗日战争时期翠亨和石门就有 25 位烈士牺牲。

序章

故乡翠亨心中圣地

Prologue

Hometown Cuiheng, a Shrine in My Heart

孙穗英是中山先生的长孙女，刚出生即遭遇陈炯明炮轰总统府。在上海，她得到了宋庆龄的疼爱，后去美国留学，毕业于卫里斯莱大学，目前是孙中山家族中辈分最高的在世亲属。她始终认为，翠亨是自己心中的圣地。

又是一个草长莺飞的季节。

清晨，太阳带着清亮的光芒跃出地平线，广袤而肥沃的大地被温柔的阳光唤醒。五颜六色的花儿伸展着妩媚的腰肢，把整个田园装扮得如诗如画。燕子呢喃着穿梭于青稞之上，将大片的原野编织成春天的画幅。苍穹下，大朵大朵的白云尽情地嬉戏着，随轻风而流向远方……

这，就是我印象中的美国加利福尼亚州。

采访孙穗瑛就是在这个季节进行的。那是辛亥革命100周年前夕，中山日报社策划的“潮起东方”大型系列报道开启，我们沿着孙中山在海外发动革命的足迹，走访亚洲、美洲和欧洲的20多座城市，行程五万多公里，与200多位专家学者、辛亥革命名人后裔和侨领侨商共同回忆孙中山与华侨华人的精彩故事，追寻他在祖国危难之际纾舍大义的赤子情怀。

孙穗瑛就是我们采访的主要人物，她是世纪伟人孙中山的长孙女，在她身上凝结着太多孙氏家族的重要信息，是我们走进翠亨村解析其文化符码的一把钥匙。采访那天，加州的天气特别好，我们出了旧金山市区一直往南走，来到湾区的一个住宅小区，孙中山大哥孙眉的曾孙孙必兴就住在这里。为了我们采访方便，他特意从50公里外的硅谷将孙穗瑛接到自己家中。

孙穗瑛清癯而精干，穿一身黑色衣服，扎一条碎花丝巾，戴一顶毛线贝雷帽，看上去优雅知性，言谈举止慢条斯理，一副气定神闲的表情。见我们到来，她站起身与我们握手寒暄，看得出她对故乡来客十分热情。

孙必兴告诉我们："瑛姑已经很少抛头露面了，听闻家乡记者来访，很爽快就答应了。"

孙穗瑛笑着说："家乡来客，我没理由不接待啊！"

我们说明来意后，她很快就陷入了回忆之中……

鸟儿在窗外不停地鸣叫，犹如春的交响在小院萦绕。孙穗瑛全然未被窗外的动静打扰，一直在"翻箱倒柜"地搜寻着我们需要的信息。那是二次北伐时期的广州，孙中山被推举为临时大总统，孙科任广州市长，孙穗瑛即在此时出生了。当时，孙中山和孙科正在筹备二次北伐。孙中山得知长孙女出生甚为高兴，即赐名穗瑛，意为北伐大军英雄辈出。

2010年4月初，在美国旧金山孙必兴（右）家，作者与孙穗瑛（中）、孙必兴合影（文智诚/摄）

然而，孙穗瑛的出生并未给二次北伐带来好运，缘由是中山先生曾经倚重的广东省省长、粤军总司令陈炯明突然跳出来发难，甚至将北伐部队调回广州，向孙中山逼宫。

彼时的广州阴云密布，荷枪实弹的叛军成建制地涌入广州市区，大有山雨欲来之势。侍卫副官姚观顺劝孙中山离开广州，以防不测。孙中山坚决不离开，认为“陈炯明不好女色，不要舒服，吃苦俭朴，我也不如”，应该不会做出背叛革命之事。

问题是他们之间的政治分歧已经发展到不可调和的地步。

中山先生主张以“北伐”之暴力来推翻北洋政府，建立统一的中国，实行中央集权。陈炯明则主张“联省自治”，先在广东搞民主宪政，仿照美国，建立与其相仿的联邦政制，以“南北妥协”的和平手段谋求中国统一。

陈炯明特别对中山先生的“训政”怀有芥蒂，认为“训政”就是独裁，有违民主政制的初衷。但孙中山不这么认为，他经历了屡战屡败之后，最终不得不选择有步骤的民主程序。

现在，我们回过头来看中山先生提出的“军政、训政、宪政”三阶段论，的确有它的合理性。在那个“有枪就是草头王”的年代，若推行联省自治，其结果必然是军阀割据，国家分崩离析，而要有效保证联省自治囿于国家一统，中央政府确实有必要对自治地方实施训政。遗憾的是，陈炯明一意孤行，背弃初心，将炮口对准总统府，上演了炮轰孙中山的闹剧，从而导致临时政府轰然坍塌，陈炯明一夜之间也成了众叛亲离的罪人。

有意思的是，前几年我去汕尾采风，曾经到陈炯明纪念馆参观。那里的工作人员在讲解这段历史时，还为陈炯明辩护，说陈是想通过联省自治来发展经济，改善民生云云。这种说法显然是家乡人民对陈炯明的偏爱，实际上陈的真实动机早就是司马昭之心了。

遭到如此变故之后，中山先生于 1922 年 8 月 9 日乘英国炮舰离开广州，四天后抵达上海，暂住法租界。他沉痛地宣告 30 年革命生涯最残酷的失败：“文率同志为民国而奋斗，垂三十年，中间出生入死，失败之数，不可偻指，顾失败之惨酷，未有甚于此役者。”因为，过去的数次失败均败于敌人，而此次失败却祸起萧墙，这使孙中山陷入了空前的迷茫和失落之中。恰在此时，他遇见了李大钊，当时李大钊正在上海讲学。二人的相遇，使孙中山看到了新的希望，即“联俄、联共、扶助农工”，从此促成了国共第一次合作。毛泽东评价说：“联俄、联共、扶助农工三大革命政策，是伟大的革命先行者孙中山晚年在中国共产党和第三国际的帮助下，于新旧民主革命转变时期重新寻找革命途径所做出的重大决策。历史已经证明：三大革命政策，是一个统一的、相互联系的整体，正因为孙中山在国民党第一次代表大会期间确立了这三大革命政策，所以才建立了三民主义同共产主义的统一战线，建立了第一次国共合作。”

这期间，宋庆龄在孙科的护送下，也回到了上海，她抵沪后即在《民国日报》发表《粤变纪实》，详细叙述了广州脱险经过：“六月十五之夜二时我正在酣梦中，忽被中山先生喊醒，并催速起整装同他逃出。他刚得一电话，谓陈军将来攻本宅，须即刻逃入战舰，由舰上可以指挥，剿平叛变。我求他先走，因为同行反使他不便而且我觉得个人不致有何危险。再三婉求，他始允先行，但是先令 50 名卫队全数留守府中，然后只身逃出……同我走的有二位卫兵和姚观顺副官长（中山先生的侍卫）。我们四人，手里带着一点零碎，在地上循着那桥梁式的过道爬行，这条过道正有枪火扫射，我们四面只听见流弹在空中飞鸣……余旋即乔装赴港，由吾子（孙科）伴余乘大洋丸船抵此。”

此时，孙科夫人陈淑英带着长子孙治平、次子孙治强和长女孙穗瑛回到了故乡翠亨村，与孙中山原配卢夫人生活在一起，这是孙穗瑛第一次与翠亨村的亲密接触。她说：“那时我还在襁褓中，一点印象也没有。”

两年后，孙科将他们母子接到上海，一家人总算团聚了，孙中山见到自己的孙子孙女，心里多了几分慰藉。孙科为了安顿一家老小，还特意将番禺路 60 号别墅买下来。该别墅占地 8000 平方米，建筑面

20世纪30年代，孙科夫妇与子女在上海合影（资料图片）

积1051平方米，主体建筑呈西班牙式兼具巴洛克风格。一层为公共空间，二层为卧室，其中西南侧三个房间分别是孙科夫妇、治平和治强的卧室，西北侧两个房间分别是穗瑛和穗华的卧室。

在上海居住期间，孙科一家与宋庆龄交往甚密，孙科夫人陈淑英甚至成为宋庆龄的“闺蜜”，经常在一起无话不谈。陈淑英是孙科三叔母的侄女，其父也是中山人，很早就旅居檀香山，是中国同盟会会员。陈淑英从小与孙科是同学，1912年两人结为伉俪。婚后孙科赴美留学，陈淑英随之陪读，其间生下长子治平和次子治强。

孙穗瑛回忆说：“很早的事情记不得了，只记得我留学之前，宋庆龄阿婆耐心地教我学英语，她的英文水平很高，经常用英文写文章。还记得宋庆龄阿婆参加我和林达文的婚礼，那是1947年11月20日，阿婆满面春风地来到我们婚礼现场，她拉着我的手祝福我们幸福美满。那天，阿婆很高兴，嘱咐我很多话，希望我快乐生活。婚后，我们移居美国，与宋庆龄阿婆常有书信来往，她称我为亲爱的阿瑛。我最后一次见到阿婆是 1981 年 5 月 25 日，当时她担任中华人民共和国名誉主席，是受世界人民尊敬的国家领导人，我和妹妹穗华专程从美国旧金山赶到北京，宋庆龄阿婆见到我们很高兴，她躺在病榻上，一直微笑着，眼睛里散发着慈爱的光芒。由于那些年我们都经历了很多事情，特别对亲情有了更深刻的理解，我们的眼神对视着，心里的千言万语似乎都在顺畅地流向彼此。告别时，宋庆龄阿婆从病榻上坐起来，目送我们离开，那留恋的眼神，至今还在我心里闪动。”

那次回国，孙穗瑛还专程回到故乡翠亨村，这是中华人民共和国成立以后，她第一次回故乡省亲。她回忆说：“父亲在世时经常教育我，翠亨村是我们的故乡，他和阿公都出生在那里。人不能忘本，作为孙中山的后代，要好好做人做事，不给故乡抹黑，有机会常回去看看。”

孙穗瑛牢记父亲的教导，祖国改革开放后，她和妹妹孙穗华经常回大陆，参加各种纪念活动，奔走于祖国各地，弘扬中山精神。最让她难忘的是 2006 年，中共中央举行纪念孙中山诞辰 140 周年大会，她和妹妹应邀出席，亲耳聆听胡锦涛总书记讲孙中山是“杰出的爱国主义者和民族英雄，中国民主革命的伟大先行者”。会后，胡锦涛总书记带领全体中央政治局常委亲切接见了她和妹妹等一班亲属，并合影留念。自那以后，她越发感到自己的使命尤其重大。

2014 年，孙穗瑛与妹妹孙穗华向孙中山故居纪念馆无偿捐赠家藏文物 887 件（套），其中包括宋庆龄的书信。2016 年，她又向孙中山故居纪念馆捐赠家藏文物 205 件。同年 6 月，她和妹妹孙穗华被广东省文物保护基金会评为“2016 年度广东省文化遗产保护突出贡献人物”。同年 11 月，中山市人民政府授予她“中山市荣誉市民”称号。2018 年 10 月，中国文物保护基金会授予她“薪火相传——文化遗产筑梦者杰出个人”称号。

“我很珍惜这些称号，这是祖国对我的褒奖。”孙穗瑛说，“我为故乡而骄傲，它是我心中的圣地，是凝聚世界华人的一面旗帜。”

说这些话时，孙穗瑛显露出满脸的自豪。

翠亨，原来只是一座不足 60 户人家的小山村，村中大姓有杨、陆两姓，孙姓只有孙中山一家。这样的村庄在中国 260 多万个自然村中，算是微型村了。就是这座位于伶仃洋畔的小山村，竟然成为中国民主革命的摇篮和咸淡水文化的融点，涌现出孙中山、孙眉、孙科、陆皓东、陆灿、杨鹤龄、杨心如、杨殷、陈兴汉等一大批光耀中国近代史的人物。自然，中华人民共和国名誉主席宋庆龄，也是翠亨村光艳夺目的一员。

试问，中国近代有哪一座村庄拥有如此众多影响中国革命进程的人物？有哪一座村庄被世界华人视为精神家园？应该说，绝无仅有。

这，或许就是我们探寻其文化符码的价值所在。

第一章

蓝色惊涛拍岸而来

Chapter I

The Invasions of Foreign Powers

翠亨村是伶仃洋之重要组成部分。其地理形胜，造就了独特的风水格局。自披着战袍的西方列强如蓝色惊涛拍岸而来，以翠亨人为代表的香山民众便开始从西风东渐中觉醒，最终找到了取西方文明之长、补中华文明之短的自信。

翠亨村很美。

她三面环山，主靠五桂；东南面海，谓之伶仃；一条发源于五桂山的兰溪河穿村而过，直入南海。山上树木葱茏，花草芳香，尤其是众多百年沉香树，散发着浓郁而高雅的香味，是历朝历代皇家与贵胄之赏物，因此得香山之雅号。不仅如此，大凡沉香过处，均得“香”名，如香洲、香江、香港等。山下一河清泉奔流而去，恰似一条圣洁的玉带，北挽五桂山，南携伶仃洋。出伶仃入南海，往东是太平洋，往西为印度洋。

郑和七下西洋，这里均是重要节点。

翠亨村就像山水之间的一颗铆钉，安然而稳固地在此伫立了 500 多年。大概是明嘉靖年间，陆姓始祖陆德兰和陆邦桂从隔田乡（今崖口村）迁居此地，当时这里没有准确的地名，忽而“蔡坑”忽而“菜坑”，一说为蔡姓开村，一说为种菜洼地，无论“蔡坑”抑或“菜坑”，都不是耕读持家的上等村名。因此，陆家发迹以后，根据谐音改为翠亨，用当地话说仍然是“菜坑”，寓意为苍翠庇护、鸿运亨通。

清康熙年间，杨姓始祖杨起茂从隔田乡杨家村迁入翠亨，从此，杨姓在此繁衍生息，扩枝散叶。据说，杨姓定居翠亨之前，有一个麦姓家族在此生活，自从陆杨两族来此之后，麦姓就衰落了。按古人的说法

"陆杨（鹿和羊）把麦吃了"。听起来危言耸耳，但仔细想来也有道理。村庄毕竟是圈子文化的产物，姓氏与姓氏之间大都沾亲带故，一旦出现几个姓氏互无关联，排挤甚至械斗就在所难免。麦姓的衰落，应该与圈子文化有关。

1774年，孙中山的第十四世祖孙殿朝，经翠亨杨氏亲戚介绍，从涌口村迁来翠亨村，到孙中山这一代已经在翠亨生活了四代。孙氏家族迁徙导图为：东莞上沙乡—香山涌口村—翠亨村。

至中国近代，翠亨村以其特殊的地理区位，成为农耕文明与工业文明相互碰撞交会的融点，由此涌现了众多推动中国近代史的人物。

一

走进翠亨，风水人情。

自孙殿朝定居翠亨村，经过两代人的发展，到孙敬贤这一代已经有了十几亩薄田，虽说日子过得不算宽裕，但在村里也算体面。道光八年（1828），翠亨北极殿重修，孙氏家族六人捐银三两二钱，其中孙敬贤一人捐出一两。可见，孙敬贤家财尚可。按说他应该知足了，那时候他已经有了孙达成和孙学成两个儿子，这可都是未来的强劳力。农业社会重男轻女，男人不仅意味着香火有续，也意味着家道兴旺。然而，孙敬贤却笃信堪舆，痴迷地认为选好风水可以兴旺后人。当时村里的冯姓家族养了一个堪舆先生，叫钟盛阳，客家人，是一个有道行的堪舆师傅。客家人由于独特的迁徙经历，对人与自然的关系有着更加深刻的理解，很多堪舆大师均出自客家，如赖布衣。

话说钟盛阳得知孙敬贤痴迷堪舆，便想方设法与之接近，后来二人成了无话不谈的兄弟。冯姓家族见钟盛阳无心关照冯家风水运程，便解除聘约将其赶出祠堂。孙敬贤见此情景，立即将钟盛阳接到家中，好酒好菜精心侍奉，一住就是七年。彼时南粤经历了太多的天灾人祸，孙家也遇到了很多困难。有一天妻子问孙敬贤："家里只有半碗米了，怎么办？"孙敬贤说："给钟先生做碗米饭吧！"这话恰好被钟盛阳听到，他很受感动，认为孙敬贤是值得信赖的好兄弟，不能再劳烦敬贤弟了，应该与他告别，像赖布衣一样归隐山林，与青山绿水为伴。孙敬贤得知后非常伤心，纵使苦心挽留，可钟盛阳去意已决，不想再给自己的好兄弟添麻烦了。离开那天，一大早他就带着孙敬贤上了山，在犁头尖山阳坡指着那块被后人称为"皇帝田"的山地说："敬贤弟，这七八年我跑遍了五桂山的峰峰岭岭，熟读此山脉络走向。此地正是龙脉所在，属大吉之宅地，长眠于此，后人必大富大贵。"说完，便向孙敬贤道别，然后飘然而去。

从此之后，孙敬贤有事无事就到这里转一转，有时一坐就是半天。他觉得坐在这里心情特别舒畅，头脑特别清醒，有一种视死如归的感觉。常年对堪舆的痴迷，也让他沾染了一些仙气，对堪舆学有了一定的领悟。他站在皇帝田前后左右仔细端详，越看越觉得钟先生言之有理。皇帝田的西北方是五桂山。此山方圆300平方公里，呈西南—东北走向，分成几条山列，五桂山列的东北角就是犁头尖山，从这里向西翻过五桂山列就是合水口。此地夹在五桂山列与大尖山列的山谷中，是两道山坑水的汇合之地，著名的曾哥潭就在这里。穿翠亨村而过的兰溪河就发源于此。而那条绵延起伏的五桂山列，就像一条亥龙横卧在山岭之上。站在皇帝田眺望东南方，那里正是珠江口入伶仃洋处，而皇帝田的地势恰好是亥龙入海状。后来，很多堪舆大师都看过皇帝田的风水，均认为这里会出大人物，而五桂山又是几条大小山列并行之状，有人说会出一批大人物。

不管怎么说，堪舆学是老祖宗留下的千年智慧结晶，其中的真知与谬误可谓见仁见智。中国人讲究信则有不信则无，老祖宗亦采取顺其自然的态度，他们总是善于在有与无之间堪舆天地真情。自然辩证法往往如此，越是蒙昧的时候，越是离神最近的时候，如远古时期的祭祀，要将活人摆上祭坛，谁会认为那是一场虚无呢？而现在我们看似什么都懂了，实际上我们对世界的认知还很浅薄。大物理学家爱因斯坦研究到最后，仍有许多问题无法解释，他怀疑世界不仅是三维的，很可能是多维的。目前我们看不到、摸不到、闻不到、想不到的东西，不一定不存在。就像物质的构成，最先我们认识了分子，后来逐步认识了离子、原子、质子、中子，最近我们又认识了物质更基本的单元夸克。随着科学技术的发展，或许还有比夸克更微小的物质单元。因此，人在天地间，最好心存敬畏，活在规矩中，好的规矩就是好的风水，破坏规矩就是破坏风水。

孙中山故居就是活学活用堪舆学的典范。

当时翠亨村三面环山，东南面海，所以全村的房屋都是坐西北朝东南，取紫气东来之祥意。原来孙家的住宅位于翠亨村西南角，处于村子正尾下风头，且宅基地狭小，长只有 8.7 米，宽只有 4 米，从堪舆学角度讲，此宅属上山下水之局，明显犯煞。孙眉在夏威夷发达之后，寄钱回家准备造屋，当时家中只有孙母杨氏、婶娘程氏、妹妹妙茜、妹妹秋绮、孙中山和卢夫人，还有刚满周岁的侄子孙科。造屋的重担自然落在孙中山身上。孙科晚年回忆说："在我出生后不久，先伯父即汇二三千元回家把老房子改建，因此即向邻居买了一块地皮准备兴建，但因为当时的乡下并无所谓建筑师，所以由先父（孙中山）自己设计、绘图，然后雇了泥水工兴建。至其房子的样式，则大致和澳门西式房屋相似，一楼一底。现在这栋房子仍在。"

据《孙中山故居建筑工料单》记载："承接大府一座，一骑楼。横过两间，骑三间。后座包皮深两丈四尺三。骑楼包皮深五尺八，骑担通包皮活（阔）三丈五尺六。正座两间包皮活（阔）二丈三尺三，连旧一间共活（阔）三丈五尺二。旧屋改担窗口、门口、梯。骑楼主高一丈五，后座主高照旧，加高周围，加二尺高。"

房屋建好之后，孙家又将屋后地块买下，辟为后院、厨房、浴室、厕所及储物间，从此形成了孙中山故居的格局。

这次建屋，孙中山没有延续旧制，而是大胆改变房屋朝向，变坐西北朝东南为坐东朝西，从而扭转了村尾下风头的不利格局。孙中山认为："我们家在村子最西端，村里所有的房屋都坐西朝东，如果我家也坐西朝东，前面的几排房子势必挡住太阳，房内光线就不足了。"为了解决通风和采光问题，孙中山一改广东住宅小门小窗的习俗，将门窗设计得超大，孙母担心门窗太大不聚财、不拢气，影响孙家风水。孙中山笑着说："要真有风水，坐东朝西的风水最好，空气流通，光线充足，身体健康，不好吗？"

中山先生的堪舆观绝对是正确的。堪舆说到底是环境心理学概念，崇尚以人为本，以舒适和愉悦为目的。实际上孙中山故居的坐东朝西，并未违背坐实朝虚的风水观，这在堪舆学上叫作"坐空朝满，反身朝逆"。形式上看有逆反之嫌，但其坐东朝西的坐向，却与五桂山列那条龙脉走向一致，因此，独得龙脉伸张之瑞气，自享山水氤氲之精华。试问，把整个村子作为故居的玄武靠山还虚吗？开门喜见南山朱雀，山下兰溪河鱼翔浅底潺潺流过，此景与陶渊明的"种豆东篱下，悠然见南山"有何区别？再看青龙位的五桂山列，风景秀丽，花草繁茂，自西向东横卧于此，恰似孙中山故居的保护神。白虎位的岐关公路车水马龙，财运亨通，人丁兴旺，这不正是人们之所愿嘛！

孙中山故居不仅旺人聚财，而且兴村盛业。目前，翠亨村管辖面积已经扩充到 27.41 平方公里，耕地面积 7580 亩，户籍人口 4003 人，常住人口 10601 人，下辖 20 个自然村，共 25 个村民小组，昔日的石门乡如今也成了翠亨村的组成部分。

孙中山故居的堪舆运程，恰好诠释了一个亘古不变的法则："发展才是硬道理。"

翠亨村俯瞰图（资料图片）

二

西风东渐，伶仃浩叹。

2023 年 2 月 10 日，我又一次走进翠亨村，接待我的是村党委委员古翠珠。她年轻隽秀，说话间透着干练。这位基因纯正的翠亨人，熟悉这里的一山一水、一草一木。她说："翠亨人对中国近代的影响，源于他们是最早走向蓝海，成为醒眼看世界的人。这一切都源于我们住在伶仃洋畔，是特殊的地域造就了特别的人群。”此话有道理，历史地理学家谭其骧说：“历史好比演剧，地理就是舞台。如果找不到舞台，哪里看得到戏剧？”

伶仃洋作为中西文化碰撞甚至冲突的舞台，是欧洲文艺复兴之后，通过地理大发现用枪炮搭建起来的。那是中国人屈辱的一页，也是中国人忍辱前行，翻开历史新篇章的一页。

伶仃洋起于广州南沙，最窄处约四公里，然后向南张开，呈喇叭形状，最宽处约 65 公里，水域面积约 2100 平方公里。东岸原为东莞管辖，后分出深圳、香港；西岸原为香山（中山）管辖，后分出珠海、澳门。现在，被列入国家发展战略的粤港澳大湾区，实际上就是围绕在伶仃洋周围的七座城市，后来扩展到外围的佛山市、惠州市、江门市和肇庆市。

伶仃洋甚至东方龙国引起西方人的兴趣，源于一次城邦之间的野蛮战争。那是 1298 年，热那亚王国与威尼斯共和国之间，争夺海洋控制权的战争打响，双方投入战船 170 多艘。这是热那亚忍辱多年之后，进行的一次大规模报复行动。结果威尼斯意外惨败，95 艘舰船仅存 12 艘，5000 多名海商、军士被俘。热那亚人将威尼斯战俘带回国以后，学着威尼斯人对待热那亚战俘的做法，使其赤身裸体地游遍了城邦的大街小巷，之后将其关押在由石头砌成的监狱里。

其中有一位与众不同的商人战俘，他自费装备了一艘桨帆船，跟着威尼斯战队去了战场。他参战的目的并不在乎胜败，只是觉得男人要有战死沙场的气概，很不幸他成了热那亚的战俘。在热那亚监狱里，他花钱买通了狱卒，最后被安排在一间十分舒适的监号里，与他做伴的是一个叫作鲁斯蒂谦的战俘，后来他们成了好朋友。在日复一日的关押岁月里，为了打发寂寞的时光，富商每天准时准点为鲁斯蒂谦讲述他在东方龙国经商的历程和见闻。鲁斯蒂谦觉得他讲的故事很有价值，便认真做了记录，后来将其整理成《马可·波罗游记》发表，即刻轰动欧洲。

马可·波罗17岁那年，跟随父亲尼科洛和叔叔马泰奥来中国，途中经过四年的艰苦跋涉，于1275年到达元大都。忽必烈热情接待了来自欧洲的客人，并询问了许多感兴趣的问题。从此，他们之间建立了良好的关系。马可·波罗在中国游历经商17年，到过华北、华东和西南的许多地方，赞叹不已，对所见所闻留下了深刻的印象。成为战俘之后，他有了充足的时间来咀嚼在中国亲历的一切，并愿意与朋友分享。战俘们称他为“百万”，即一百万个故事的讲述者。

意大利旅行家、商人马可·波罗画像（图片来源：Janis Herbert著、三联出版社2005年1月出版的《马可·波罗游记》）

他在游记中讲道：“外国巨价异物及百物之输入此城者，世界诸城无能与比。盖各人自各地携物而至，或以献君主，或以献宫廷，或以供此广大之城市，或以献众多之男爵骑尉，或以供屯驻附近之大军。百物输入之众，有如川流之不息……仅丝一项，每日入城者计有千车。用此丝制作不少金锦绸绢，及其他数种物品。附近之地无有亚麻质良于丝者，固有若干地域出产棉麻，然其数不足，而其价不及丝之多而贱，且亚麻及棉之质亦不如丝也。”

《马可·波罗游记》激起了欧洲人对东方龙国的极大兴趣，威尼斯商人就是从此开始，走出亚得里亚海，向广阔海洋进军的。

据《一直穿越高加索和恒河》一书记载，1363年4月9日深夜，诗人及学者弗兰齐斯科·彼特拉克正在威尼斯海边的别墅里给朋友写信，突然被海上的呼喊声惊到，放眼望去——

> 假如你能亲眼所见，你肯定不会认为那是一艘船，而是游移在海面上的一座巨山。由于载货极重，船身很大一部分已浸入海水。这艘船向顿河方向航行，因为我们的船在黑海最远也只能驶到顿河。但是对船上很大一部分人来说，顿河不是终点。他们会下船，继续前进，一直穿越恒河和高加索，抵达印度，然后继续前往最遥远的中国和东方的大洋。

可见，威尼斯人征服海洋的足迹并未越过黑海和地中海，而真正打通欧洲与东方龙国海上之路的，是新型海上霸主葡萄牙。葡属印度殖民地总督阿方索·德·阿尔布克尔克（以下简称阿方索），于1511年击败土耳其人和印度人组成的联军后，即着手准备东进满剌加和东方龙国。

明正德八年（1513）夏天，阿方索委托葡萄牙商人乔治·欧维士，随中国船队从满剌加出发，经南海入伶仃洋，最后停泊在屯门澳。

屯门澳，位于珠江口东侧，紧扼珠江口交通要冲，凡葡萄牙、波斯、阿拉伯、印度、南洋等由海路来中国贸易的船只，必先停泊屯门澳。据葡萄牙文献记载，这个叫作“Tumao”的岛屿距广州30里格，换算成现在的计量单位即166.68公里。

距屯门澳不远处就是东莞守御千户所，据载，公元1394年，在南头（即今南头古城）设置“东莞守御千户所”，隶属南海卫，领军1100名。南头，地处珠江入海口东岸，系历代岭南沿海地区的行政中心、海防要塞、海上交通和对外贸易的集散地。

欧维士是一位航海经验非常丰富的探险家和商人，原系阿方索的副官，他跟随阿方索总督在印度半岛和满剌加收获了丰厚的财富，此时正是踌躇满志之时，做梦都想征服满地黄金的东方龙国。他到达屯门澳的第一件事，就是竖起那条被葡萄牙人看作无上荣耀的石柱——发现碑。这是欧洲航海家的传统，所到之处必树一柱，意为吾乃此地发现者。这就是强盗秉性，犹如猎狗一般，所到之处，抬腿即尿，所尿之处即为我有。

实际上，欧维士此次航行并不顺利，当时，中国的海禁并没有放松，对外国船只戒备森严，尤其对张牙舞爪的葡萄牙人更是严加防范。在朝廷心目中，葡萄牙人非常蛮横且野心勃勃，动不动就抢人财富、占人国土，因此，明朝的海禁一直没有开放的迹象。他在此住了半年，尽管也赚到了钱，但他心爱的儿子却因水土不服，永远地留在了屯门澳。他满心悲伤地回到了满剌加，此后八年，再未踏上中国土地。

继欧维士踏上屯门澳之后，探险家拉斐尔·佩雷斯特雷洛于1516年抵达广州，拉斐尔是哥伦布妻子菲莉帕的表弟，他是文献记载中首个从海上登陆中国内地的欧洲人。此来他受命于葡属印度总督阿方索，搭乘一艘开往广州的马来西亚商船。到达广州之后，他被羊城的商贸盛景震懵了，挨挨挤挤的货船，车水马龙的街道，门庭若市的商号，都给拉斐尔留下了深刻印象。回到满剌加之后，他即给阿方索写了一份非常详尽的调查报告。这份报告恰好被葡王曼努埃尔一世看到，他决定派使者与东方龙国进行建交谈判。

1517年6月17日，拉斐尔率八艘载满货物的商船，与葡王派遣的特使皮雷斯一起，从满剌加启航向东方龙国进发，于8月15日到达屯门澳。这时，由阿方索派来的葡萄牙远征队已先期进泊屯门澳，准备以武逼和。

皮雷斯进驻屯门澳之后，立即拜见驻防屯门澳的中国海上巡逻队，声称葡王派特使前来，拟朝见大明皇帝。巡逻队官员非常客气地告诉他

备倭都指挥司旧址（资料图片）

们：“此事非吾等职责，尔等可去南头与备倭都指挥司联系。”备倭都指挥司立即请示广东佥事署，而广东佥事署却以拖相拒。皮雷斯见音信全无，显得非常狂躁，但又不敢轻举妄动。他深知明政府有十分严厉的规定：凡外国船只不得越过指定停泊范围，否则，“货即没官，人即处理”。但等了十天后，仍不见回音，他们开始躁动起来，即刻调集一艘大船横冲直撞地开进珠江内河，不巧中途遇到大风被迫返航。接着，皮雷斯又调集两艘全副武装的军舰和数艘葡萄牙商船，轰轰烈烈地开到南头备倭都指挥司，以此恐吓明政府海巡部门：要么和平，要么战争。备倭都指挥司根本不吃这一套：“番鬼，滚！”

备倭都指挥司显然小看了皮雷斯及其后继者们那副死缠烂打的强盗嘴脸，后来他们不仅见到了两广总督陈金，还觐见了正德帝，就是那位迷恋“豹房”，专心炼丹的朱厚照。1520 年元月，皮雷斯收到朝廷明诏：“帝准见葡使。”于是，皮雷斯即刻启程去南京觐见正在那里巡幸的正德帝。皮雷斯向正德帝介绍了南洋诸国的风土人情，正德帝“喜而留之”。随后，正德帝邀其一同返回北京。不巧次年4月20日正德帝突然驾崩了，皮雷斯回到广州后即被投入监狱，直到九年后病死狱中。

后来，葡萄牙人从未停止过对广东水域，特别是伶仃洋水域的骚扰。朝廷权衡再三，不得不开放广州，实施一口通商，但外国商船不准进入帝国内水，指定他们只能停泊在伶仃洋水域，然后通过广州十三行对接进出口贸易。在此背景下，澳门就成了葡萄牙商人的落脚点。

1553年，葡商委托香山澳官员王绰转求广东海道副使汪柏，言称“水湿贡物，求于近处泊船”。汪柏闻听有贡物（龙涎香），遂眼前一亮。此物是嘉靖帝最爱，为讨皇上欢心，汪柏即刻批准葡商停泊濠镜澳，自此葡萄牙人便在澳门定居下来。对此，葡语文献有载：汪柏“想得到龙涎香，用它进贡国王，得皇恩换个比布政使更大的官当”。其实，这段历史尚有内情。葡萄牙人如此顺利地进驻澳门，冠冕堂皇的理由是进贡龙涎香，而私下却谈定每年向掌握广东海道实权的汪柏贿赠白银500两。这种情况一直延续到汪柏离任，后继者才发现此事，遂改为交纳地租给中国政府。可见，澳门许予葡人，并不是朝廷所为，而是私相授受。从此，澳门就稀里糊涂地成了近代中国的第一块“疮疤”。

那时候，翠亨还是伶仃洋畔的一片滩涂，杨氏家族刚从隔田乡迁到此地，陆氏家族和孙氏家族仍居住于伶仃洋畔的隔田乡，那里距离伶仃洋更近。后来，英国人来了，初始还做些香料、茶叶、陶瓷、丝绸等正儿八经的生意，后来干脆昧着良心大张旗鼓地贩卖鸦片。

1830年，英国大鸦片商威廉·渣甸向朋友介绍说，据他所知，伶仃洋的鸦片贸易是最安全和最有绅士气派的投机生意：“在你签发提货单之前，你已经拿到了现钱。当你的管账员告诉你说有多少现钱已经放进你的账房后，你就向购货人签发一张相当于这些价钱的鸦片提货单，至此你就没事了。此后，再将鸦片运上岸时，不管发生多少麻烦，都与你无关。”

有一位在伶仃洋水域做鸦片生意的散商，这样描述这里的鸦片生意：

从日出到日落，你都可以看到，在那些趸船旁边一艘艘的走私船载着鸦片开走……登上趸船，你更可以看到，到处都是买卖兴隆、财源茂盛的景象。在你的这一侧，你会看到成排成排的“公班土”和“刺班土”堆放在船舱上；在你的另一侧，则堆放着“白皮土”……转过身来，你会看到请来的中国验银师正将银子从钱袋里倒出来，进行查验。

据历史学家统计，1835 年至 1839 年，平均每年输入中国的鸦片约 2.5 万箱，每年流出的白银约 335 万两。

面对此种情况，很多朝廷重臣纷纷上疏，陈奏禁烟主张，尤以湖广总督林则徐为甚。他认为，鸦片流毒于天下，长此以往，数十年后“中原几无可以御敌之兵，且无可以充饷之粮”。

道光帝经过长时间的犹豫之后决定禁烟，1838 年 11 月派林则徐作为钦差大臣前往广东禁烟。次年春节刚过，林则徐就踏上了吉凶未卜的禁烟之路，或许他心里明白：这是一场冷兵器对洋枪洋炮的战争，但为了民族大义要敢于登虎山，“苟利国家生死以，岂因祸福避趋之”。临行前，道光帝将大臣们陈奏禁烟的诸多奏折交给了林则徐，要他认真调查研究，慎重行使钦差大权，彻底铲除鸦片之害。

林则徐到广州之后，首先对十三行进行了深入调查，然后亲自探查澳门和伶仃洋水域。经过 50 多天夜以继日的排查，基本摸清了鸦片及鸦片贩子的情况。3 月 18 日，林则徐告示各行商，立即停止鸦片贸易，否则拿人问斩。同一天，向洋商发布谕令：三天内，交出所有鸦片，并签具永不夹带鸦片的甘结；一旦违反，货尽没官，人即正法。

直到5月21日，洋商被迫缴出20283箱鸦片。紧接着6月3日，闻名世界的虎门销烟开始，滚滚浓烟在伶仃洋上空整整飘荡了23天。

1840年6月，英国海军少将乔治·懿律率远征军到达珠江口。这时他指挥的英军兵力有16艘战舰、4艘武装轮船、1艘运兵舰、27艘运输舰，舰载炮450门，舰载兵4000人，再加上鸦片商派到英军舰船上的向导、水手和各种附属人员约1000人，英军总人数约5000人。

6月28日，英军封锁珠三角出海口，鸦片战争正式爆发。其结果是悲惨的：清政府割让香港岛，开放广州、厦门、福州、宁波、上海五处为通商口岸，赔偿白银2100万两。林则徐、琦善被革职问罪，广东水师提督关天培牺牲。

自此，东方龙国成了西方列强的饕餮大餐。

这既是西方列强对东方龙国的残酷掠夺，也是工业文明与农耕文明的强韧融合，更是伶仃洋供给近代中国的风云际会。从此，龙的子孙从小农经济的睡梦中醒来，不自觉融入了浩浩荡荡的世界潮流，开始为中华民族的复兴之梦而筚路蓝缕、忍辱负重。

三

伶仃洋畔，人才涌涌。

这里是近代中国接触西方文明最早的地区，从清政府实行广州一口通商，到葡萄牙人登陆澳门，再到鸦片战争之后英国人占据香港，实际上就是环伶仃洋地区，首当其冲地成了西方文明的“受礼者”。尽管受礼方式逆来顺受，但它确实为中国的近现代化提供了源源不断的人才储备。

正如亚里士多德所说：“大自然绝不会毫无目的地去创造一切。”

人类学家克罗伯甚至惊呼：为什么天才成群地来？

答案是特定的自然地理环境和经济条件造就了特定的人群。

暨南大学马明达教授在《香山明清档案辑录》的序言中写道："自明清之际开始，特别是到了清朝中晚期，香山便一直处于中西政治、军事、经济、文化等方面冲突与交流的风口浪尖，一举一动皆关乎国政，事无巨细往往直达朝廷。"地缘与人缘的契机，使伶仃洋畔翠亨村周围涌现出大批光耀中国近代史的杰出人物。如世纪伟人孙中山，中共早期领导人杨殷、苏兆征、杨匏安、阮章等，民主革命先驱陆皓东、杨鹤龄、杨心如、陆灿等，洋务派代表人物唐廷枢、容闳、唐国安等，大买办唐廷植、郑翼之、徐钰亭、徐润、莫仕扬等，思想先驱郑观应、刘师

孙中山（左上）、唐廷枢（右上）、郑观应（左下）、杨殷（右下）（资料图片）

复等，军政要人吴健彰、刘丽川、郑藻如、程璧光、唐绍仪、林伟民、吴铁城、孙科等，著名侨领孙眉、陈芳、杨著昆、唐雄等，中国四大百货先驱马应彪、郭乐、刘锡基、李敏周、蔡昌等，文化名人苏曼殊、萧友梅、王云五、郑道实、吕文成、郑君里、阮玲玉等。可谓群星璀璨，流光溢彩，影响之深远，令世人为之浩叹！

粤人素有务实与冒险的双重性格。险恶的生存环境激发了粤人的高昂斗志，他们以试试看的态度张开双臂，开始拥抱西方人用大炮送来的新生事物。最早洗脚上田的是一些为洋商打工的人，他们中间涌现出一批出类拔萃的买办，这批买办之中，一些人走上了仕途，一些人搞起了洋务，一些人成就了民族工商业。

吴健彰就是买办转官员的典型。

他出生于香山县翠微村，小名阿爽，自幼家境贫寒，以卖鸡为生，20 岁到广州十三行帮工。那时候他已经学会了英语，也学会了与洋人打交道，凭借着这些优势很快就得到了洋人的提携，第一桶金就这样赚到了口袋里。逐渐熟悉十三行的套路之后，41 岁的吴健彰在广州宝顺大街开设了同顺行，从此跻身十三行行商之列。鸦片战争之后，他靠着贩卖烟土、批发茶叶，积累了巨额资金，并入股旗昌洋行，成为该行七大股东之一。1845 年，吴健彰移师上海，与先到上海的怡和洋行、宝顺洋行携手共进，一度成为上海滩最富有的买办。之后，他出资 50 万两白银买了个苏松太兵备道记名按察使兼江海关（上海海关）监督的肥差。上任后，他协助朝廷查办“青浦教案”、协办夷务多有成效。在此期间，他与英国领事、法国领事、美

吴健彰画像（资料图片）

国领事均建立了良好的私人关系。朝廷认为吴健彰与洋人有“水乳之合”，适合在上海担任要职。不久，他被朝廷任命为苏松太道（即上海道）兼江海关监督。

吴健彰有个朋友叫刘丽川，是上海小刀会首领，香山县溪角人，吴与刘是近老乡，平日里相互多有照应。吴健彰任上海道台时，经常以洋人马首是瞻，做了许多坑害上海老百姓的事情。比如洋人划租借地，直接侵占了福建商会和广东商会的地产，刘丽川多次规劝他“以乡谊为重，不能偏向洋人”，结果吴健彰将朋友的好心当成了驴肝肺，最终引起了小刀会起义。起义军很快就从一千多人发展到上万人，他们冲进上海县城，活捉了吴健彰。当时喊杀的声音此起彼伏，吴健彰被吓得瑟瑟发抖，一个劲儿地乞求饶命。就在这时，美国公使马沙利致函刘丽川，表示对起义之事保持中立，愿对吴健彰尽保护之责。刘丽川会见了马沙利，并答应释放吴健彰。

这一细节，在《中国商帮600年》中有描述：“之后，旗昌洋行派人到吴健彰被关押的地方，让他脱去官服，扮成商店伙计模样，着便服，戴墨镜，持破伞，有两名身强力壮的香山老乡充当侍从，遛着城墙根，用事先准备好的长条布缒城逃脱。”

列强救了吴健彰的命，吴健彰开始投桃报李。小刀会起义后，上海海关被捣毁。西方列强见有机可乘，迅速派兵占领之，吴健彰受命与列强谈判。英国领事阿礼国建议由英、法、美三国各指派税务司一人，组成“关税管理委员会”，这是一个彻头彻尾剥夺中国主权的行为，吴健彰竟然应允了。

西方列强见这位官场上的商人可用，便趁机修订了《上海租地章程》，其地不仅可住而且可卖，更严重的是，租界内拒绝中国官员行使司法权。最终使租界变成了“国中之国”。

两个香山人的战争，最终导致两败俱伤，刘丽川在一次突围中牺牲，吴健彰也对官场失去兴趣，70 岁时挂冠回乡直到终老。

买办中，做得比较成功的是唐廷枢。他少时曾就读于香港马礼逊教会学堂及英国学校，与容闳同为该校高材生与挚友。在六年的西方文化教育下，他熟练掌握中、英文，这为他日后从事买办和近代洋务运动奠定了基础。

1848 年，他受聘于香港一家拍卖行。1851 年被香港当局巡理厅聘为翻译，后又担任香港大审院华人翻译。且在任职之余，开两家当铺。1858 年，唐廷枢转进上海，在海关任职。1861 年他辞去海关职务，受雇于上海怡和洋行，先代理该行长江各口生意，两年后被提升为总买办。此后，他在怡和洋行拓展船务、开采矿产、投资当铺等，为怡和洋行立下了汗马功劳。对怡和而言，“唐景星简直成了它能获得华商支持的保证”。美国旗昌洋行的老板说，唐廷枢“在取得情报和兜揽中国人的生意方面……都能把我们打得一败涂地”。

1873 年，唐廷枢结束了买办生涯，受李鸿章委派接办轮船招商总局，任总办。这标志着唐廷枢由洋行买办，转变为洋务运动有力的推动者与近代民族工业的开创者。

唐廷枢入主轮船招商总局，引起了各界精英的广泛关注，其经营才能被寄予厚望。同为香山老乡的近代实业家郑观应认为，李鸿章任用唐廷枢是“得人”不举，而“欲事之兴，惟在得人而已”。总办三年，提出“以西法经营之”，广招具有洋行工作经验的中国买办参加管理。唐廷枢和徐润一经接手，就立刻将资本扩大为 100 万两。他推出合股投资体制，实行股份转让，向社会公开发行股票，使招商总局的股值一年之内翻了一倍半，开中国国内股市之先河。著名上海实业界人士经元善曾说：“唐、徐声望素著，非因北洋增重。唐之坚忍卓绝，尤非后来貌为办洋务者可比。”经过他的努力，招商总局不仅拥有了长江和沿海航运的大部分市场，还在菲律宾、泰国设立分局，拓展了南洋运输业务，同时远航英国、日本、新加坡、夏威夷和美国本土，招商总局成为当时中国最大的轮船企业。其间还涉足金融、保险和对外贸易。

1876 年，唐廷枢受李鸿章委派，主持开采开平煤矿（后与开滦煤矿合并成今开滦矿务局）。从勘察矿址、拟订计划、招募资本到正式开采，都是在唐氏的亲自主持下完成的，开平煤矿是唐廷枢一生所经营的企业中历史最悠久的一个。李鸿章赞他“熟精洋学，于开采机宜，商情市价，详稽博考，胸有成竹”。

还有一些买办，最后走上了发展民族工商业之路，像徐氏家族的徐荣村，他经营的“荣记湖丝”在第一届世界博览会获得金奖之后，迅速热销全球，以至于“不数年间，累业巨万，一时与君同为贾者，莫能及君万一”。更为可贵的是他苟利国家，正当容闳为 120 名留美幼童的留学费用大伤脑筋时，徐荣村站出来慷慨支付了这笔巨额款项。

香山人能功垂青史，名冠宇内，首先得益于伶仃洋畔的海路交通和中西文化汇合。很多生活在伶仃洋畔的人，就是在西风东渐的熏染中觉悟起来的。其次是漂洋过海，睁眼看世界的经历，让他们有了取西洋工业文明之长，补中华文化之短的自信。

第一次鸦片战争之后，清政府与英法俄美签署了《天津条约》及与英法俄签署了《北京条约》，其中有清政府应允劳工输出等内容。此后，生活在伶仃洋畔的广大居民，开始告别老小，成群结队走向未知的人生之路。

2011 年，我去夏威夷采访，那里的华侨华人正在纪念华人登陆檀岛 170 周年，算下来恰好是第一次鸦片战争爆发之后。那时候，檀岛大片农田开始种甘蔗，只是劳动力奇缺，于是吃苦耐劳且工薪超低的华工，成为庄园主的首选。随着华人越来越多，各种利益冲突也随之出现，为保障华工权益，名目繁多的同乡会如雨后春笋般成立。据不完全统计，19 世纪末，在夏威夷谋生的华人有五万多人，其中百分之七十以上是香山人。当时中华社团有 100 多个，仅香山侨团就有 40 多个，如四大都会馆、良都会馆、从善堂等，除了这些大会馆，几乎每个村的华侨都有自己的会馆。翠亨人陆灿就曾参与四大都会馆的创建，翠亨所在的大字都包括今天的五桂山和三乡的部分区域，四字都即现在的南朗及开发区，清道光年间两都合并为四大都。在夏威夷的华侨中，原籍四大都的人相当多，到夏威夷谋生的历史也最早，孙中山的舅舅杨文纳就是最早去夏威夷谋生者之一。1871 年他回乡省亲，再去夏威夷时，将孙中山的大哥孙眉，还有孙家族亲孙梅生、孙赞生、孙玉成、孙胜、孙良、孙惠等，一起带到了夏威夷。孙眉是一位很有经济头脑的人，到夏威夷之后，开始帮人种甘蔗，后来开杂货铺，再后来租地、买地开农场，还涉足房地产，不到十年就成了华侨中屈指可数的有钱人。

1878 年孙眉将 12 岁的孙中山接到檀岛读书，读书期间孙中山从美国的成功经验中，看到了改造旧中国的希望。之后，他在夏威夷创建了兴中会，提出“驱除鞑虏，恢复中华，建立合众政府”的主张，很多华侨华人积极响应。到 1905 年同盟会成立前夕，兴中会会员发展到 279 人，其中华侨有 219 人，他们积极参加兴中会组织的宣传鼓动、捐资筹款和武装起义活动，仅 1907 年至 1908 年，孙中山领导的几次起义就得到华侨捐款 20 万元。1911 年广州起义华侨捐款 18.7 万元，参加起义的华侨有 500 多人，在黄花岗 72 位烈士中，有华侨 31 位、留学生 8 位。武昌起义华侨捐款600万元，起义成功后，华侨自备川资回国从戎，“前后相望于道”，在很短时间内，仅马来西亚就有 2000 多名华侨回国参加革命。所以，中山先生感触地说：“华侨为革命之母。”

实业救国也是华侨之重要内容。中国四大百货先驱马应彪、郭乐、刘锡基和蔡昌等，原在澳大利亚经营果栏，后来见到悉尼建起了百货公司，他们立志回国经营百货。马应彪先人一步在香港创办了先施百货公司，后移师广州和上海，大获成功。先施股东郭乐从先施看到了希望，联合郭标、郭葵等创办了永安百货公司。刘锡基也是先施股东，联合李敏周等创办了新新百货公司。同是先施股东的蔡昌，联合兄长蔡兴创办了大新百货，他们以敢为人先的精神，建立了中国近代难以超越的商业帝国，成就了常人难以企及的丰功伟业。

香山及其翠亨，之所以出现人才井喷，在很大程度上得益于此地独特的咸淡水文化、买办文化、华侨华人文化和浓厚的商业文化的滋养。

第二章 红日初升其道大光

Chapter II The Glorious Revolutionary Road

1911 年，伟人孙中山让中国人民觉醒起来了。

“我辈既以担当中国改革发展为己任，虽石烂海枯，而此身尚存，此心不死。既不可以失败而灰心，亦不能以困难而缩步。精神贯注，猛力向前，应乎世界进步之潮流，合乎善长恶消之天理，则终有最后成功之一日。”

此时，我想起了梁启超先生的《少年中国说》。

这篇文章是我年轻时读过的，那时脑子里东西少，读一遍就记住了。我很佩服老先生的境界和笔力，他在鞭辟入里地批判腐朽没落的“老大帝国”之时，又满怀信心地冀望“少年中国”出现，并浓墨重彩地歌颂了少年的朝气蓬勃和进取精神。他说：

> 少年智则国智，少年富则国富，少年强则国强，少年独立则国独立，少年自由则国自由，少年进步则国进步，少年胜于欧洲则国胜于欧洲，少年雄于地球则国雄于地球。红日初升，其道大光。河出伏流，一泻汪洋。潜龙腾渊，鳞爪飞扬。乳虎啸谷，百兽震惶。鹰隼试翼，风尘翕张。奇花初胎，矞矞皇皇。

雄文可感，梁先生多么渴望中国如少年般生龙活虎。然而，当时的中国已经老气横秋，病入膏肓，成了西方列强肆意掠夺的对象。从1840年开始，中国就没有消停过，鸦片战争、太平天国运动、中法战争、百日维新、中日甲午战争、义和团运动等，内忧外患接踵而至，中国已经到了非改变不可的地步。

鸦片战争以后，西方列强经常在伶仃洋水域及其周边疯狂骚扰挑畔，他们的船只也时常沿着兰溪河等进入附近村庄劫掠财物，老百姓与洋人的纠纷从未停止过。太平天国运动持续 14 年，香山老百姓遭受了无穷无尽的苦难。更严重的是水灾风灾肆虐，据《中山市自然灾害史料》记载：自宋庆元五年（1199）至 1908 年，香山县共发生特大水灾 31 次，尤以 1843 年之后连续三年为重患，造成洪水泛滥，禾苗被淹，饥民无数，饿殍遍野。风灾也是香山人民每年都要面对的重大灾害，1848 年 8 月 15 日至 30 日，香山遭受三次飓风，“山田禾穗杂粮概坏”，房屋倒塌千余间。1871 年 7 月 18 日飓风袭击香山，“岐头树偃毙二人，民居损坏，海舟多漂溺”。

连年的自然灾害，给民众生活造成极端困难，进而导致盗匪活动猖獗。据 1879 年 8 月 5 日上海《申报》报道：“广东香山县境盗风日炽，今春二月间有盗二十余人明火持械，抢劫翠亨村陆庭耀、陆庭顺、陆忠桂家，共计赃银约值三千两。四月间又抢唐姓家，五月间又抢谭姓家。”天灾人祸给香山百姓带来了深重灾难，逼得老百姓走投无路，有人因此背井离乡到大洋彼岸寻找新的生存希望。

恰好此时，美国西部沙加缅度（今译萨克拉门托）科罗马小镇发现金矿，顿时美国人像打了鸡血一样沸腾了。此消息很快传遍世界各地。近在咫尺的圣佛朗西斯科（今译旧金山），最先感受到淘金潮造成的冲击波，发现金矿不到半年，圣佛朗西斯科的民众几乎倾巢而去，街区的民房空了，工厂的机器停了，商场士多店关了，就连在“安妮塔号”军舰上服役的美国水兵也不辞而别去了金矿。

采金区是一条很长的地带，以圣佛朗西斯科为起点，沿沙加缅度河向北 20 公里，再向东一直延伸到内华达山脉，形成一个完整的扇形区域。金矿的发现和开采，使美国迅速成为世界上的最大产金国和暴富国。由上千个淘金点洗出的金沙，堆满了圣佛朗西斯科的仓库。仅 1848 年至 1851 年，美国的金币铸造能力就提高了 20 倍。

此时，仅凭本地淘金者的努力已经无法满足美国人的贪婪了，他们将目光瞄准了中国。位于伶仃洋畔的香山县南部地区首当其冲，这里紧挨澳门，特别自广州一口通商之后，香山南部地区便成为两地贸易的集散地。洋人很熟悉这里的风土人情，知道这里的人民吃苦耐劳，具有坚韧及奉献精神。所以，从这里输入劳工是美国淘金者的如意盘算。1850年，太平洋邮轮公司的“大共和”客轮，高悬黄龙旗和星条旗，满载来自香山南部地区的2000名华工，从香港出发，经过两个多月的航行抵达圣佛朗西斯科，他们成为第一批到达加利福尼亚州的华籍劳工。

不可否认，虽然历尽千辛万苦，但前几批到达加州的“淘金者”算是早起的鸟儿，大都成了“金山伯”，他们的成功深深刺激了不肯受苦受穷的家乡人。于是，大家像潮水一样涌向美国西海岸。孙中山的二叔孙学成和三叔孙观成就是此时抛下家室去美国淘金的，可惜他们去晚了，彼时淘金的佳期已经过去，成千上万的淘金者拥拥挤挤地分布在并不宽绰的矿床上，收入也从过去的一年暴富，变成了一个遥遥无期的希冀。孙学成实在挨不下去了，只好揣着一些散碎沙金回到了故乡，无论如何，算是没有白跑，比起村里的穷人还算长了些许体面。回村后不久，便和同村人一起去上海打工，不料遇到台风，客轮在上海附近沉没，船上几十条生命无一幸免，那年孙学成38岁。孙观成则继续在圣佛朗西斯科淘金，1867年在一次矿难中身亡，年仅36岁。

十年前，我作为长篇报告文学《梦回东方——华侨华人百年心灵史》的主创者，曾经到100多年前华人淘金的地方采访。如今，此地已经变得面目全非，大片的农田覆盖了当年的矿床，瘆人的寂静取代了淘金的喧嚣。这里的欲望之火已经熄灭了……

侨居旧金山的侨史专家、中国国民党中央评议委员会原委员、97岁高龄的刘伟森告诉我，当年，汹涌澎湃的加利福尼亚淘金潮很快就随着美国货船，波及香港、澳门，逐渐传到珠三角的香山等地。有一轮船

2010年，作者在旧金山采访刘伟森（右）（文智诚／摄）

公司贴出的海报说：“美国人民为天下最富有者，他们欢迎中国人，一旦到达美国，有大屋居住，大工钱收入，好衣好食……请勿疑惧，应即走上发财之路。”彼时民不聊生的珠三角地区，迅速被“黄金梦”搅进了躁动的旋涡，人们奔走相告，卖地举债，也要背井离乡豪赌一把。

那年，我采访过一个叫“I go”的小镇，它位于加利福尼亚州沙斯达县，这里是当年的金矿所在地。随着华工的日益增多，劳动力价格断崖式下降，严重挤压了美国人的就业机会，再加上有些华人脱离金矿，独自到废弃的金矿里淘金，很快富有起来。这种情景严重刺激了美国失业者，他们纷纷组织起来驱赶并抢劫华人，甚至将华人的辫子捆在一起，进行残酷殴打。华人实在受不了屈辱，就说：“I go！ I go！（我走，我走）”

华工的遭遇实际上就是国家的遭遇，梁启超先生敏锐地洞悉到这个残酷的国情，他殷切盼望着“天戴其苍，地履其黄。纵有千古，横有八荒。前途似海，来日方长。美哉，我少年中国，与天不老！壮哉，我中国少年，与国无疆”！

紫气氤氲，中国少年翩然而来。

一

少小帝象，“天王”第二。

1866 年 11 月 12 日清晨，一声清脆的婴啼打破了翠亨村的寂静，孙达成终于露出了笑容，妻子杨氏也舒了一口气，奶奶黄氏听到哭声急忙从堂屋走过来，哥哥孙眉也从外屋跑进来，二姐妙茜一直守在母亲身边。一家人围着这个刚刚出生的男婴仔细端详，看来看去无甚异样，只是哭声比一般婴儿大，手脚一劲儿支棱着，似乎想说点什么，逗得哥哥孙眉站在一旁傻笑。

这个婴儿就是孙中山。

出生时不叫孙中山，围绕着婴儿的名字，父亲孙达成和母亲杨氏还发生过几次争执，开始各不相让，最后孙达成考虑到家和万事兴，便极不情愿地让了步。那些年孙家很不顺遂，1860 年 3 岁的大女儿金星夭折，接着次子孙典出生，1866 年孙典夭折，接着孙中山出生。来一个走一个的魔咒似乎始终伴随着孙家，这让杨氏非常伤心也非常恐惧。一天中午，她蒙眬中梦见一位银髯白发的长老，长老笑容可掬地坐到她面前，和气地问：“施主，讨杯水喝可否？”杨氏急忙起身躬身作答：“道长稍等。”随后，杨氏端一果盘过来，盘中有一杯水和两个杨桃，杨桃是自家树上长的。长老边喝水边端详杨氏，片刻后说：“施主腹中有喜，定是男婴，但他的命理有劫。”杨氏急忙请教：“请道长指点。”长老捋了捋胡须神秘地说：“与帝象者，可保福寿康宁。”说完逍遥而去。

杨氏从梦中醒来，仔细回味着长老的话，良久，她似乎明白了其中含义。村北有一座北帝庙，供奉着一尊北方真武大帝和一尊金花圣母娘娘。真武大帝相当于“水利部长”，分管天下的江河湖海，水边人家最怕恣意汪洋，所以祈求真武大帝护佑村民，风调雨顺。金花圣母相当于“计生委主任”，分管添人进口，保丁惠福。北帝庙是伶仃洋畔所有村庄的标配，过去此地偏于一隅，根本不知道皇帝在哪儿，也不知道皇帝是做什么的，遇到事情更不会麻烦皇帝。每个家庭一旦遇到大事小情，都会到北帝庙烧香求助，他们认为真武大帝才是临水人家的主心骨和精神寄托，只要跪在真武大帝面前磕头上香，村里人就知道你家需要帮助了，然后全村人集体出动，把你家要办的事很快就办了。在这种语境中，真武大帝自然是人们心目中的神圣，谁敢冒犯天尊呢？

后来，杨氏确实生了一个男孩，而且透着一股机灵劲儿。满月时，杨氏就抱着男孩去了北帝庙，告诉真武大帝和金花圣母娘娘：小民喜得一子，从今天起拜真武大帝为义父，金花娘娘为义母。按照长老指引，取名帝象，恳求二位天尊多多保佑赐福。

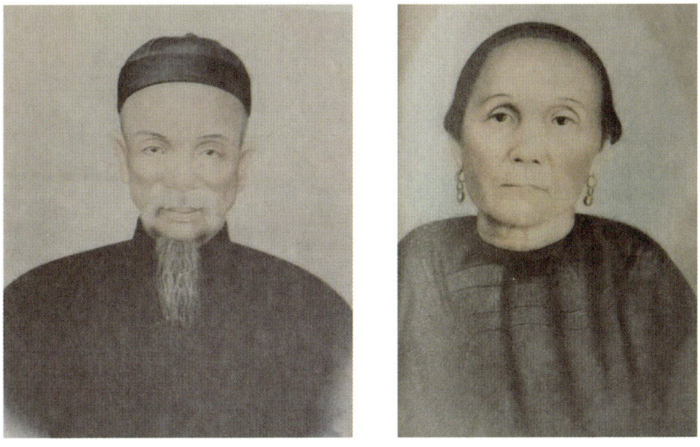

孙中山父母像（资料图片）

从那时起，刚出生的孙中山就叫帝象了，并将帝象之名刻在北帝庙的石碑上。对这个名字，孙达成极不赞同。他认为帝象这个名字太贵气，冒犯真龙天子，我们是草民草命，扛不住这么大的荣华富贵。杨氏和大儿子孙眉、二女儿孙妙茜已经叫开了，而且每次在帝象面前喊这个名字，帝象就“咯咯”地乐个不停。孙达成见帝象如此招人疼爱，也就不再计较乳名怎么叫了。

这孩子生性好斗，稍大些时，与村中小孩玩耍，经常做一些骑马打仗的游戏，即把几个小孩分成两队，分别由两个人一前一后，后面的人将双臂搭在前面人的肩膀上，扮成马的样子，一个人骑在后面人伸出的双臂上，然后两队人马相互厮杀，帝象往往是胜利的一方。小朋友都喜欢和帝象一起玩，他人小鬼大点子多，经常发明一些新玩法，如劈甘蔗、跳田鸡、量木棒、打番鬼等。玩着玩着，帝象就成了孩子们的头儿，无论是大孩子小孩子，都愿意集聚在他周围听他指挥。

后来，这些小朋友都陆续上私塾了，帝象上不起学，就帮着母亲干些力所能及的琐碎活儿。母亲的意图是培养帝象的劳动观念，大哥孙眉、二姐孙妙茜都是从小参加劳动，长大后眼里才有活儿，手头才勤快，劳动人民靠的就是勤劳。

干完活，帝象就坐在教室外面等小朋友下课，然后一起玩耍。帝象是个有心人，他在教室外等小朋友时，就专心致志地听先生讲课，久而久之，里面的学生还没学会，外面的帝象就记熟了。私塾先生程君海发现帝象是个读书的好苗子，就找到孙达成，动员他送帝象到私塾读书，自己宁愿少收一斗米。孙达成答应了程先生，转过年帝象就开始读书了，程先生为帝象取学名孙文。后来，中山先生在自传中多次提到这位程先生，发自内心地感谢这位授业恩师。

程君海的生父叫程贤永，是南朗安定村人。程贤永有个堂弟在大塘村，叫程贤道，由于后继无人就将程君海过继为后，不久程贤道就去世了，撇下了 24 岁的妻子杨氏和 22 岁的小妾陈氏。杨氏是翠亨村杨姓家族的后代，这个家族在翠亨村是大户，出了很多“金山伯”和买办，当时翠亨村有 100 多座砖瓦房，其中 60% 属于杨姓家族。杨氏对程君海这个千顷地里的独苗，自然是视若己出，疼爱有加，唯恐关照不周出点闪失。因此，她们按照当地的风俗，拜真武大帝为程君海义父，取乳名“帝根”。杨氏为了这个嗣子，费尽了心思，她甚至变卖了自己的金银首饰，供程君海读书。陈氏也不辞辛苦，整天缝缝补补，砍柴做饭，为的是程君海过上体面的生活。

程君海也非常感激两位母亲的厚爱，发奋读书，终于在院试中以第一名的成绩考中秀才，此后在翠亨村冯家祠堂开设私塾。两位母亲的事迹感动了光绪皇帝，1889 年光绪皇帝御书“旌表节考”赐予杨氏和陈氏。

程君海有个孙子叫程帝炳，20 世纪 20 年代，在唐山机车修理厂当技工。那时候在唐山搞工人运动的邓培看中了这位帅气的小伙子，特意收为徒弟并给予精心引导栽培，使其很快成长为一名出色的工运领袖和地方党组织领导者。他在回忆录中写道：“在 1922 年初，大约在三四月份，在智字五条的一个小楼上成立了共产党。成立时叫中国共产党唐山地区委员会，委员长是邓培。”那时的唐山党组织受北京党组织领导，经常与中共早期领导人李大钊、罗章龙、王尽美、张国焘等联系。1927 年 9 月，程帝炳接受中共中央巡视员蔡和森指派，到沟帮子指导党组织工作。此后，沟帮子党组织成为东北党组织的一面旗帜。

程帝炳的妻子叫陆丽琴，香山翠亨村人，在唐山妇女救国会任职，由此与领导唐山妇女救国会的程帝炳相识相爱。陆丽琴的父亲叫陆云清，是唐山机车修理厂“四大柜”之一，即大包工头。此人原是上海江南造船厂技术员，后来被派往英国攻读机械制造专业，回国后担任技术总监。当时，他的好朋友伍廷芳被任命为开平铁路局总办，负责修建中国第一条铁路——唐胥铁路，后扩延至天津大沽。改开平铁路局为中国铁路局，伍廷芳仍任总办，他力邀陆云清来唐山创业，此为赚大钱之良机。陆云清思量有好朋友担任铁路局要职，随便给点阳光就灿烂了，于是他辞去上海江南造船厂技术总监一职，来到唐山创业，在伍廷芳的关照下，他的大柜做得风生水起。据《我国第一个铁路工厂的历史概述》一文记载："大包工头陆云清每月都有一万元的收入，一箱一箱的洋钱往家里抬。他填平了300亩的大坑，盖了一条'陆家街'。他的儿子花了800元（相当于5000个小工一天的工资），买了一头骡子骑着玩。"可见其暴富的程度。

陆云清的父亲叫陆泽宽，是北洋水师高级将领。1894年7月25日，中日甲午战争的前哨战丰岛海战爆发，陆泽宽以身殉国，朝廷授予他三品都尉衔，并赐"都尉第"牌匾。陆泽宽入北洋水师之前在上海谋生，与陆皓东一家是族亲。陆皓东回翠亨村之后，经常讲起陆泽宽放弃富裕生活加入北洋水师的事情。孙文很仰慕陆泽宽，他认为男人就应该志在四方、精忠报国。

孙文很喜欢听打仗的故事，每每听到这样的故事就如痴如醉。村里有一位太平天国老战士叫冯爽观，经常在家门口的大榕树下讲太平天国的故事。他说太平军非常勇敢，打仗不怕死。有一次，他们部队在金鸡岭打阻击战，意图是挡住增援湘军的粤地清兵。激战三个月，清兵愣是未能突破太平军防线。

孙文好奇地问："金鸡岭在哪里？"

老人说："在粤北乐昌县，离我们这里很远。山峰很像鸡冠，所以叫金鸡岭。当地人说，这只金鸡头朝湖南，吃了湖南的米，把湖南吃穷了；金鸡的尾在广东，滋养了广东的土地，所以广东富了。"听得孩子们乐不可支，笑声中还引出了一段传说：相传神仙吕洞宾在南海顺了一只金鸡，走到粤北天就亮了，他把金鸡拴在山上，自己回天庭处理公务去了，等他回来时金鸡已经幻化成山峰，这就是金鸡岭。

老人说，金鸡岭有四道隘门，筑有城墙古寨，地势险要，易守难攻。当年天王洪秀全的妹妹洪宣娇带他们来到这里，清兵每天都来攻寨，有时候大炮不停地轰炸，就是攻不进山寨。后来清兵想困死太平军，太平军就摘野果吃，最终把清兵打退了。

孙文扑闪着一双大眼睛，追问："还有呢？"

老人拍了拍孙文的肩膀说："还有……你做第二个洪秀全。"

从此，"洪秀全第二"的名声就传开了。这可把孙达成吓坏了，谋反是要灭九族的，他大声呵斥孙文不知深浅，以后少在外面惹祸。其实孙达成也是喊给外人听的，小孩懂得什么是洪秀全第二，好玩儿罢了。

程君海先生听人喊洪秀全第二，心里很是高兴，他把孙文带到家里问："孙文，你知道洪秀全吗？"

孙文不假思索地回答："知道，就是打清兵的人。"

程先生继续问："你知道他们为什么打清兵吗？"

孙文扑闪着大眼睛说："不知道。"

程先生耐心解释："洪秀全是太平天国的领袖，尊为天王。他们主

孙中山故居里，孙中山等聆听冯爽观讲太平天国的故事的雕塑（资料图片）

张‘耕者有其田，居者有其屋，勤者有其业，少者有其学’。他们为咱们农民打了十几年仗，最后失败了。假如太平天国能成功，你们家就不用帮别人种田了，也不用为吃穿住行发愁了。”

孙文听得很认真，似乎明白了太平天国为什么打清兵，原来是为穷苦人争取活下去的权利。从那时起，孙文就立志长大后像太平天国那样，为穷苦人办事。中山先生后来回忆说，他的革命志向就是那时立下的。

其实，程先生不是一般人，他是三合会骨干成员。当时，三合会在香山是一个势力很强大的民间组织，经常表现出对太平天国运动的同情，这对程君海影响很大，特别是后来在香山县发生的红兵起义，直接影响了程君海的人生观。他向往有一种力量能摧枯拉朽地彻底改变死水一潭的旧秩序。

早年间，程君海先生经常听老人们讲红兵起义的故事：1854 年 7 月，香山县三合会首领卢灵飞和黄庚二领导的红巾军在小榄起义，数以十万计的农民踊跃参加，战火烧到伶仃洋畔，翠亨村和大塘村自然受到波及。红兵以剿灭清兵、革故鼎新、建立公平社会为旗号，号召社会各阶层人士同举义旗、共襄大业。起义军所到之处设官理民，毁衙放囚，惩治贪官，开仓济贫，在全县造成了很大影响。1855 年 4 月，香山县知县邱才颖调集清兵，串通游弋在伶仃洋上的英军，攻破位于小榄的红巾军大本营，历时九个月的红巾军起义失败。大规模的反抗虽然暂歇了，但零星的斗争却始终没有停止，程君海所在的三合会也从来没有消停过。

19 世纪 70 年代，程君海来到翠亨村开堂教书时，太平天国运动和红兵起义已经过去十多年了，但依然能听到相关的故事。程先生也会将这些故事讲给学生听，让学生从小树立正确的人生观。他的学生中，后来出了好几个大名鼎鼎的民主革命先驱，如孙中山、陆皓东、杨鹤龄等，想来也是自然的了。

孙文在这种氛围中读书，其深厚的慧根得到了充分启迪，从小就养成了坚强的斗争精神。有一次，孙文与陆皓东到一个杨姓同学家里去玩，那位杨姓同学家里很富有，住房前面有庭后面有院。他们正玩得开心时，突然闯进来几个清兵，不由分说就开始打砸抢，吓得杨姓家人站在那里瑟瑟发抖不敢吭声。孙文将这一切都看在眼里，怒不可遏地站在门槛上，大声呵斥道："你们凭什么抓人砸东西？"

一个军官模样的人问："傻仔，你是哪家的？"

孙文不亢不卑："我叫孙文，你叫什么？"

军官气愤地说："我叫抓你！"

正交锋时，两个清兵跑过来欲抓孙文。这时陆皓东大喊："孙文快跑！"

孙文听到陆皓东的喊声，一溜烟钻进了巷子里。

清兵不熟悉这里的环境，追到巷子口孙文就不见了，他和陆皓东跑到兰溪河边的小树林里，回头望去，不见清兵踪影。

孙文说："这些清兵太可恶啦！怪不得太平军打他们！"

陆皓东看着孙文，坏坏地说："洪秀全第二！"

两个孩子嬉戏着，"咯咯"大笑。

二

檀岛复学，眼界大开。

孙文站在甲板上，看着自由飞翔的海燕，心思已经飞到了火奴鲁鲁，大哥孙眉、舅舅杨文纳，还有村里的很多人都在那里，他还记得大哥孙眉跟着舅舅去檀香山的情景。

那是 1871 年秋天，舅舅杨文纳背着大把的银子回乡探亲，劝孙眉去檀香山发展。他说，那里地广人稀，气候好、华人多，只要勤劳就能过上好日子。孙眉与父亲孙达成商量，结果父亲坚决反对，理由是两个叔叔都客死他乡，弄得孙家好不凄惨。孙达成不想自己的儿子再冒风险，只要一家人平平安安就谢天谢地了。舅舅杨文纳见孙眉做不通父亲的工作，只好自己出马：“姐夫，去夏威夷种甘蔗没有上金山淘金那么危险，我总不会欺骗自己的外甥吧？”孙达成见腰缠万贯的小舅子说得如此恳切，也就不再固执己见。二叔母程氏见大伯同意了孙眉的请求，便主动将自己的土地抵押出两亩，获得24两白银，作为孙眉的盘缠。程氏是一位非常开明的人，与孙眉的母亲杨氏关系密切，特别对孙眉和孙文关爱有加。孙眉每天为二叔母劈柴担水，做力气活儿，孙文也经常来二叔母家玩，有时候还在二叔母家吃饭睡觉。二叔母闲时就给孙文讲金山伯的悲惨故事，还经常讲太平天国的故事，孙眉和孙文对二叔母程氏感情很深。

1872年春节刚过，杨文纳就带着孙眉与族亲孙梅生、孙赞生、孙玉成、孙胜、孙良、孙惠等一同前往檀香山。

送大哥出发的那天早晨，天刚蒙蒙亮，母亲叫醒孙文和孙妙茜。父亲推着独轮车，母亲杨氏和孙文坐在上面，孙眉的行李放在后面当靠背，孙眉在前面拉车，旁边跟着孙妙茜。他们一同送孙眉去六公里外的涌口码头，从那里乘船去澳门，在澳门改乘油轮去檀香山。

檀香山也叫火奴鲁鲁，是夏威夷王国的首都。清嘉庆年间有火奴鲁鲁人来广东贩卖檀香，故称其为檀香山。那时候，夏威夷王国与美国关系很密切，很多方面都效仿美国，最后变成了美国的一个州。

19世纪60年代，美国爆发了南北战争，食糖价格猛然上涨了五倍，给夏威夷的糖业生产提供了发展机遇，而要大面积种植甘蔗，就需要大量的劳工。1864年，夏威夷政府派出招工人员，代表政府或大公司与中国经纪人签订招募华工委托书，其中明确经纪人可按不同比例收取佣金。这时，南朗泮沙村王贵从中看到了希望，即于1860年成立商号兼营招聘华工生意，从中牟利暴富。最早到达夏威夷的“甘蔗大王”陈芳，也利用自己的芳植公司与夏威夷政府签订招工合同，1872年在南朗一带招募华工1400多人。至今，夏威夷四大都会馆依然是华侨华人中人数最多的会馆，仅南朗安定村在夏威夷的华侨就有1100人。到光绪年间南朗在夏威夷的华侨超过两万人。

如此众多的南朗乡亲流离海外，与当时大清国的内忧外患干系重大。1840年鸦片战争爆发后，社会动荡，年景荒废，再加上洋兵和匪盗的滋扰，老百姓的日子雪上加霜，恰在此时夏威夷招聘华工，算是给了香山农民一线希望。

孙眉到达檀香山之后，准备在本埠（火奴鲁鲁）找工作，但是转了几天毫无结果，后来同乡告诉他：“你不懂英语，很难在大埠找工作，不如去茂宜岛，那里华人多，有的已经成了老板。”

这时，孙眉才缓过神儿来。他突然想起程明桂，来檀香山之前，自己一直在程明桂家扛长工。程明桂经常回国，有时候在老家一住就是半年，他对孙眉印象极好，知道他实诚厚道肯出力，是个好把式。孙眉不得已来到茂宜岛找到程明桂，程明桂现在是陈芳糖厂的股东，但自己不话事，见到孙眉很高兴，即刻叫来郑强。郑强是三乡雍陌村人，早于孙眉来夏威夷，等孙眉到夏威夷时，郑强已经有了几间杂货铺和农场。此人为人豪爽，肯于助人，他首先带着孙眉找到翠亨村的陆成，此人也是一个事业有成的小老板，结果一见孙眉来扰，那脸结得像冰一样，弄得郑强很是尴尬。出了陆成的门，郑强大声骂道：“什么东西！”

最后，郑强将孙眉带到哥哥郑愎那里。郑愎非常热情，安排孙眉住下，并带他熟悉茂宜岛的环境。一星期后孙眉被安排在郑愎的菜园做了菜农，每月薪资15元，寄10元回家。

一年后，家里接到了孙眉的来信，他在信中讲檀香山很美，土地肥沃，食物丰富，棕树绕着海滨一排一排的，到处是果园和葡萄园。据孙文回忆："大哥在开始时就是顺利，出去就到那浪花所及的海滨上去开垦，就是现在珠港（Pearl City）所在光荣的地方。他用了两只手一天一天地去耕种那芦苇丛生的湿地，使他（它）可以产生百倍的米谷。他在翠亨所学得排水耕田的功夫，到了那里很觉受用。夏威夷天性善良的土人看了觉得很奇怪，因为有中国人耕种后，出产更加丰富，他们知道亦可以享受些利益了。大哥不但顺利，并且因为他的顺利，在他所住的地方，得到全社会尊敬。"（见林伯克著《孙逸仙传记》）

孙眉是一位很有经济头脑的人，他凭借自己的体力与脑力，很快就摆脱了窘迫的命运，五年后便衣锦还乡了。孙妙茜的孙子杨连逢曾记述过奶奶的一段回忆："有一天，帝象（孙中山）正在田里采猪草，见到有一个人乘坐着轿子，前面又有些挑夫挑着很多行李向村中走来。他好奇地站着看，待走近时又发现每件行李上都写着一个孙字。他看看行李，又看看坐轿的人，突然，匆匆拿着装猪草的篮子一口气跑回家去，

夏威夷茂宜岛孙眉农场（文智诚/摄）

一踏入门口就大声叫：‘亚……亚……妈，大哥回来了！’母亲很为诧然，笑着回答他说：‘你发梦，你怎认识哥哥呢？’帝象着急地说：‘是就是啰，坐轿的人与大哥的相片很像，行李上又写了孙字，为什么不是呢？’正在争论间，就被门外‘亚妈，亚妈’之声冲破了，接着大哥就进屋了。帝象很快就递送了一杯茶给哥哥。”

孙眉这次回乡是带着任务来的：一是回乡娶亲，娶崖口村的谭氏为妻；二是招聘华工，此乃本次回乡的主要目的。当他听说夏威夷政府鼓励招聘华工时，便自告奋勇愿为，还与夏威夷政府签订了契约，若完成招聘任务可拿到一笔可观的佣金。他就是冲着这笔佣金来的，前方有希望干活就起劲儿。完婚之后，他召集村民宣传夏威夷湛蓝的天空、碧绿的大海、金黄的沙滩、黛青的植被、广阔的土地、成片的蔗林及满地的黄金，把村民们忽悠得一劲儿蒙圈。但由不得你不信，孙眉这个穷小子，去了几年檀香山竟成富人了，你看那派头，今后说不定是大财主呢！

还真让村民们猜着了，孙眉靠着招人的这笔佣金，开始了他魔术般的商业运作。据夏威夷公证登记局记录，1886 年，孙眉就有房屋出租；1887 年，买房买地；1888 年，登记为实业买卖者；1888 年至 1891 年，增加 LAO 酒店和楼宇之股权、许多大小地段产权，以及牲畜养殖、建筑业经营权等。

随后，以孙眉为代表的卡孖奥利会，向政府租种库拉农场 3900 英亩土地，租期十年。除此之外，孙眉还购得土地 2000 英亩。据夏威夷政府档案记载，1892 年孙眉被列为“牧场主人兼牲畜养育家”。

孙文自大哥第一次回乡，就立下了去檀香山的誓言。1878 年，孙达成接到孙眉的来信，邀请弟弟孙文去夏威夷帮着打理生意。5 月初，母亲杨氏带着孙文从澳门登上英国招商局“格兰诺号”铁壳汽船赴檀。孙文第一次乘这么大的船，此时站在甲板上，看着那根连接轮船两端的铁梁，这位东方少年浮想联翩……

在林伯克的《孙逸仙传记》中，孙中山口述了当年自己眼中的“轮舟之奇”：“我想这么重的一条铁梁，要多少人才可以把它装配好？忽然想到那个发明这个大铁梁的天才，也发明了应用它的机械方法。外国人所做的东西，我们中国人不能做，我立刻觉得中国总有不对的地方了。外国人既能制造这些坚实金属的大梁，并且又能把它装配好，这岂不是他们在别的方面，优于中国人的教训吗？”

轮船行至中途，船上一名英国水手突然病逝，这在长途航运中司空见惯。船员们为其举行了基督徒海葬仪式，在一片极不严肃的歌声中，逝者被海员们抛进了大海。这让孙文相当诧异，在中国人的观念里，客死他乡本来就很不幸，如果再葬身鱼腹那就更不幸了。按照翠亨村的传统，对于远洋逝去的人，要想尽一切办法运回骨殖入土为安。他开始觉得自己要去的这个世界，没有死者为大的意识，对逝去的人是一种蔑视。孙文越发对西方世界产生了好奇，他决心走进它的机理内部，探讨它异样的生命基因。

孙文终于明白了：“中国并不等于世界。世界也非单个国家可以囊括。”后来，他在《建国方略》中写道：自机器发明后，人文之进步更高更速，而物质之发达更超越于前矣。盖机器者，羁勒天地自然之力以代人工，前时人力所不能为之事，机器皆能族为之。任重也，一指可当万人之负；致远也，一日可达数千里之程。以之耕，一人可获数百人之食；以之织，则一人可成千人之衣，经此一进步也，工业为之革命，天

孙中山著作丛书《建国方略》（黄彦编，广东人民出版社 2007 年 11 月版）封面

地为之更新。

在轮船上的20多天，孙文“始见轮舟之奇，沧海之阔”，从而产生了“慕西学之心，穷天地之想”的企图。他认为，穷天地之想，首先是慕西学之心。根据轮舟之奇来判断，西学一定有别于中学，否则西人依据什么来制造轮舟呢？因此，他暗下决心，到檀香山继续读书。

上岸以后，孙眉安排弟弟在茂宜岛德隆昌杂货店佐理商务，没几天工夫，孙文就能独当一面了，孙眉很高兴，心想终于有好帮手了，他可以腾出更多的精力去干其他事。但孙文很讨厌整天讨价还价的氛围，更不喜欢闻金钱的味道。他希望继续求学，这是孙眉意料不到的。孙眉犹豫了一段时间，最后决定送弟弟继续读书。1879年9月，孙眉将弟弟送到檀香山最优秀的学校意奥兰尼就读，这所学校是夏威夷国王卡米哈米四世提议创建的，“意奥兰尼”的语意为“天空之鸟”，寓意学校培养出更多出类拔萃的人才。该校也是华人子弟梦寐以求的学校，读书氛围好，教学质量一流。

2011年4月初，我到夏威夷采访时，曾经到过这所学校。它位于檀香山高楼林立的市中心，淡黄色的校墙，掩映在一片翠绿的热带树丛中，给人一种闹中取静的感觉。该校发展到今天已经五次搬迁，最初由英国圣公会创办，后改由美国人主办。校园里矗立着一尊少年孙中山铜像，铭牌上写着“本校校友，一八八二年毕业”。

当年，意奥兰尼学校的所有课程一律用英文讲授，教师基本上是英国人。为了适应学校教学，入校前，孙眉专门送弟弟到茂宜岛一所私立学校补习英语。孙文语感相当好，不到三个月时间，日常用语已经讲得非常流利，就连一些教学术语也非常熟悉。这令孙眉十分惊讶，更坚定了他送弟弟去读书的信心。

孙文回忆说：“大哥气量很大，在中山（孙文）未到之前，他已收受了一个同村的少年，并且已把他送入火奴鲁鲁的学校读书了。当大哥决意把中山送入学校的时候，这同村的少年，进了教会学校已两年了。他以为外国教育，既然没有伤害这个同村的少年，当然无害于中山的。”

夏威夷普纳荷学校里的少年孙中山雕像（文智诚／摄）

孙文在此三年，学习了自然科学，以及政治、经济、法律、社会学和圣经等课程，能讲一口流利的英语，各门成绩均优异。毕业典礼上，夏威夷国王卡拉卡瓦一世亲自为孙文颁发英文语法第二名奖章，王太后与公主亲临观礼，当地华侨引以为荣。林伯克在《孙逸仙传记》中指出：国父的英语流畅自如，发音和语句结构，都是地地道道的英文，没有广东话的腔调。当时与孙文同班的华童有十人，姓名可考的有钟工宇、唐雄、李弼。《国父革命运动在檀岛》一文，记载了唐雄的回忆：“国父（孙中山）沉默寡言。不苟谈笑，好读史乘，对于华盛顿、林肯诸伟人勋业，尤甚景仰，因为喜读西方传记，故英文进步甚速。”

这些书籍对孙文了解西方社会至关重要，特别是在夏威夷社会推陈出新，进行自我文化调适期间，各种信息的汇总为少年孙文提供了一个观察社会的范例。当时，檀岛虽然是王朝统治，但西洋的宗教、文化和政治、经济力量，早已控制全岛，特别是美国的影响力渗透至深，檀岛当时处在一个文化重新调适的变革期，而此时的中国也同样处于新旧文化碰撞的调适期。这些文化冲突给孙文增添了许多求真的动力。他沉浸在蓝色文明的海洋，沐浴异质文化的洗礼，思维方式和眼界都发生了很大变化，他从中西文化比较中树立了自己的价值观，并且开始了自己的人生选择。后来，他在一次演讲中回忆说："……至檀香山，就傅西校，见其教法之善，远胜吾乡，故每课暇，辄与同国同学诸人，相谈衷曲，而改良祖国，拯救同群之愿，于是乎生。当时所怀，若必使我国人人皆免苦难，皆享富乐而后快。"

四季如夏的檀香山，孕育了夏威夷多民族相融的强大包容性，与清朝的闭关锁国大相径庭。在夏威夷，异国人都来到这里，葡萄牙人、中国人、日本人、保加利亚人等，大多数人是到甘蔗种植园做劳工，但大家相处很好，土著人很友善，他们叫夏威夷——民族大熔炉。孙中山对夏威夷感情很深，他曾对记者泰拉说："这是我的夏威夷。我在这里长大和受教育。我在这里看到一个现代化的、文明的政府，使我知道这样的政府（对人民）意味着什么。"

孙文从檀岛接触西洋文化，也从檀岛了解美国。令他感触最深的，是当地的良好秩序，人民普遍尊重法律。深入观察，他又发现檀岛的进步、繁荣、富足与安详，乃是从新的美国文明中产生出来的。他觉得美国这个名词很有意思，把美国当作是真正的"自由的国家与勇士的故乡"了。那时的美国，正处在青年时期，好像早晨八九点钟的太阳，处处显示它强大的创造性和先进性。

当时，孙文在《三民主义·民权主义·第三讲》中，这样表达他对美国的看法：

美国第一次的大战争，是美国人民自己求独立，为自己争平等。第二次的大战争，是美国人民为黑奴求自由，为黑奴争平等；

不是为自己争平等，是为他人争平等。为他人争平等，比较为自己争平等所受的牺牲还要大，流血还要多。所以美国历史是一种争平等的历史。这种争平等的历史，是世界历史中的大光荣。

辛亥革命后，孙文坚持自己不做皇帝，而要创立民主制度的新中国，这种新思想无疑是在檀岛读书时启蒙的。他的同学钟工宇接受《纽约太阳报》记者专访时称："我们在课外常用方言交谈……他（孙中山）告诉我：他想知道，何以英美政府和人民相处得这样好？有一天晚上，他问我：为什么满清皇帝自命天子，而我们是天子脚下的虫蚁？这样对吗？我当时无法作答。"

这些问题，他在檀岛的普纳荷学校得到了答案。

普纳荷学校创办于 1841 年，最早为太平洋地区传教士的子弟学校。这所具有 180 多年历史的老校，依山傍海，古木参天，绿荫如盖。在当地方言中，"普纳荷"为水之源。而这所老校却是精英才俊源源不断，其中包括两位总统，一位是中华民国临时大总统孙中山，另一位则是美国前总统奥巴马。

1883 年春天，得知弟弟有意继续深造，孙眉就把弟弟送进当时最好的学校，学习数学、地理和历史课程（类似大学预科班），成为班上 33 人中的 3 名中国学生之一，与库克王子是同班同学。

创建普纳荷学校的美国新教会员在这里营造的学术氛围，富于浓厚的美国历史和思想特征。这与孙中山此前就读的意奥兰尼学校有些区别，意奥兰尼信奉英国国教，坚持反对美国，拥护君主政体。

2011 年 4 月，我曾经采访普纳荷学校公关部负责人凯雷·塔尼，他介绍说："在普纳荷，自由平等是一种根深蒂固的理念。"这种自由开放的教育理念，保护了青少年的创新能力。从孙文时代到今天，普纳荷一直为学生提供机会，让他们去触摸现实或想象中的世界。180 多年过去了，普纳荷依然保留着优秀本质：一种富于变化的理念中的基本信仰；一种对平等尊严根深蒂固的认可；一种个人可以通过利他主义行为重新铸造周围世界的信念。

在凯雷·塔尼的引领下，我来到一栋两层建筑前，这是孙文当年上课的教学楼，建于1852年，是学校目前最古老的建筑物，教学楼保存完好，现仍在使用。教学楼门前的那棵“猴子树”，据说孙文读书时就有了。

在普纳荷学校就读期间，对孙文影响最大的莫过他的美国老师芙兰·蒂文。此人是基督教友，教授历史和哲学等课程，他的岳父早年在中国传教，妻子两岁时就随传教的父亲到中国，能讲一口流利的广东话。芙兰·蒂文慈祥友善，经常到码头劝导华工不要嫖赌，要懂得感恩，常给家乡的父母妻儿写信。芙兰·蒂文很器重孙文，孙文亦从老师那里了解并认同自由、平等、博爱的价值观，师生二人后来成为莫逆之交。

我在檀香山采访时，见到了芙兰·蒂文的孙子、84岁的芙兰·达蒙。他幽默而睿智地说：“我爷爷经常教育孙文要迎难而上，就像打橄榄球，Tackle the dread（克服恐惧）！爷爷的这句话对孙文帮助很大，在他策划组织的十次起义里，他屡败屡战，越挫越勇，正是‘Tackle the dread’的体现。这句名言也是我们的家训。”

芙兰·达蒙将孙文1912年2月8日写给爷爷芙兰·蒂文的英文书信镶在镜框里，当作传家宝妥善保存着。这封信见证了一段珍贵的师生情。孙文在信中说：“谢谢你托孙科带给我的一封信，感谢你的善意和友情。我很高兴知道，我们的许多外国朋友看到我们把中国从满清的奴役下解放出来，感到欢欣鼓舞。此时，我不能忘记你一贯鼓励并帮助我努力使这伟大的革命运动获得胜利。我谨向你重申我的谢意，并感谢你对我和我党党员所做的许多善意的帮助。”

孙文在檀香山读书期间，无论是意奥兰尼还是普纳荷，都是教会学校，每天晨读和晚读前，都要到教堂祈祷，而且吃饭前要拜上帝念圣经，华人子弟概莫能外。芙兰·蒂文还经常带孙文去教堂做礼拜，他希望孙文洗礼成为基督徒。孙文也有此意，当年洪秀全就是信仰上帝的，他觉得拜上帝是一种很大的精神荣耀，要干大事就必须借助上帝的力量。

孙文将自己的想法原原本本地告诉了大哥，结果孙眉却脸色大变，严厉斥责弟弟背叛祖宗，大逆不道，我们华人的血液怎能换成洋人的血液！正当二人争执不下时，同村华侨杨鲲池为孙文解围："此子有大志，信外教何害？不可过于束缚。"正在气头上的孙眉根本听不进，孙文也寸步不让，二人已经到了剑拔弩张的程度。陈少白在《兴中会革命史要》中谈道："这样，两个人斗起口来，孙先生就被他大哥打了一顿。打过之后，哥哥不理他。孙先生倒也负气起来了，就拿了一只衣箱，头也不回地跑出门。他想到什么地方去好呢？摸摸身边，也没有钱。一时也想不出什么办法，后来就跑回到教会学堂里面去。见了牧师（芙兰·蒂文），就说：'我哥哥不要我读书，我现在站不住，要回去了。'牧师听了，很怜惜他，苦苦地劝他：'你暂时住在学校内罢。隔几天，等你哥哥气平了，再可以去商量的。'但是那时候孙先生觉得既和哥哥斗气出来，再也不能住下去了，并且出国已五六年，想回去见见家乡情况，所以他坚持回国。"

芙兰·蒂文见孙文态度很坚决，就帮他买了回国的船票，并资助孙文 300 美元。1883 年夏天，孙文披着夏威夷的文明之风离檀返粤，此时的孙文已经是一位胸怀天下的少年英才了。

三

藐视北帝，立志医国。

1883年7月，17岁的孙文从檀香山回到了故乡，看着伶仃洋连天的碧水和身边满池的荷花，不由得想起了宋朝大诗人杨万里的《晓出净慈寺送林子方》，大声朗诵道："毕竟西湖六月中，风光不与四时同。接天莲叶无穷碧，映日荷花别样红。"

然而，家乡却山河依旧，规矩依旧，生活依旧。他去檀香山的五年，檀香山在一日千里地发展，而家乡却以不变应万变，拜神的依然拜神、受苦的依然受苦，他很同情乡亲们的生活境遇。

正当他冥思苦想时，陆皓东突然站在他身边："帝象，你可回来啦！"孙文见到陆皓东非常高兴，二人"哐"的一声拥抱在一起。相互询问了对方情况后，陆皓东问："今后有什么打算？"

孙文说："长远打算还没有，近期想在村里开个免费学习班，跟大家讲讲西学。"

陆皓东表示赞同："这个想法好，我负责召集学生。"

孙文找了一块床板做成黑板，第二天就在大榕树下开课了。孙文是一位博览群书、见多识广的英才，再加上口才相当了得，讲起课来眉飞色舞，生动异常。他首先在黑板上画了一艘轮船，问大家认不认识。

孩子们异口同声地回答："认识！"

孙文继续问："你们知道它怎么往前走吗？"

孩子们支吾着说："划桨……走！"

孙文说："同学们，这是轮船，很大的轮船，可以装下500人。船上装一台汽轮机，用煤烧水，水产生蒸汽，蒸汽推着轮船往前走。新鲜吧！这就是科学技术，用了科学技术，一个人顶十个人甚至一百个人。"

孩子们似懂非懂地看着孙文。

孙文继续说："我去檀香山坐的就是轮船。檀香山不光有轮船，还有工厂，用机器生产我们生活中用的东西，又快又好。比如糖，在我们村几乎都是自己家做，先把甘蔗榨成汁，然后放锅里熬，熬成坨状就成了，既费工夫又不成型，所以我们叫糖稀。而檀香山用机器榨糖，成吨成吨地榨，然后做成各种各样的商品。”

孩子们听得津津有味，等到第二天私塾就没人上课了，全都跑到大榕树下听孙文讲西学。

私塾王先生火急火燎地跑来，数落孙文：“你这不是拆台吗？中国人学什么西学，老祖宗给我们定的就是四书五经。”

孙文说：“王先生，此一时彼一时也。过去我们这里有番鬼吗？现在到处都是横行霸道的番鬼，你的四书五经怎么不去打跑他们？”

王先生听了孙文的话，喉咙像噎了什么东西：“我……不准……你教！”

族长见二人争执不下，站在一旁和稀泥：“帝象，你看这样好不好，你到私塾去教。”

王先生说：“不准！”

孙文说：“我就在大榕树下教。”

可是，没过几天那些学生都让家长哄到私塾去了，大榕树下只剩陆皓东、陆灿和杨帝贺等几个孩子。孙文和陆皓东挨门挨户去请，可村民们都说孩子要读塾书不读西学。

村子又恢复到一潭死水。

私塾依然是“人之初，性本善”，北帝庙依然是叩拜者众，香火不断。孙文想不明白，村民们的观念怎么如此顽固呢？竟然顽固成一个千年不变的规矩，正是这个铁打的规矩才导致村民的生活千年无改。他跟陆皓东说：“太平天国运动就是从破除偶像开始的，只有破除偶像才会建立新的规矩。”

接着，他把自己的想法告诉了陆皓东、陆灿和杨帝贺，陆皓东等很兴奋，一致表示支持。一天中午，村民们都在午休，北帝庙也显得很安静，孙文和陆皓东潜入庙内，陆灿和杨帝贺在庙外放风，孙文攀上神坛抓住真武大帝指向天空的手指，嘴里念叨着："看你这样威风，现在将奈我何？"顿时就听"咔吧"一声掰断了，陆皓东捡了一根树枝，在金花圣母脸部划了一道深沟，又毁去一只耳朵。正在这时看护北帝庙的老人大喊起来，喊声迅速震惊了全村人，各家族长老迅速找到孙达成，怒斥帝象亵渎神灵的行为，要求孙达成向全村人谢罪，立即修复神像，将孙文逐出翠亨。

孙达成是一位笃信神灵的老实人，他也不理解帝象为什么毁坏神像，但他不会责备帝象，自他从檀香山回乡，感觉见多了识广了，相信帝象不会胡来。但为了缓解与村民的紧张关系，他愿意出十两银子修复神像。

自此之后，村里人再也不敢与帝象交往了，都觉得他是一个另类。孙文也觉得中国的村庄太顽固了，凭自己现在的能力还不足以改变它，于是他决定离开这里，去香港读书。

陆皓东也觉得该离开村子了，但他不想去香港，那里没有他的亲人，他跟孙文说："我想回上海，那里有我们家的产业。"

二人就这样在伤感中别离了。

多年以后，孙先生的挚友宫崎寅藏曾说："凡少年时代的宗教思想，大多是由感情的刺激而来，鲜有从理性的判断而来。"孙先生也经历这种过程，"他曾经对我说：'我对基督教的信念，随科学的研究而逐渐减退。我在香港医学院求学期间，觉得基督教的理论缺乏逻辑，因而开始阅读哲学书。当然，我的信念相当倾向于进化论，可是又没有完全放弃基督教。'"可见孙先生当时的举动，正如他所说是"血气方刚"所致。况且信仰自由，为近代国家所尊重。你信仰基督，也不能破坏他人崇拜的偶像。所谓"容忍比自由更重要"是民主社会最重要的原则。但孙先生当时年未弱冠，自然还未能理解透彻。

是年 11 月，孙先生到达香港，入香港圣公会创办的拔萃书院。这所学校在香港很有名气，很多官商和文化名人均毕业于此。孙先生凭借他在檀香山的老师芙兰·蒂文的推荐，很顺利就进入了这所学校。遗憾的是，他只在该校上课一个月就辍学了。

1884年4月15日，孙文转学香港中央书院，注册孙帝象，但此后称呼孙逸仙，是年18岁。5月26日，奉父母之命，与外沙村17岁姑娘卢慕贞完婚。卢父卢耀显原在檀香山经商，家庭也算富有，卢慕贞自小经母亲严格规范，嫣然出落成一枚窈窕淑女，尤擅女红。进得孙家，伺候公婆，料理家务，任劳任怨，忙不偷闲，受到公婆的高度认可。

孙逸仙结婚之后，便回到香港继续学业，似乎家庭之事与己无关，卢慕贞从不打探夫婿之事。直到1888年春，孙达成病重直至去世那段时间，孙逸仙回到翠亨，见卢慕贞忙里忙外地精心伺候病重的公公，非常感激卢夫人的所作所为，夫妻感情开始升温，孙科、孙娫、孙婉就是那一时期出生的。

辛亥革命成功后，孙逸仙被推选为中华民国临时大总统，卢夫人从槟榔屿来到南京与孙先生团聚。1913年2月，袁世凯篡夺胜利果实后，授予孙先生全国铁路督办之职，随即孙先生携卢夫人去日本考察。回国后，他又马不停蹄地走遍全国考察路政和实业。这时候的卢夫人萌生了去意，卢夫人说："我是乡下人，不识字，也不懂英文，先生的事我帮不了手。我裹着脚，连走路都不方便，怎能帮先生呢？"

1915年，孙先生同意了卢夫人的想法，并告诉卢夫人他爱上了宋庆龄。卢夫人即刻飞到日本与孙先生办理了离婚手续，她说："先生是做大事的人，要有人帮他，我连英语都不会，不能阻止他去追更好的人。"

孙先生很感激卢夫人："你永远是孙家的人，孙科永远是你的儿子。"

离婚后，卢夫人常住澳门，孙先生承担了所有生活费用，并在经常的书信往来中，依然称“卢夫人”。卢夫人回信称自己为“孙卢氏”。很多家乡人想通过孙先生公干，找到卢夫人牵线搭桥，卢夫人也热情帮忙。1952 年卢夫人去世，享年 85 岁。

1886 年，孙逸仙以各门学科全优的成绩从中央书院肄业，后入广州博济医院实习西医。该医院由美国传教士彼得·帕克创立于 1835 年，其主旨是拯救人的灵魂，医治人的肉体。博济医院章程明确规定：医药是推行基督教布道事业的良好辅助，即医药与布道同等重要。博济医院是中国乃至东亚各国采用西医西药治病救人的始祖。

博济医院创立之后，发现中医学缺乏科学层面的解剖学、生理学、理化学、治疗学、外科学等，于是，院方决定选聘著名外科手术专家嘉约翰来广州主持博济医院工作。他在职 48 年，门诊看治病人 740 多万人，实施外科手术 48900 多人，培养了 150 多名中国籍西医，孙逸仙就是其中之一。

嘉约翰不仅充分发挥自己的医学才干，还广罗医学人才。如中国留英第一位医学博士黄宽就曾在嘉约翰创办的华南医校任教，1867 年黄宽还兼任博济医院代理院长，并主刀该院首例人体解剖手术。黄宽是香山县唐家湾人，1847 年 1 月与容闳同船去美国留学，初入马萨诸塞州孟松学校预科两年，1850 年入英国爱丁堡大学医学系，1855 年被授予医学博士学位。1858 年回到国内，先后履职于广州惠爱医馆、李鸿章幕府、广州海关医务处、博济医院、西南施医局等。

孙逸仙在博济医院不仅刻苦钻研医学，还非常关心时事政治，经常与同学朋友甚至商贾工人大谈国事，而且谈起来眉飞色舞，引经据典侃侃而论，许多人都佩服他的口才和学识，但也有一些人怀疑他的学识。一天，有人嘲笑孙逸仙床头摆放的《二十四史》，说孙逸仙沽名钓誉，附庸风雅。孙逸仙令其随手拿出一册，他便流利地答出本册的内容，从此同学们称孙逸仙是“通天晓”。

1887 年，孙逸仙考取香港西医书院。从此。他开始了新的人生旅程。

西医书院的教师都是出类拔萃的医学人才，尤其是病理教学更是贴近实际，它的实际效能明显超过英国医院，这里的学生从入学开始，直到通过医师资格，一直在门诊病房做医师或药师助手，他们的理论很快就迁移到了实践中。因此，西医书院培养的医师都是活学活用的典范。当时，香港《中国邮报》专题报道了西医书院教学情形：

> 学生所做的功课，尽量地配合实践，他们曾经无数次参观植物园，表示对福尔德先施担任的工作，是如何重视。古路先生的化学演讲，完全以实验来做图解，而学生在整个暑天时间内都潜研于该院内的化学实验室。经过实际的试验，所有书院的这些工作不论是有关的演讲或实验，似皆导向专门之路。

1888 年 8 月 10 日，西医书院举行第一次专门考试，孙逸仙的化学得 90 分、物理得 92.5 分、生理学得 81.5 分。因此，他获得了“沃森奖学金”。此后几个学年，孙逸仙的成绩均列第一，特别是康德黎主讲的《实用初级外科》与何启主讲的《法医学》均得 90 分以上。

孙中山就读的香港西医书院（资料图片）

孙逸仙除了钻研医学，还广泛涉猎政治、经济、军事、历史、农学的各类书籍，他以学业优异、知识广博、胸怀广大，而深得西医书院教务长康德黎和西医书院创办人何启的器重。

在此期间，孙逸仙受到“中国先睡后醒”争论之影响，开始将治病的注意力转到了治国。这场争论起于清廷驻英法公使曾纪泽，发表在1887年1月伦敦《亚细亚评论季刊》上的一篇文章，即《中国先睡后醒》。文章指称：欧洲各国都以中国“有似年老者，奄奄待尽”等观点的错误。因中国自1860年英法联军攻破北京以后，已经醒悟，且李鸿章“整顿中国军务日有起色”。中国目前所最应整顿者如下数事：善处寄居外国之华民；申明中国统属藩国之权；重修合约，以合堂堂中国之国体。

文章发表后，旋即在欧洲产生影响，德法等国的多家报纸纷纷转载，是年2月8日，香港《中国邮报》全文刊发，接着上海、天津、广州、北京也刊出译文。顿时，批评声浪崛地而起，最有代表性的是何启，他批评所谓中国醒悟的观点，认为中国最大病症在政治社会道德衰微与罪恶习气。他驳斥道：“今者中国政则有私而无公也，令则有偏而无平也。庶民如子，而君上薄之不啻如贱奴也；官吏如虎，而君上纵之不啻如鹰犬也。基已削矣，址已危矣，而欲建层台、起岑楼，吾不知其可也……今夫国之所以自立者，非君之能自立也，民立之也；国之所以兴者，非君能自兴也，民兴之也。然则为君者其职在于保民，使民为之立国也；其事在于利民，使民为之兴国也。”

何启的文章可谓率直透彻，入木三分，得到了读者的一致好评。接着，他又在香港《华字日报》刊登《曾论书后》，详细阐述了民本思想。他认为：人民乃国家主体，民为邦本，本固邦宁。顺民者昌，逆民者亡。桀纣之失其国，乃失其民；失其民者，失其心也。故必须得民心者才可得人民拥护，国家安宁。而“公意”即民心的表露，故“天视自民视，天听自民听”。中国古圣名言早已再三指陈“人民”是立国之本。

何启的文章引起了孙逸仙的关注，他以为何博士不仅生理学讲得好，而且政论文章思想闪烁、文采斐然，于是更加敬重何博士了。从此，他对时政的兴趣更加浓厚了。

孙逸仙有个少时的玩伴叫杨鹤龄，翠亨村人，家境富裕，其父在香港有一间“杨耀记”商店。杨鹤龄从广州算学馆毕业后，就来“杨耀记”帮工，店内特别腾出一层楼，供亲朋好友切磋观点交流思想而用，孙逸仙入学西医书院之后，就住在这里。后来孙逸仙和杨鹤龄又将他们在广州读书时认识的朋友陈少白和尢列招到香港，从此，“杨耀记”就成了他们谈论国是、批评时政的地方，后来人们称其为“四大寇”。其实，议论国是的不止这四人，还有王孟琴、何隆简、杨迺安、关景良等。1888 年 10 月 10 日，“四大寇”与关景良等又聚谈时政，其中有人提议拍照留念。“四大寇”即刻走到医院三楼过道坐下，左起为杨鹤龄、孙逸仙、陈少白、尢列。殊不知其背景却是手术室，关景良马上取一屏风遮住，自己站在四人之后，留下了一张十分珍贵的图片。

此时，孙逸仙的时政言论虽然壮怀激烈，但大都限于改良主义范畴，之后的行动就是最好的实证。

1890 年，孙逸仙乡间的同学陆皓东，从上海电报局请假回乡结婚。恰巧，曾任上海电报局总办的郑观应在家乡养病，郑是陆皓东的伯乐，他非常喜欢陆皓东，因此把陆皓东招到自己门下精心调教。正是此时，郑观应的《盛世危言》脱稿，他要请托同在家乡休养的郑藻如帮其订正。二郑虽说不同村，亦属同宗兄弟，当年郑藻如被张之洞看中，委以江南制造局重任时，郑观应也在上海混得风生水起，当时江南制造局有个英文翻译叫约翰·弗莱尔，曾经做过郑观应的英文教师，通过约翰·弗莱尔二郑相识了。可以肯定地说，二郑是乡情加亲情的关系。孙逸仙从这张关系网中看到了机会，他请陆皓东引见郑观应，通过郑观应

“四大寇”与关景良（资料图片）

向郑藻如上书，欲利用郑藻如三品大员的影响力，推动乡村县政革新改造，用现在的话说就是建设秀美乡村。

郑藻如是香山县濠头村人，1851 年考中举人，后因组织团防保护乡里有功，钦加同知衔，1869 年受命于张之洞，十年后被李鸿章看重，遂奏请朝廷委任其津海关道台一职。李评价其“廉干沉毅，德器深厚，识略闳通；前在上海机器局十余年，与洋人交涉已久，深明机要，熟习情形”。1881 年 6 月，郑藻如奉命出使美国、日斯巴尼亚（西班牙）和秘鲁三国，彼时，正是美国排华最激烈的时候，美众议院正在酝酿“排华法案”。郑藻如到任后，做了大量艰苦卓绝的工作，美国政府终于同意：离美返华的华工仍可回美；准许往返古巴的华工经由美国过境；中国并在纽约设立领事馆照料来往华工。

应该说，郑藻如是一位阅历丰富，久经官场的人物，对一位只有

24岁的晚辈稍加敷衍也就足够了，但郑藻如还是热情地召见了孙逸仙，并耐心听其陈述上书之内容。

孙逸仙上郑藻如书，大致有三个方面的内容：兴农桑、禁鸦片、办学堂。他饱含深情地提出了兴农桑和禁鸦片的方法论之后，特别提到了办学堂的极端重要性。他说：

> 远观历代，横览九州，人才之盛衰，风俗之淳靡，实关教化。教之有道，则人才济济，风俗丕丕，而国以强；否则反此。呜呼！今天下之失教亦已久矣，古之痒序无闻焉，综人数而核之，不识丁者十有八九，妇女识字者百中无一。此人才安得不乏，风俗安得不颓，国家安得不弱？此所谓奈天生之材而自安于弱；虽多置铁甲，广购军装，亦莫能强也。必也多设学校，使天下无不学之人，无不学之地。则智者不致失学而嬉；而愚者亦赖学以知理，不致流于颓悍；妇孺亦皆晓诗书。如是，则人才安得不威，风俗安得不良，国家安得不强哉！然则学校之设，遍周于一国则不易，而举于一邑亦无难。先立一兴学之会，以总理其事。每户百家，设男女蒙馆各一所，其费随地筹之，不给则总会捐助。又于邑城设大学馆一所，选蒙馆聪颖子弟入之，其费通邑合筹。以吾邑富庶之众，筹此二款，当无难事。

孙逸仙的陈述侃侃而论，表露了他医人医国的壮志情怀。他活学活用的观察之法，深入了解故乡人民睡着金山银山，却致农桑不振、鸦片泛滥、文盲遍地的处境。他认为，这样的境遇不仅在香山，乃至全国普遍存在。他提出的解决之道，也具有普遍意义。因此，他的上郑藻如书，也首次展现了他改良大清国的宏伟志向。

郑藻如听了孙逸仙的陈述，觉得有道理，之后亦有行动。据《香山县志》记载：郑“致仕家居，以邑中蚕桑棉茶之利未溥，购种散给居民，教以饲畜种植诸法，本邑之有实业，藻如称先导焉”。郑藻如之所以有如此尝试，缘由孙逸仙向其陈述：“蚕桑则向无闻焉，询之老农每谓土地薄。间见园中偶植一桑，未尝不滂勃而生，想亦无人为之倡者，而遂因之不广耳。”

1892 年 7 月 23 日，西医书院举行毕业典礼，教务长康德黎博士致辞。他说：“今本书院毕业生拥有专门知识，要感谢书院的赞助人中国之俾斯麦李鸿章也。伊对本院极爱护……各位勿谓贵国（中国）之当局不信仰科学。彼极有权威之李鸿章氏，关于本院院务，会复书述其意见，谓希望化学与解剖学，成为吾人欲为训练之特别部门等语。彼不似流俗之只说‘惠我奇方’，而欲以启牖运动，使成为赫胥黎或邓德尔。彼谓‘先予吾人以科学，则一切可随之而至’。”

李鸿章的意见改变了孙逸仙对大清官员的看法，忽觉得大清官吏中不全是刚愎呆板、浑浑噩噩之士，也有一些胸怀家国、醒眼看世界之能官。恰巧孙逸仙毕业之时，李鸿章正在天津紧锣密鼓地创办西医学院，急需各类医学人才，康德黎博士主动致信李鸿章，推荐该院优等生孙逸仙和江英华。李鸿章即刻复信：“可来京候缺，每人暂给月俸五十元，并授‘五品军牌’。”孙逸仙和江英华自然愿往，但在办理手续时，总督衙门却多有刁难，孙逸仙一气之下拂袖而去，终与李鸿章失之交臂。

后来，孙逸仙辗转于澳门和广州悬壶杏林，游走于社会各界之间，结交了许多有识之士，如郑士良、程耀宸、程奎光、程璧光、魏友琴、关景良等，他们常聚一起，议论时政，针砭时弊，表现出强烈的忧国忧民意识。

就在此时，孙逸仙医国之心日重，1893 年冬天，他离开广州回到翠亨，潜心研著医治大清国的药方，两个月后带着“一剂良方”回到广州，即请陈少白先生补正“药剂”增强疗效，这就是著名的《上李鸿章书》。

孙逸仙在“上书”中称：“欧洲富强之本，不尽在于船坚炮利，垒固兵强，而在于人能尽其才，地能尽其利，物能尽其用，货能畅其流——此四事者，富强之大经，治国之大本也。我国家欲恢扩宏图，勤求远略，仿行西法以求自强而不急于此四者，徒为坚船利炮之是务，是舍本而图末也。”孙逸仙解释道：所谓人尽其才者，在教养有道，鼓励以方，任使得法也。所谓地尽其利者，在农政有官，农务有学，耕耨有器也。所谓物尽其用者，在穷理日精，机器日巧，不作无益以害有益。所谓货畅其流者，在关卡之无阻难，保商之有善法，多轮船铁道之载运也。夫人能尽其才，则百事兴；地能尽其利，则民食足；物能尽其用，则材力丰；货能畅其流，则财源裕。四者既得，然后修我政理，宏我规模，治我军实，保我藩帮，欧洲岂能匹哉！

话锋至此，孙逸仙搬出轻重缓急之道：“夫国以民为本，民以食为天。不足食，何以养民？何以立国？是在先养而后教，此农政之兴，尤为今日之急务也……今欲振兴农务，亦不过广我故规，参行新法而已。民习于所知，虽有更革，必无惊骇，成效一见，争相乐从，虽举国遍行，为力尚易，为时亦速也，且令天下之人，皆知新法之益。如此，则随行他政，必无扰格之虞，其益固不止一端也。”

话说到此，孙逸仙也指出了大清忽视“三农”的问题：“窃以我国自欲行西法以来，惟农政一事，未闻仿效；派往外洋肄业学生，亦未闻有入农政学堂者；而所聘西儒，亦未见农学之师；此亦筹富强之一憾事也。”他建议说：“今农政之兴，甚易措手。其法先设农师学堂一所，选好学之士课之，三年有成，然后派往各省，分设学堂，以课农家聪颖子弟。又每省设立农艺博览会一所，兴学堂相表里，广集各方之物产，时与老农互相考证。可以坐言而起行。”

显然，《上李鸿章书》的宗旨，总体上希望大清向西方学习，鼓励本国农工商业的发展，体现了孙逸仙以农业近代化为首选的经济思想。值得关注的是，在洋洋万言上书中，竟无一句改革大清政治制度的话，也没有介绍西方政体之优的内容。这反映了孙逸仙当时的改良主义夙愿。

孙逸仙之所以选择上书李鸿章，主要源于李鸿章曾是西医书院的赞助人，也曾同意过孙逸仙到京城履行“钦命五品”之职。应该说，孙对李的印象是相当好的，完全相信康德黎博士所赞“李是中国之俾斯麦”。

为顺利上书李鸿章，孙逸仙想到了曾任澳门海防同知的魏恒。此人患痔疮 20 余年，深得此病困扰，孙逸仙在澳门行医时将其医好，魏恒十分感激孙逸仙。后来，孙先生到广州开诊所，魏恒也到广州料理家族生意，二人又续前缘往来密切，经常谈论一些看不惯、想不通的破事儿。魏恒在任时，曾协助在广东任职的盛宙怀收缴海防捐，因此二人关系尚好，盛宙怀是李鸿章身边的大红人盛宣怀的堂弟。孙逸仙想托魏恒给时任上海电报局总办的盛宙怀写封推介信，拜托盛宙怀将孙逸仙介绍给盛宣怀，然后引荐给李中堂。

孙中山上书李鸿章（左）（资料图片）

魏恒高兴地接受请托，但提出先看看上书内容，五天后孙逸仙拿到魏恒批改过的上书稿一看，大加赞赏。原来，魏恒这位官场老油条，将上书中比较激烈的言辞，全都换成了比较平缓的官方用语，而效果并未减弱。魏恒得知孙逸仙对修改稿表示满意后，便放心地写了推介信：

> 兹恳者，香山县医士孙先生名文号逸仙，人极纯谨，精熟欧洲掌故，政治、语言、文学皆精通，并善中西医术；知者甚多，妒者亦复不少。现拟远游京师，然后仍作欧洲之游。久仰令兄观察公（宣怀）德望，欲求一见。知侄与世丈交既有年，谊复世好，又蒙青照有素，特属函恳赏赐书函于令兄观察公前先容，感激重情，不啻身受矣。

孙逸仙邀请陆皓东同往上海，盛宙怀见到魏恒手书，即刻写了致盛宣怀的信，并附上魏恒原函：

> 顷有沪堂教习唐心存兄之同窗孙逸仙兄，系广东香山县人，精熟欧洲医理；并由广东前山同知魏直牧函托转求吾哥俯赐吹植。

孙逸仙拿到盛宙怀信函，并未急于北上，而是转头去了郑观应寓所，恰巧遇到上海格致书院院长王韬，此人乃苏州甫里村人士，生于1828年，17岁中秀才。1849年，应传教士麦都士之邀，赴上海墨海书馆工作。1862年，因上书太平天国被清政府通缉，后逃往香港，创办《循环日报》。1867年，游历西欧，其间正赶上第四届世博会在巴黎举行，他被塞纳河畔的世博会展馆所吸引，并驻足多日亲身体验，著有《漫游随录》。他与李鸿章幕府师爷罗丰禄是至交，就主动给罗写了介绍信，想通过罗引见李鸿章。王韬十分热情，还特意给《上李鸿章书》

修改润色，使之更加完善。

郑观应早年曾与盛宣怀同为上海轮船招商局会办，二人虽然没有深交，但郑观应的身份足够分量，况且他很早就知道孙中山话大志大，必有宏图。因此，欣然为孙逸仙写了一封情真意切的推荐函。

6 月 26 日，孙逸仙和陆皓东揣着几封饱含真情的信函抵达天津，恰好盛宣怀正在天津筹办军事物资。孙逸仙及时向盛宣怀呈上信函，盛宣怀热情接待了孙逸仙和陆皓东，阅完信函后面带微笑地说："有观应兄相托，我会尽快禀报中堂大人。不过，当下中堂大人正忙于处理中日外交争端，不知何时闲暇。"

孙逸仙忙说："不急，我们住下，等中堂大人闲暇召见即可。"

这样，孙逸仙和陆皓东在天津住了一月有余，仍不见音信。此时，一个不幸的消息传来，中日甲午战争爆发，北洋水师 700 余人丧生。孙逸仙预感上书无望了，他的心情顷刻间郁闷起来，回想滞留天津这段时间的所见所闻所历，都让他充分领教了封建政体的阴沉和旧式官僚的虚伪，也让他谋求民富国强的良善愿望彻底熄灭了。从此，他正式走上了"驱除鞑虏，恢复中华"的暴力革命之路。

四

伦敦蒙难，世界扬名。

2011 年 4 月间，我策划的"潮起东方"欧洲采访组整装出发之前，恰遇实证主义历史学家黄宇和来中山考察。此人早年就读于英国牛津大学，获博士学位，长期从事中国近代史及孙中山研究，现为澳大利亚悉尼大学教授、英国皇家历史学院院士。我曾就孙中山伦敦蒙难等相关问题，两次邀访他，请他为我们厘清一些学术界至今依然争论不休的问题，进而为我们的欧洲之行提供更有效率的采访建议。

记得，他是从孙中山创建兴中会讲起的。

时间的尘埃，已经掩埋了历史时空的生动，剩下的只有记忆深处的虬枝，但它是考古学家眼中的恐龙化石，虽远去了白垩纪的喧嚣，却仍然昭示着那个时代的精彩。

1894年秋天，因上书李鸿章未果而深感大清国不可救药的孙中山，再一次登上曾两次求学于此的檀香山，要在这里重新思考拯救大清于水火的重大问题。11月24日，孙中山在卑涉银行华人经理何宽家里，邀请何宽、李昌、李禄、李多马、李杞、卓海、刘祥、程蔚南、邓荫南、宋居仁、侯艾泉、陈南、林鉴泉、夏百子、曹采、许翥、黄亮、黄华恢、郑金、郑照、刘寿、刘卓、钟木贤、钟功宇、陈子科等20余人，研究成立革命组织，孙中山首先宣读《章程》：

> 是会之设，专为振兴中华维持国体起见。盖我中华受外国欺凌，已非一日；皆由内外隔绝，上下之情罔通，国体抑损而不知，子民受制而无告，苦厄日深，危害何极。兹特联络中外华人，创兴

1894年，兴中会成员在檀香山合影（资料图片）

是会，以申民志，而扶国宗。

最后，孙中山提议改称“兴中会”，与会者认为这个名称更贴切，大家无异议后一致通过，会议选举檀岛永和泰商号司理刘祥为主席，何宽为副主席。

《章程》要求入会者交底银五元，另设义捐。当日，何宽和李昌二人即交“会底银”，此后入会者陆续缴纳，至1895年5月底，共收“会底银”288元。此外收到孙眉、邹松盛等七人捐款1100元，总计1388元。

檀香山兴中会的成立，标志着孙中山从革命言论走向革命行动。他的转变完全是依据国内时局变化而变化的，乍一看似乎仅在一瞬间——夏天还在为改良中国而奔走，冬天已然把暴力革命提上了议事日程。

历史学家黄宇和认为，檀香山兴中会的成立，实际上是完成孙中山早就想干的“立党开会之事”。而这样的尝试，早在1893年冬天就曾出现过，“四大寇”之一的尢列在《八秩开一颂寿文集》中说，孙先生设东西药房于广州冼基，“日相计划革命进行之事……冬间，开会议于城南广雅书局内南园之抗风轩”。到会者有孙中山，程耀宸、程奎光、程璧光、陆皓东、魏友琴、郑士良、尢列共八人。主持人为尢列，孙中山提议本会为兴中会。与会者均表示赞成。

冯自由著的《革命逸史》中记载：“总理（孙中山）先后设药局于澳门及广州二地，外观则以医学问世，而实则日聚同志……时到会者，有总理及程耀宸、奎光、璧光、陆皓东、魏友琴、郑士良、尢列诸人。总理提议宜先成立团体，以“驱除鞑虏，恢复华夏”为宗旨。众赞成之，而不及制定会名。”

通过尢列和冯自由的回忆推论，孙中山去檀香山之前，已将建立革命组织纳入议事日程，但未从思想和组织上加以落实。檀香山兴中会不仅实现了思想和组织的双落实，而且会员进行了宣誓，誓词中出现了“驱逐鞑虏，恢复中华，创立合众政府”等文字。

2011 年 4 月，我在檀香山试图找到成立兴中会时的何宽寓所，但何宽之孙何宇锦很遗憾地告诉我，房子已经拆了，旧址上已改建为停车场和街道。

在孙中山亲自起草的章程中，我感觉他高超的语言天赋：“方今强邻环列，虎视鹰瞵，久垂涎于中华五金之富，物产之饶……亟拯斯民于水火，切扶大厦之将倾。”寥寥数言，将中国面临的严峻形势和盘托出，以引起华侨华人思想和行动上的共鸣。但这些问题如何解决，并未写在《章程》里，而是出现在秘密誓词中。

即便是秘密誓词，华侨华人仍有很多顾虑，“驱除鞑虏，恢复中华，创立合众政府”，这个宗旨明显与大清国分庭抗礼，你死我活。若参与其中，必然导致国内的家人不得安宁，自己亦不能魂归故里。所以，很多华侨华人只是口头上支持，行动上却不给力。据冯自由的《革命逸史》记载：“闻总理（孙中山）有作乱谋反言论，咸谓足以破家灭族，虽亲戚故旧，亦多掩耳惊走。”因此，早期兴中会会员只有 126 人，其中华侨有 86 人，包括商人 74 人，农场主 4 人，畜牧场主 1 人，银行家 1 人等。

孙中山本想成立兴中会之后，华侨华人会踊跃参加，募款活动也会随之兴旺起来。没想到华侨华人对此不感兴趣，致使孙中山去美国和欧洲考察农桑技术的计划破产。就在此时，上海的宋耀如几次来电催其回国。宋耀如乃宋庆龄之父，海南文昌人，早年在美国波士顿做茶丝生意，后皈依基督教，于范德比尔特大学神学院毕业，然后回上海担任牧师传教。1892 年辞去神职继续做生意，但与美在沪圣经会关系密切，并得到其很多方面的帮助，宋经商盈利之后也经常资助美在沪教会。1894 年春，孙中山和陆皓东赴上海找关系上书李鸿章之时，与宋耀如偶遇。孙宋二人一见如故，相同的年龄和相同的经历，让他们有了相似的见解，都认为大清国的政治腐败、经济落后，是国家羸弱、列强掠夺的祸根。宋耀如特别赞同孙中山的观点，表示愿意倾毕生之力支持孙中山完成建设新中国的伟大志向，遂二人成为心灵契合的政治盟友。

就在孙中山即将离开檀香山之时，其身上依然是空空如也，因此心情非常焦虑，他知道推动一项伟大的事业，首先要有相匹配的经济实力。孙眉似乎看懂了胞弟的心思，最后他狠狠心贱卖了牧场所有的牲畜，孙眉的好朋友邓荫南也果断卖掉了自己的农场，两人共集资 13000 元，作为兴中会在香港和广州活动的经费。

顺便说说邓荫南。

此人乃广东开平县人士，生于 1846 年，小时候在家乡读书，长大后常对时政发表看法，甚至痛骂贪官污吏，对大清帝国更是无情抨击，终为体制所不容，险以叛党罪被抓，幸好有人提前报信，才免遭一难。此后，利用其兄邓灿的资金在夏威夷茂宜岛买下一农场，恰赶上连续多年的风调雨顺，甘蔗获得连年丰收。在此基础上，他又创办糖厂，巧遇欧洲市场食糖需求量激增，为了适应事业发展，他先后从家乡招工数千人，到茂宜岛开垦荒原。由于邓荫南有文化，脑子聪明，农场和糖厂管理得井井有条，再加上与当地政府关系融洽，不过数年邓荫南就跻身富人圈了，亦成为檀香山三合会骨干成员。他仗义疏财、助人为乐，在檀香山华侨中具有很高的威望。他酷爱打猎，枪法甚好，据传能背着手打中猎物，还能自制炸弹，这些特长都为他日后跟随孙中山推翻帝制立下大功。

彼时，邓荫南与孙眉同在茂宜岛创业，二人志趣相投，互助互帮，交情甚笃。1894 年秋天，孙中山到檀香山创办兴中会，正是孙眉的引荐，才使邓荫南与孙中山相识。邓荫南对孙中山的政治主张深以为然，孙中山对邓荫南热心公益的大爱之情表示钦佩。从此，邓荫南走上了职业革命家的道路。

1895 年 1 月，孙中山在邓荫南等五位兴中会会员的陪同下，踏上了返回中国的航程。孙中山又一次领略了大海的宏阔，他的心空不由得敞亮起来，思想的火花止不住地往外喷涌，他想表达、他太想表达了……游轮在大海上漂泊，孙中山利用各种机会向旅客宣传革命道理。船上有一名南海县的侨商叫陈清，听到孙中山演讲后非常激动，在日本横滨下船时，很兴奋地向迎接他的三位朋友说："船上有一位年轻人高谈驱除鞑虏之宏论，船上人听了他的演讲大为亢奋。"

陈清的三个朋友闻听此言，也大感兴趣，很想听听这位年轻人的高见，便委托其中的谭有发上船慰留孙中山："孙先生，鄙人谭有发，乃均昌洋服店司理。船坞上还有两位，一位是文经印刷店老板冯镜如，一位是印刷店主人冯紫珊。如果先生方便，我们想请您下船小聚。"孙中山闻听此言，甚为高兴："盛情难却啊！只是此次回香港有重要事情要办，实在不便下船。"说着，便从文件袋里取出兴中会《章程》等文件，递给谭有发："请转交冯镜如先生，当前我们正在筹建兴中会，它的宗旨就是我在船上讲过的，你们回去商量一下，如感觉妥当可在横滨建立分会，也可来香港找我。"

谭有发见孙中山很诚恳地说明情况，也就未再挽留。

孙中山与邓荫南等抵达香港之后，即刻约陆皓东、郑士良、陈少白、杨鹤龄、尢列等商讨进一步的行动计划。大家都认为，应联合各地同志，尽快扩大兴中会组织。因早在三年前，孙中山就认识香港辅仁文社的杨衢云和谢缵泰，该社以"研究新学，开通民智，议论时事，尽心爱国"为宗旨，与兴中会《章程》所倡目标一致，经孙中山与杨衢云协商，同意结合为一个团体，成立兴中会香港总会。据杨衢云回忆："1895 年春天，孙会晤过我。会晤是在友好的气氛中进行的。我们与孙逸仙博士及他的朋友联合起来，组织兴中会革命党。当时辅仁文社中成员也倡议联合，且愿取消旧社名义，为新团体成立之表示。当然我更欣然赞成。”兴中会总会之所以设在香港，原因有二。一是檀香山兴中会未能表现出领导“驱除鞑虏，恢复中华，创立合众政府”的积极性和领导力。二是香港紧靠大陆，进可攻退可走。总会成员有郑士良、陈少白、区凤墀、黄泳商、余育之、徐善亭、朱贵全、丘四、杨衢云、谢缵泰、周昭岳等。1895 年 2 月 21 日，香港兴中会成立，会所设在香港中环士丹顿街 13 号“乾亨行”，会员们向天宣誓：“驱除鞑虏，恢复中华，创立合众政府，倘有二心，神明鉴察。”

香港兴中会成立之后，会员一致选举孙中山为会长。但是 3 月之后矛盾骤起。问题出在谢缵泰身上，据他自己讲：“1895 年 3 月 13 日，那时我们两党早经联合。孙氏的言貌，当时对我并未构成良好的印象。我有过一种奇怪的感觉，觉得对他还是以躲开一点为妙。”后来，他又在日记中写道：“孙念念不忘‘革命’，而且有时会全神贯注，以致一言一行都显得奇奇怪怪！他早晚会发疯的。我也是一个认为不能把领导运动这个重大责任信托给他的人。”尽管谢缵泰对孙中山有不同看法，但孙中山仍坚持于 1895 年 10 月 26 日举行广州起义。这个时间点恰逢重阳节，广东人一直延续着登高拜祖的习俗。其实，在中国古代，重阳节是一个很重要的节日，登高拜祖，联谊亲情，唐代大诗人王维有一首诗《九月九日忆山东兄弟》，就是写重阳节的：“独在异乡为异客，每逢佳节倍思亲。遥知兄弟登高处，遍插茱萸少一人。”从诗中我们体味到重阳节浓浓的亲情。每逢重阳节，人来人往，车水马龙，此时起义不易露出破绽。

起义日期决定以后，兴中会主要成员进行了分工：广州方面由孙中山抓总，郑士良、陈少白、陆皓东、邓荫南辅助，主要职责是负责北江、顺德、香山、龙眼洞、潮汕等各路突击队的招募与整训；香港方面由杨衢云抓总，黄泳商、谢缵泰辅助，主要职责是负责财政事务、购买兵器和招募3000兵勇。在此期间，孙中山还以农学会名义在广州广泛动员社会力量资助或参加起义，也收到了一些效果。

时间进入10月，各项准备工作如期进行，但兴中会内部的权力之争也到了白热化程度。1895年10月10日，香港兴中会总部召开会议，参加会议的有孙中山、陈少白、郑士良、何启、杨衢云、黄泳商、谢缵泰、黎德等。会议由黄泳商主持，主要议题是推举起义总指挥，以便统一号令、统一行动。按《章程》规定，这个总指挥就是起义胜利之后的临时政府大总统。陈少白和郑士良力推孙中山，谢缵泰推举杨衢云，按照少数服从多数的原则，孙中山顺利当选。但是，第二天，杨衢云却找到孙中山，要求孙中山把总指挥之职让给他，理由是便于他更好地开展工作。孙中山顿时郁闷起来，好端端的革命形势，还没取得胜利就争权夺利了。想当年太平天国摧枯拉朽，大军过处势如破竹，可是还未将皇帝老儿赶出金銮殿，太平天国内部就掀起了一场血腥的权力争斗，从而导致太平天国由盛转衰，这个教训应该记取啊！郑士良一听就火了，扬言要杀死杨衢云，幸亏孙中山顾全大局，果断地让出了总指挥之职，才使广州起义继续进行。

当时，各路人马都表现出参与其中的热情，广州方面和香港方面计划招收的人马悉数到位，大约4000人。资金方面也算充裕，邓荫南从檀香山带来13000元，香港日昌银号店主余育之赞助军饷12000元，黄泳商卖出一所洋楼，所得8000元全部捐出，宋耀如从上海汇来3000元，还有刚刚从日本横滨赶到香港的陈清，带来冯镜如捐献的3000元。起义前夕，香港方面还购进短枪600杆，其他兵器若干。

10月25日，孙中山总负责的广州方面已有1000多人到达指定位置，从日本横滨回国参加起义的陈清也带领爆破队选准目标，只待一声令下即在各要塞拉响炸弹，但唯独不见杨衢云总负责的香港方面的人马和枪械北上。孙中山预想肯定是情报外泄了，立即电告杨衢云，枪械暂不启运。杨回电七大箱枪械已经启运，无法追回。在此危急时刻，杨仍然命令朱贵全和丘四等人率200人与枪械同船北上羊城。待10月28日朱贵全和丘四等人刚进羊城码头，省河缉捕统带李家焯亲率兵丁封锁码头严密缉拿，朱贵全和丘四等40多人被捕，其余人等趁乱逃脱。

孙中山获悉此事大为震惊，即刻展开调查，结果发现起义军中有个叫朱淇的文员，此人负责起草印制讨满檄文和安民告示，不料被当官的哥哥发现，其兄担心受到牵连，便以朱淇的名义向李家焯告密。李顿感此事体大，即向两广总督谭钟麟报告，恰巧谭钟麟也接到香港密探韦宝珊急电：香港朱贵全等集合各地会党200余人已启程进省。谭钟麟忙命李家焯带足兵丁到码头蹲守，不得放走一人。

与此同时，广州开始全城大搜捕。

孙中山见势不妙，急忙通知各路人马撤出羊城，而自己却悠然自得地与区凤墀去参加王煜初牧师的婚礼，以此来迷惑捕快。此时，陆皓东已经撤离，但他担心总部机关的会员名册被捕快发现，进而导致兴中会遭受更大损失，因此，他不顾个人安危前往双门底将名册焚毁，就在这时李家焯带领捕快闯了进来，陆皓东被捕并成为共和革命牺牲的第一人。

后来，郑士良对宫崎寅藏说："我真的非常佩服孙先生的气概、见识和度量。至于他的胆量，直到看到他（广州起义）失败当时的举动，我才明白……他这种全身是胆的沉着，的确是难能可贵，我起初非常着急，并曾经想溜之大吉。但目见他泰然的举动，而竟忘记了我本身的危险。"最后，孙中山与九列一起乘小船进入澳门，然后到达日本。夫人卢慕贞与母亲杨氏也在陆灿陪同下离开翠亨，去檀香山暂避一时。

是年12月2日，光绪帝接到奏报，即下圣谕："……据称，九月间，香港保安轮船抵省，附有匪徒400余人，潜谋不轨。经千总邓惠良等探悉，前往截捕，仅获四十余人。讯据供称：为首孙文杨衢云，共约有四五万人，潜来省城，剋期起事。现在孙文首逆远飏，党类尚多。窃恐酿成巨患等语……着谭钟麟、成允严密访查，务将首犯迅速捕获，以期消患未萌。”

就在广东按察使兼管全省驿传事务衙门发布悬赏1000元捉拿“逸犯”时，孙中山已经从日本转往檀香山了。一家人历尽劫波终于团聚了，孙母杨氏、大哥孙眉、卢夫人和孩子们见孙中山毫发未损，都很高兴。孙中山向大哥报告了广州起义的情况，孙眉宽慰弟弟：“广州起义虽败犹荣，它的影响力已经在国内和周边国家炸响，这就是最大的胜利！”

孙眉的一席话，打消了笼罩在孙中山心头的愁云，又燃起了他继续革命的激情。随后，孙眉又提供给孙中山一笔活动经费，要他振作起来，一不做二不休，重新投入战斗。

孙中山在檀香山住了半年，这是一个革命家最温情的时刻，他有了大块时间陪伴家人，此时是他与卢夫人关系最融洽的时期。除此之外，他的身影依然活跃在檀香山华侨华人中，“予到檀岛后，复集合同志以推广兴中会，然已有旧同志以失败而灰心者，亦有新闻道而赴义者，惟卒以风气未开，进行迟滞”。而更多的华侨华人对他鼓吹的“革命”敬而远之，“仅得邓荫南与胞兄德彰二人愿倾家相助，及其他亲友数十人之赞同而已”。

4月的檀香山，阳光映照着椰树，碧浪拍打着沙畔，蓝蓝的天空下，弥漫着醉人的花香。孙中山与陆灿漫步在威基基海滩，他们边走边聊，不知从什么时候开始，后面始终跟着一对大鼻子夫妇。起初孙中山没有在意，可时间一长，孙中山警觉起来，心想“不会是密探吧”？正这么想着，他猛然转过身来，惊喜即刻扑满全身，是他的恩师康德黎夫妇。孙中山高兴地惊叫起来：“先生，你怎么来这里啦？”

康德黎博士笑着说：“回国途中经过这里，小住几天看看风景。没想到在这里见到我的学生，今后有何打算？”

孙中山告诉康德黎博士：“计划到欧美国家走走，考察西方的治国经验，我也计划去英国法国看看，不久就能在先生的家乡见到您啦！”

康德黎博士告诉孙中山：“欢迎你去英国，无论做什么，我都支持你！”

康德黎博士（资料图片）

师生相遇自是高兴，分别时康德黎博士留下了他在伦敦的住址，随后二人握手道别。孙中山与老师的邂逅，为他去英国埋下了伏笔。历史学家黄宇和曾这样设想：假如不是康德黎在伦敦，假如不是在檀岛师徒巧遇，或许孙中山就不会去伦敦。假如孙中山不去伦敦，当然就不会有伦敦蒙难。假如没有伦敦蒙难，孙中山的名气就不会那么大，当然号召力就没有那么强，自然就没有后来的成功。

但假如毕竟是假如，历史就是在诸多不可思议的假如中，活生生地演变成现实。孙中山在回忆此事时说：“檀岛之邂逅，真有天幸存焉。否则吾尚无由知彼之归国，彼亦无由知吾之来伦敦也。”

历史就是这么神奇，天意偶合注定他们要在伦敦上演一场惊心动魄的世界奇闻。

1896 年 9 月 23 日，孙中山由纽约搭乘“麦竭斯底”号客轮赴英国伦敦。在浩瀚的大海上，他的思绪已经飞到了伦敦，他要在那里拜访恩师康德黎博士，还要在那里考察政治、经济、社会等方面的经验，寻求救国富民之真理。9 月 30 日中午孙中山抵达利物浦黎花埠王子码头，然后坐火车前往伦敦，到达后即去波德兰大街覃文省街46号，拜访康德黎夫妇。老师见到学生非常高兴，当晚即按英格兰风俗热情招待孙中山。师生相见格外亲切，他们交流了檀香山分别后各自的感触。最后，康德黎博士提醒孙中山，波德兰大街是伦敦使馆区，大清国公使馆就在不远处，希望他远离大清国公使馆，否则会有危险。孙中山听完诡谲地一笑："吓吓他们。"

时间已经到了1日凌晨，康德黎博士将孙中山安排在距寓所不远的葛兰法学院坊八号葛胥旅社。此后孙中山几乎每天去康德黎博士家，看完康德黎博士便在大街上走走看看，就连大清驻英使馆派出的密探都说："没有什么重要的事情发生，此人常常在主要的街道上散步，四周顾望。他不在家里吃饭，到各种饭馆去吃。"此时，他还不知道有一张网在悄悄接近他。

实际上，对他的监视早就开始了。广州起义功败垂成，两广总督谭钟麟被朝廷严词训诫，由此开始严密监视孙中山动向。当他得知孙在檀香山活动时，即派同知级官僚暗中监视，并随时向北京清廷总理事务衙门报告，接报后北京清廷密电驻美公使杨儒"确查密复"。孙中山抵达美国西部城市旧金山不久，大清驻旧金山总领事冯永蘅马上将孙中山在旧金山的活动情况详报杨儒。由此北京清廷掌握了孙中山拟去欧洲的想法，即命驻英公使龚照瑗酌情严办。龚照瑗即与英方有关方面取得联系，探讨引渡孙中山的可能性。英方答复：英中并无此项协约。龚照瑗见引渡无希望，便聘请密探一直从孙中山下船开始严密监视，特别是对孙中山下榻的葛胥旅社，更是给予特别"关照"。

这间旅社并不起眼，夹在两座高楼之间，以致100年后的实证主义历史学家黄宇和为找到它费尽周折。他告诉我，为了寻找这间旅社，他竟去英国考察四五次，终于在一个不显眼的地方找到了。这里虽然早已物是人非，门牌也换成了新的编码，但门楣上依然可以隐隐约约地看到葛胥旅社的牌号。当年葛胥旅社的主人露丝·保勒德小姐，特意为孙中山提供了一间附带家具的房间，租金每星期只收 10 先令，因为她与康德黎夫人是闺蜜，看着闺蜜的面子，自然是不会亏待客人。孙中山对露丝·保勒德小姐也很信任，每天出门前都会与她打招呼，告诉她当天的活动安排。遇难当天，孙中山告诉露丝·保勒德小姐，他准备去法国看看。

10 月 11 日恰是星期天，孙中山与康德黎博士说好去教堂做礼拜，可是康德黎博士一直未能等到孙中山，便感觉有点蹊跷，孙中山从来不爽约，今天怎么啦？于是他去问露丝·保勒德小姐，得知孙中山可能去了法国。

其实，这天上午孙中山已经被大清驻英公使馆囚禁了。关于如何被公使馆囚禁的，学界有“被动说”和“主动说”的分歧。但无论是“被动说”抑或“主动说”，公使馆有三个人脱不了干系。

邓廷铿，驻英公使馆四等翻译，自称香山人氏，孙中山在广州开诊所时，邓是广州一家报社的记者，此人是绑架案的实施者。“被动说”认为，绑架之前，他在大街上引诱孙中山上套。他自称是老乡，在广州时到过孙的诊所，甜言蜜语让孙中山放松了警惕，快走到公使馆门口时，又出现两个壮汉，架起孙中山就进了公使馆。“主动说”认为，绑架之前，邓曾经带孙中山进过公使馆，还在里面用过餐。11 日孙中山又来找邓廷铿交流乡谊，不料被其引到三楼关了起来。

马格里，苏格兰人，1858 年随英国军队侵华，任 99 联队军医。后任常胜将军白齐文的秘书，两个月后投奔李鸿章的淮军，并随李鸿章在上海、昆山和苏州等地与太平军作战。太平军深陷苏州之后，与淮军协同作战的雇佣军首领戈登，答应太平军缴枪不杀。但李鸿章却对俘虏大开杀戒，引起了戈登的强烈不满，幸亏马格里从中斡旋，才免除了一场灾难性隐患。后来，云南腾冲少数民族将英国考察队翻译马嘉里打死了，大清国即派马格里去英国“道歉”。之后，以三品候补道身份跟随郭嵩焘出使英国。他常以外交家自居，处理过很多棘手的事。绑架孙中山案，起初他是反对的，认为公使馆不可逾越在地国法律。当龚照瑗决定绑架孙中山时，马格里又积极起来，四处活动，是清使馆唯一的对外发言人和联络人。

龚照瑗，安徽合肥人，与李鸿章同乡，1886 年之后，历任上海道台、浙江按察使、四川布政使等职，1893 年出任英国、法国、意大利、比利时大臣。1896 年 11 月 12 日因立功心切，私自决定绑架孙中山，并豪掷 7000 英镑雇用了一艘油轮，准备将孙中山偷运回国。可惜此事走漏了消息，将其推上风口浪尖，最终抑郁而死。

对于这次绑架案，孙中山在其自传《伦敦被难记》中说：

> 予途遇之华人，既知予为粤产，始以粤语相谈，且行且语，步履颇舒缓。俄而又一华人来，与予辈交谈，于是予之左右，乃有二人相并而行矣。二人且坚请予过其所居，谓当烹茶进点，略叙乡谊，予婉却之，遂相与位立于道旁阶砌。未几，又有一华人至，其最先与予相遇者，即迤逦去。于是此留而未去之二人，或推予、或挽予，必欲强予过从，其情意诚挚非常，予是时已于阶砌傍屋之侧。正赶超间，忽闻邻近之屋门砉然而辟，左右二人挟予而入，其形容态度又似谐谑、又似周旋。一纷扰间，而予已入，门已闭，键已下矣。

按孙中山的说法，似乎更近“被动说”，而冯自由在《革命逸史》中认为：“中山每日造康寓叙谈，因于途上与使馆随员邓廷铿邂逅，邓与中山为旧识，他乡遇故，颇与往还。邓之友人亦以乡谊之故，渐相结识，但不知为孙文耳，九月初五（阳历 10 月 11 日）中山偶过使馆门外，遇同乡数人孑道，各以粤语问讯，并邀中山入室，略叙乡谊。中山从之，入门后，即被二人挟持登楼，禁诸室中。”冯自由的说法又接近“主动说”。

2011年3月的一天，恰逢黄宇和博士亲临《中山日报》社，与我谈起那段往事。他说：“1896年10月11日清晨，深秋的波德兰大街已然寒风瑟瑟，沿街的家庭都还未从梦中醒来，窗户紧闭，街道空无一人。在对孙中山的行踪进行了长久的跟踪和纠结的商议之后，清使馆决定就在今天这个时刻将其扣留。早已等候在街边的邓廷铿，听见街道转角处越来越近的皮鞋‘咔哒’响，他迎上前去与孙中山交谈，在一片粤语交流中，他们愉快地走过一小段路，但突然又有一位加入了他们的队伍。那二人对孙中山说伦敦还有许多华人，他们会带他认识。言谈间，又一位出现在孙中山身边，邓廷铿向孙中山介绍二人之后，便称有事提前离去。剩下两位陌生人邀请孙中山进屋详谈，在半推半就之下，孙中山被架入了清使馆，并被迫上了三楼的房间。”

好在孙中山是一位遇事冷静、非常睿智的人，听听他与邓廷铿的对话便知他的胆识：

邓：“那天我是公事公办，义不容辞。今天我来，是以私人身份来的。你在中国很有名望，皇帝和总理衙门的人都知道你的为人，你已经世界闻名了，也可以死而无憾了。你现在在这里，就是生死攸关的事，你知道吗？”

孙：“为什么生死攸关？这里是英国，不是中国，你们要怎么处置我？按照国际法，你们必须要把抓我的事情先告诉英国政府，我看英国政府不会同意吧？”

邓：“我们不会请示英政府的。事情早就办妥了，船都雇好了，到时候把你的嘴封住，身体捆住，运到船上，直发香港，然后再移交到广州，就可以审判用刑了。”

最后，马格里告诉孙中山："对于你来说，这里就是中国，你现在就是在中国。"

此刻，孙中山感觉到死神正在向自己靠近，他不能坐以待毙，开始他求过马格里、求过邓廷铿、求过看守人员，但这些人都是死神的帮凶，不可能救一只待宰的羔羊。后来他求一位叫科尔的送饭工，说："我是一名虔诚的基督徒，想谋求国家之改变，而中国皇帝仇视基督教，所以要抓我杀我。"

科尔没有吭声，而是用十分同情的眼神看着孙中山，孙中山即刻明白了科尔的意思，他马上将早就写好的纸条交给科尔。科尔很快就找到了康德黎博士，康打开纸条一看，是孙中山的笔迹："我在上周日被两个中国人强行绑架到了中国使馆，我被监禁在这里，并将在一两天后乘特别雇用的船被押往中国……"

康德黎这才恍然大悟，马上找到住在附近的孟生。孟曾经是孙中山在香港求学时的老师。康和孟商量一番后，决定先由孟生出面直接闯清使馆要人，然后到警察局和外交部反映情况。这些部门接报后马上召见马格里问话，马格里不得不承认确有此事，并狡辩称孙中山是要犯，公使馆有权扣留他。

康德黎博士见政府部门没有动静，为防万一，立即聘请了私人侦探，24 小时监视清使馆。此外他向《地球报》记者讲述了孙中山遇难的实情：

> 在过去的几天里，流传着中国政府驻伦敦公使馆绑架和监禁一位中国名人的令人惊异的传闻。但是，就在今天下午，我们已能够确定这些传闻，并且收集到与此有关的一些事实。
>
> 大概去年 11 月，中国政府获悉有人密谋攻占广州总督府，其最终目的是推翻满族或鞑靼王朝。密谋者宣称：过去四五百年间，

中国在它的统治下显然日益恶化，除非推翻这个王朝，否则不能指望国家事务得以改善。密谋者把逮捕总督作为实现革命目标第一步。据说为了达到上述目的，从香港派遣四百名苦力到广州。这批人的到来似乎太早，引起官府怀疑，使秘密泄露，结果大约十五名领导人被逮捕斩首。其他人看来逃脱了厄运。一位香港名医，名叫孙逸仙的绅士设法到了美国，随后又来到伦敦，投宿于葛兰法学院路附近。

……

此事令人不可思议的是，使馆官员们回答孙的朋友们的询问时，竟矢口否认他被囚在此。然而孙的朋友掌握了确凿的证据，证明这种否认纯属谎言。

孙中山伦敦蒙难（历史绘画）

《地球报》的报道像一枚重磅炸弹，顷刻间引爆了欧洲舆论场。翌日，经过路透社发布，《孙中山被难》立刻传遍世界各地，美国《纽约时报》、澳大利亚《时代报》、新加坡《海峡时报》、日本《朝日新闻》、中国香港《德臣西报》及上海《万国公报》等均做了大篇幅报道。英国各大报纸《中央新闻》《每日邮报》

《泰晤士报》《每日新闻报》的记者纷纷前往中国使馆、英国外交部、内政部、警察总署、康黎德家里和孙中山所住的旅馆等各处采访，特别是中国使馆成了英国媒体关注的焦点。

面对巨大的舆论压力，清使馆派出马格里全权处理此事，不管马格里如何狡辩，英国政府就一句话：立即放人。马格里还想再挣扎几天，结果自己却陷入了舆论漩涡，一片骂声直冲马格里而去。此时，英国政府下最后通牒，要求清使馆于10月23日下午五点前放人。

有些记者早就蹲在清使馆，想看看这位大英雄的尊容。有记者写道："他十分高兴地走下楼来，面带笑容，黑眼睛透露出无限的宽慰。他的年龄在30到35岁之间，比我们通常所谓的中等身材要矮，而且十分瘦削。他穿的是欧洲人的服装——一件轻便的大衣和一身深灰色的西服——虽然很容易看出他是个东方人，但到底是中国人还是日本人却不容易判别。看来他是个真有聪明才智的人，而且他一见到康德黎医生，马上就显示出他会讲一口很好的英语。"

街上的人们听说孙中山离开了清使馆，便如潮水般涌了过来，都想看看这位大英雄，人越聚越多，将孙中山围在中间，几乎水泄不通，最后还是英方警视厅出面，将孙中山送上车。

经此一劫，孙中山终于看到了舆论的力量。那段时间，他充分利用记者采访之机，大谈"驱除鞑虏，恢复中华"之正当性，认为"出万死一生之计，以拯斯民于水火之中，而扶华夏于分崩之际"是自己最大的理想。中国社会科学院研究生院副教授吴十洲说："伦敦被难不仅没有扼杀孙中山的民主革命事业，反而让他一跃成为民族英雄，华侨华人的精神领袖。他的蒙难，促进了中国民主革命的早日到来，也加速了清王朝的覆灭。"

2011年4月，我们来到孙中山曾经被囚禁的波特兰大街49号，现为中华人民共和国驻英国大使馆所在地，走进馆内，修葺一新的大厅已覆盖了远去的历史遗迹，只有走进宽敞的会议室，还能看见几张气质芳雅的清代红木家私，不禁让人联想到孙中山第一次走进清使馆会否在此谈乡谊？龚照瑗会否在此部署囚禁孙中山？大使馆赵磊先生说：“原来的建筑年久失修，成了危楼，20 世纪 70 年代在原址重建时，由三层加为四层。使馆内有一间孙中山蒙难纪念室，室内陈列着孙中山蒙难纪念铜像、康德黎纪念铜像、胡汉民著《孙中山蒙难札》、郭泰祺著《孙中山伦敦蒙难实记》、胡耀邦手书‘孙中山蒙难纪念室’牌匾等重要文物。”

中华人民共和国驻英国大使馆内的孙中山先生蒙难纪念室。左边为孙中山半身雕像，右边为康德黎博士半身雕像（图片来源：2016 年 11 月 6 日中国新闻网）

斯人已去，英名永存！

五

维护共和，道路尤艰。

1912 年 5 月 27 日，刚刚辞去中华民国临时大总统职务的孙中山，带着胜利者的喜悦，回到了阔别 18 年的故乡。无官一身轻，此次回乡是前所未有的愉悦，他已经完成“驱除鞑虏，恢复中华，创立民国”的奋斗目标，至于谁做总统，他说：“志在做事，不在做官。”1895 年让出广州起义总指挥时是这样，今天让出临时大总统也是这样。

是日，孙中山携秘书宋霭龄、女儿孙娫和孙婉及随从警卫人员，从澳门乘船到南朗崖口码头上岸，顺路去看望了从檀香山回故乡崖口村养老的舅舅杨文纳和嫁到崖口村的姐姐孙妙茜。他很感激舅舅当年为他指点迷津，1903 年夏天，孙中山在日本青山创办革命军事学校，再将“驱除鞑虏，恢复中华，创立民国，平均地权”设为革命誓词。同年 10 月，再赴檀岛发动华侨华人参加革命，登岛后才发现，自己的“旧河山”已被保皇党收拾殆尽。也怪自己太相信梁启超了，三年前身在美国的康有为命梁启超赴檀香山开辟新领地，孙中山热情洋溢地为梁启超写推介信。梁启超登岛后，打着孙中山的名义，将孙中山创立的兴中会成员悉数争取到保皇党一边，就连孙中山大哥孙眉也成了保皇党茂宜岛支部司理。孙中山甫一登岛，《太平洋商业广告报》头版立即刊登一则爆炸性新闻：“著名的革命家悄悄抵埠”，副标题为“此人想推翻慈禧太后和她的政府”。报道说，孙博士现住在朋友家里，从横滨乘“西伯利亚”号来埠。他认为只有把满清政府清除，中国才能彻底改造。这篇报道蓦地将孙中山推上了风口浪尖。这是一招很阴险的棋，目的是想置孙中山于死地。此时，孙中山才明白这是“引狼入室”的结果。他想，战胜保皇党最好的办法，就是发动华侨华人，然而，发动华侨华人谈何容易。檀香山兴中会是最早的革命组织，而发挥的作用却十分有限，他有些迷茫。舅舅杨文纳看出了外甥的心思，便有一搭没一搭地支了一招：“你想发动华侨华人，必须加入洪门，90% 的华侨华人都是洪门的人，你不加入洪门就很难接触他们。”保皇党之所以在檀香山顺利打开局面，与梁启超参加洪门有直接关系。起初，孙中山不想加入洪门，总觉得革命党不能混淆于帮会组织，但不加入洪门就无法凝聚华侨华人。最后，他想出一个两全其美的办法，加入洪门后改造洪门，使其成为一支革命力量。1904 年 1 月 11 日，孙中山经洪门前辈钟水养介绍，在檀香山加入洪门国安会馆，任职洪棍（三把手）。

同年 3 月，孙中山为了顺利到美国本土发动华侨华人革命，他托檀香山的亲友为其搞到一张檀香山出生证明，并以此理由取得美国国籍，这样就可以顺利去旧金山了。这个信息不幸被保皇党成员、《新中国

1912 年 5 月，孙中山和卢夫人与乡亲们在故居前合影（资料图片）

报》副主笔陈仪侃获取，并迅速向旧金山海关告密。3 月 31 日，当孙中山乘坐的“高丽”号轮船到达旧金山时，海关人员以护照有问题为由将孙中山扣押，并将其带到码头小木屋准备遣返。危急时刻，旧金山五洲洪门致公总堂老大黄三德立即组织营救，先用房产抵押五万美元做保证金，将孙中山保释出来，然后再用 5000 美元聘请著名律师何利为孙中山辩护。官司上诉到华盛顿最高法院，最终胜诉。4 月 28 日，美国政府工商部电告旧金山海关，批准孙中山在美居留。此后，他开始了改组洪门和游埠筹饷的革命历程。

陷入回忆之中的孙中山，见杨文纳走了过来，忙喊“舅舅”。杨文纳激动得不知如何是好，这可不是过去的“石头仔”了，是当今的领袖，他为此感到十分骄傲！孙中山看出了舅舅的拘谨，便说：“我现在就是一介平民，你比我还高一级呢！”杨文纳不解，孙中山解释说：“你是舅舅，我是外甥啰！”逗得大家都笑了。

从舅舅家出来，孙中山又去了姐姐孙妙茜家。孙妙茜是孙中山二姐，大孙中山三岁，小时候常带着孙中山打猪草、砍柴、担水、打理水田。孙中山与二姐感情非常好，还经常求母亲不要给二姐裹脚。后来，二姐嫁给崖口村的杨帝光，此人先在檀香山孙眉农场打工，后去台湾和杨心如做茶叶生意，病故他乡。孙中山很心疼自己的二姐，这次回乡让秘书拿出 500 元钱，补贴二姐日常用度。

回到翠亨已近午时，原配卢夫人、孙眉和夫人谭氏，以及家乡父老都来村中热情迎候，孙中山感觉机会难得，便命摄影师拍摄了那张省亲的大合影。接着，就去看望陆皓东母亲王金月，并安慰陆母保重身体，愉快生活。当晚，孙家设宴十几桌，宴请翠亨村和石门九保的乡亲们，席间，孙中山讲了许多小时候淘气的故事，逗得大家笑声连连。

夜晚，孙中山下榻在他自己设计的房间里，窗外的夜幕笼罩着山峦，密匝的星星闪烁在天边，过去的一切就像蒙太奇，一阵阵闪现在脑海。

1894 年初，那时他风华正茂，书生意气，就是在这间卧室里，写下了洋洋万言的《上李鸿章书》，针对李鸿章盲目追求强兵之路，写下了：“……富强之本，不尽在于船坚炮利，垒固兵强，而在于人能尽其才，地能尽其力，物能尽其用，货能畅其流，此四事者，富强之大经，治国之大本也。”一个刚刚走进诊室的医生，连治人的技术尚在精研中，却去指点一位从战场上滚过来的股肱大臣如何治国，听起来似乎有点滑稽，但他就这么做了，而且说得条条在理，证明他是经过认真考察的。这些东西之于僵硬的封建体制，实属曲高和寡，应者寥寥。孙中山终于明白改良主义救不了中国，于是，他组织兴中会举行起义，给清王朝这座大厦松松土，结果招致他伦敦蒙难，小木屋被拘，而他却越挫越勇。1905 年 7 月 19 日，孙中山从美欧到达日本，找到小自己三岁的老朋友宫崎寅藏“查探东方机局”。宫崎寅藏于 1897 年结识孙中山，当时孙中山正流亡日本。他对孙中山的革命理念非常钦佩，从此全力支持孙中山的革命事业。孙中山伦敦蒙难后，他将孙中山的《伦敦被难记》翻译成日文，称赞孙中山“思想高尚，见识卓越，感情诚挚，抱负远大”“是东亚之珍宝”。孙中山请宫崎推荐人才，宫崎推荐了黄兴与宋教仁。黄兴是张之洞任湖广总督时，被公派到日本留学的。那时候，张之洞正在武汉搞洋务运动，手中缺少可用之才，他不惜重金从湖北湖南选派大批留日学生，当时在日本学习的8000名留学生中，两湖占到五成。1903年8月，黄兴学成回国，在武汉的一次演讲中，他痛斥清政府腐败，并提倡民众起来革命。坐在听众席上的文华书院学生宋教仁，被黄兴的演讲所折服，从此他们成为肝胆相照的同路人。

1903年11月，黄兴与宋教仁发起成立国内第一个革命团体——华兴会。翌年10月，黄兴与宋教仁策划长沙武装起义，败露后双双逃亡日本。转年6月，宋教仁创办《二十世纪之支那》，煽动反清情绪，宣传民族革命。7月，经宫崎寅藏介绍与孙中山相识，遂讨论合组革命团体之事。经过孙中山与黄兴、宋教仁等充分酝酿，决定华兴会与兴中会合并成立中国同盟会，其宗旨是“驱除鞑虏，恢复中华，创立民国，平均地权”。8月20日，中国同盟会在日本东京正式成立，到会者约100人，除甘肃未派留学生外，其余关内17省均有人参会。大会通过了孙中山起草的《中国同盟会宣言》和《中国同盟会对外宣言》及黄兴起草的同盟会会章30条，章程规定同盟会在国内外分设九个支部。大会推举孙中山为总理，黄兴为执行部庶务，居协理地位，宋教仁为司法部检事长。《二十世纪之支那》改名《民报》，作为中国同盟会机关报。光复会成员蔡元培、秋瑾、章太炎、陶成章后来以个人名义入会。

中国同盟会的成立，为推翻满清朝廷做了政治和组织准备，成为埋葬满清统治的一支主要政治力量。它的出现旋即在华人圈造成强大冲击波，尤其让保皇党感到了危机，以“帝师”自居的康有为认定孙中山“必为大害”，发誓“穷我财力，必除之”。

2014年初，人们在美国康涅狄格州一幢小木屋里，发现了一些信札。信札的主人是1904年至1906年在此居住的康有为女儿康同璧。信札显示，1905年，康有为曾指示手下人约孙中山会面，密设“刀斧手”，于席间杀之。若此计不成，则“跟踪追剿，必要杀之而后快”。

孙中山也还以颜色，1905年秋，保皇党在东京举行一年一度的“戊戌、庚子死事诸人追悼纪念会”，孙中山命胡汉民大闹会场，胡登台演讲三小时，严词批驳“保皇就是爱国，革命必至亡国”的论调为“利用死人欺骗生人”的把戏。台下听众拍手称快，保皇党竟无人上台争辩，胡汉民一战成名。当时，胡汉民与汪精卫等一帮广东青年正在日本法政大学读书。有一天孙中山来访，见面就讲三民主义，胡汉民听得很认真，听罢，胡问：“革命本素志，民族主义，民权主义，丝毫无异议矣。惟平均地权，民生主义，犹有未达之点。”孙中山认为胡汉民问得好，他说自己在英国逗留期间，认真阅读了马克思的《资本论》，那里面提到的社会主义，就是民生主义。他在欧美考察的种种事实也证明，只有“平均地权”才可能解决资本主义贫富悬殊、社会革命迭起的弊端。胡汉民霎时茅塞顿开，当即加入同盟会，并成为同盟会一代战将。1905年11月，同盟会机关报《民报》创刊，胡汉民任主编兼主笔，从此进入了革命党与保皇党世纪大论战的决战阶段。

这场大论战始于戊戌变法。那时候，很多人还寄望于朝廷，最有代表性的就是康有为。他是戊戌变法的总设计师，曾发动“公车上书”，请求皇上拒和、迁都、练兵、变法，提出“下诏鼓天下之气、迁都定天下之本、练兵强天下之势、变法成天下之治”等改良主义纲领，最后让慈禧太后一巴掌搧到日本去了。本来这时候就应该醒悟了，而康夫子却说：“今上圣明，必有复辟之一日。余受恩深重，无论如何不能忘记，惟有鞠躬尽瘁，力谋起兵勤王，脱其禁锢瀛台之厄，其他非余所知。”

完全成了一个“士为知己”的死忠保皇派。当时，很多海外华人对这位“帝师”相当崇拜，这给革命党造成了很大困难，为了尽快凝聚力量，革命党不得不与保皇党展开论战。1903 年，章太炎发表《驳康有为论革命书》，把康有为等人奉为神圣的光绪皇帝斥为“载湉小丑”，有力地打击了保皇党。接着，孙中山发表《敬告同乡书》，明确指出：“革命者，志在扑满而兴汉；保皇者，志在扶满而臣清。事理相反，背道而驰。”号召华侨华人与之划清界限。

同盟会机关报《民报》，更是高扬批判大旗，向鼓噪一时的改良主义言论发起挑战。《民报》创刊号“发刊词”开门见山，提出民族、民权、民生“三民主义”，孙中山写道：

> 近时杂志之作者亦伙矣。婞词以为美，嚣听而无所终，摘埴索涂不获，则反复其词而自惑。求其斟时弊以立言，如古人所谓对症发药者，已不可见，而况夫孤怀宏识、远瞩将来者乎……惟夫一群之中，有少数最良之心理能策其群而进之，使最宜之治法适应于吾群，吾群之进步适应于世界，此先知先觉之天职，而吾《民报》所为作也。

在“发刊词”中，孙中山不仅鲜明地提出了革命党的主张，同时，也向“嚣听而无所终”的理论发起了毫不留情的抨击。

除了孙中山言辞猛烈的“发刊词”，汪精卫的《民族的国民》、朱执信的《论满洲政府虽欲立宪而不能》、陈天华的《论中国宜改创民主政体》及《中国革命史论》，更是指名批判康有为的君主立宪说是妖言惑众。

“只教文章点点血，流作樱花一片红。”在当时激烈言辞中，已感觉到这种革命狂飙思想带来的剧烈“煽动性”。

此时，保皇党的舆论阵地则是一张在华人圈里发行14000余份的《新民丛报》。这份报纸是1902年梁启超在横滨创办的。那年，与谭嗣同并称为“浏阳二杰”的唐才常自立军的保皇面目已经伤透了许多激进分子的心。于是，他们开始了激烈的反满言论，其《驳康有为论革命书》便是第一篇思想性和战斗性兼具的革命文字，改良还是革命，起初便已不可调和。

中国近代思想家、政治家梁启超（资料图片）

梁启超早已意识到，如果不能同客观形势相适应，其论调便站不住脚。他在到达日本后数月便自述：“既旅日本数月，肄日本之文，读日本之书，畴昔所未见之籍，纷触于目，畴昔所未穷之理，腾跃于脑，如幽室见日，枯腹得酒，沾沾自喜。”

从那时起，富于政治敏感的梁启超，立刻摆出一副新姿态。《新民丛报》创刊不久，梁启超便在报刊上连载了当时影响力巨大的一篇文章《新民说》。这篇纲领性质的文章，核心内容没有跳出其“调适”思想，称“苟有新民，何患无新制度，无新政府，无新国家”。他从国民的伦理道德方面，去考量国民衰弱堕落的根源。但他在玩文字游戏方面却是高手，在文章中，他高唱“大破坏”，认为中国要想救危亡，求进步，就必须做到：

取数千年横暴浑浊之政体破碎而齑粉之，使数千万如虎、如狼、如蝗、如蝻、如蛆之官吏，失其社鼠城狐之凭藉，然后能涤荡肠胃，以上于进步之途也。必取数千年腐败柔媚之学说廓清而辞辟之，使数百万如蠹鱼、如鹦鹉、如水母、如畜犬之学子，毋得摇笔弄舌舞文嚼字为民贼之后援，然后能一新耳目以行进步之实也。

这些话至今读起来还是那么痛快！

但是，梁启超并非已经嬗变成一名革命者。他最后开出来的药方却是“不忍破坏之心”，并“有能会之手段”，来实行“无血之破坏”。这种思想在当时俘获了不少知识分子的心。《孙宝瑄日记》说：“人人心中有一个梁启超！”可见梁启超在当时言论界的影响力。

面对革命党突如其来的“袭击”，保皇党未能“沉着”应战。《民报》创刊号出版后，梁启超立刻在《新民丛报》连续发表一系列反对革命的文章，如《论中国今日万不能行共和制之理由》《申论种族革命与政治革命之得失》等。但是，梁启超所创造的对中国的想象力和未来中国何处去的想法，却渐渐退出了主流。

之前，孙中山和革命党在日本的论战中，一直处于下风，而当整个民族的救亡的迫切感越来越紧要时，一切主义都可能变得工具化，孙中山这种行动主义者，反而成为爱国知识分子心目中令人倾倒的先行者。秦毓鎏在 1903 年给《孙逸仙》作序时写道：

四年前，吾人意中之孙文，不过广州湾之一海贼也。然孙君乃于吾国腐败尚未暴露之甲午，乙未以前，不惜其头颅性命，而虎啸于东南重立之都会广州府，在当时莫不以为狂。而今思之，举国熙熙皞皞，醉生梦死，彼独以一人图祖国之光复，担人种之竞争，且欲发现人权公理于东洋专制世界，得非天诱其衷天赐之勇者乎？

也就是从那时起，革命党的思想和行动，走出了幽暗的岁月，迈入了时新的通道，孙中山和革命党此时在思想上的冲击力，已经积淀了深

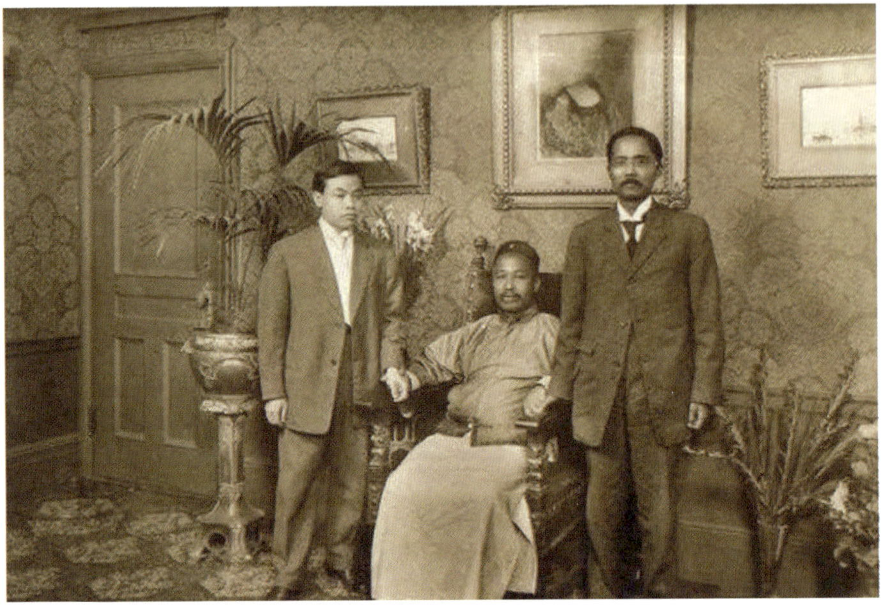

康有为（中）流亡新加坡（资料图片）

厚的“群众基础”。

《民报》发刊后，趁着在思想界引起的大震动和大关注，又以号外形式，刊登了胡汉民所写的《〈民报〉与〈新民丛报〉辩驳之纲领》，罗列两报观点分歧的12个问题，诸如要不要进行民主革命，要不要进行政治革命，要不要实行土地国有平均地权，革命会不会引起帝国主义干涉、使中国招致瓜分等。同时发表汪精卫的长篇政论《希望满族立宪者曷听诸》，对康有为和梁启超的观点逐条驳斥。这场旷日持久的论战，最终进入了高峰期。

1908年11月14日，年仅38岁的光绪帝突然驾崩。消息传到康有为耳朵里，他顿时失去了“挟天子以令诸侯”的威风，这如何是好？

然而，现实是残酷的。

康有为已经习惯了借光绪帝之名忙自己功名利禄之实，结果光绪帝驾崩了，康有为的政治资本霎时变成了“垃圾股”。这位把光绪帝当作砖头、猛拍革命党脑门儿的保皇党大佬蓦地显得极其失落。他从最初的避难者到后来成为海外华人眼中的“康圣人”，无不是打着光绪帝的旗号东争西斗的结果。而他们与革命党的恩恩怨怨则在这场变故中结束了。

想当年，康有为可是风光无限。

戊戌变法失败后，康有为几乎成了丧家之犬，这时他收到新加坡富侨丘菽园寄来的1000大洋，受邀到新加坡避难。康有为此时已没了“帝师”的身价，欣然接受邀请来到新加坡，开始了他人生最后的辉煌。

丘菽园，1874年生于福建海澄县，8岁时来到新加坡，23岁继承父亲的巨额遗产。25岁便在新加坡创办《天南新报》，自任主编和主笔，与梁启超的《时务报》南北合璧，成为侨界维新思想的传播阵地。

康有为初来新加坡时，听到许多关于刺杀他的风言风语。这令他十分恐慌，甚至草木皆兵。

也巧，康有为在日本避难时，接待他的宫崎寅藏、内田良平、清藤幸七郎一行与孙中山一起南下。宫崎写信给丘菽园，要求拜访康有为，谋求与康合作。康有为让丘菽园谢客，还悄悄派一个门生给宫崎送去100大洋。宫崎大怒，马上给康有为写了一封语含威胁的绝交信，偏偏这封信被警察截获。随行的内田良平因与宫崎、清藤意见分歧，独自离开了新加坡。警察搜查了宫崎、清藤住所，发现银单27000元、现银250元、日本刀两把，认为可疑，遂将二人拘捕。

得知此讯的孙中山急忙从马来亚赶到新加坡。经日本参谋本部及外务省与英国交涉，英殖民当局以妨碍治安罪将宫崎、清藤驱逐出境，二人遂与孙中山同乘日轮“佐渡丸”离开新加坡。

这就是历史上被视作“罗生门”的“刺康”事件。

这起事件后，革命党和保皇党在南洋地区的矛盾激化。此案结案后不久，孙中山也公开宣称：我已放弃与康有为商讨当前局势的想法，我们同党现在正努力以颠覆满清政府，我们将在中国南部建立一新政府。

可是，当时孙中山的处境非常困窘，自己的宣传读物也不过《扬州十日记》《嘉定屠城记略》这种煽动仇恨的小册子，所以并不被南洋华侨看好。

相比之下，康有为则顺利得多。《天南新报》在新马等地的宣传，得到了当地士绅的支持。加之康有为个人身上带着浓厚的儒学气息，散发出逃亡者鲜有的文化风采，一时间南来的丘逢甲、容闳，以及当地林文庆等士绅，都集结到了康有为身边。在当地华侨看来，康有为的生死，有着超然的意义，他是一个巨大的文化与政治象征，关乎“保国、保教、保种”的前途问题。

有这些士绅的支持，康有为到南洋后，很快就干成了第一件事：勤王筹款。

当时，丘菽园直接出面组织新加坡保皇分会并任会长。为资助保皇党，唐才常在武汉发动“勤王”行动，他两次捐款，共达20万元。他还亲自出马向新加坡侨商募捐。清政府知道了康有为受丘菽园庇护，押海澄县丘家亲属，胁迫丘捐献一万元赈灾款，以赎“窝藏康有为”之罪。唐才常起事失败后，湖广总督张之洞将丘菽园列入唐才常案的缉捕名单，与康有为并列“总龙头”，逼迫丘菽园捐助赈灾款三万元，这才由张之洞保奏，勾销了丘的“唐才常案”。

这次“勤王”起事，包括容闳、严复、马良、章太炎、秦力山等人都参与其中。“勤王”失败后，秦力山等到新加坡找康有为计划再度起事，却发现康有为“拥资自肥”，这是在国内卖命的勇士们无法容忍的。秦力山当场宣布与康有为绝交，包括章太炎等参与这项运动的许多志士，多流亡到日本东京，他们找到梁启超算账。梁启超一度为此躲到横滨，康梁二人信誉大损。

但康有为在南洋地区的根基尚未消失。

1903年5月10日，清廷军机大臣荣禄病死。他是极力反对维新变法的大臣之一，曾奉慈禧之命囚禁光绪帝于瀛台，杀害了“戊戌六君子”，康梁二人被迫流亡海外。可以说，在康有为眼里，荣禄是祸国殃民之根。得知荣禄死讯，康有为欣喜若狂。

当时，南洋一带疯传康有为得密电召回，偏向于保皇党的《槟城新报》在1903年6月8日这样报道：“前闻康有为在打芝灵得接北清电信，着急回京，而康君本热心于国家，一得此电，竟了不疑惑，遂束装就道，已于前日抵港矣。”

荣禄之死让海外各种政治势力重新审视康有为，这次愉快的北归之旅先到缅甸仰光，受到当地政府和华人的热情款待，英国殖民地官员、商贾华侨鱼贯而访，迅速集款达八万元。《槟城新报》说：“今荣禄既伏天诛，中国次第举办各新政，又皆拾南海所陈之前疏，太后之心渐已冰释，是以英皇有旨准南海见客也。”

康有为游槟城、巴罗、金堡、吉隆坡、新加坡。命运突然飞升，英殖民者也看到了他的价值，各地华侨对康有为充满了景仰和爱戴，在他们看来，康有为奔走游离，出国万里，却一刻不忘故园。他也审时度势，不再避地避人，华侨皆踊跃殷勤款待，以致康有为终日赴宴，不停演说。非但华侨，一些宗教团体也纷纷邀请他演说。他蛰居槟城之时，住在总督署内，且受英国政府森严的保护，一些华侨因不能一睹尊容而慨为兴叹。

康有为一边惬意无比地享受生活、四处旅游，一边发表演说，那一段岁月，他神采飞扬。众人争睹其尊荣，聆听其圣训，康也热情高涨地宣扬他的“爱国”“忠君”“合群”“竞争”理论。康的“合群”“竞争”理论对新马华人社会产生了一定的凝聚作用，无形中阻挠了革命党在南洋的立足与发展。

据说1905年，光绪皇帝三十五岁寿诞时，丘菽园在新加坡为远在

孙中山与陈楚楠等在新加坡晚晴园合影（资料图片）

北京被囚禁的光绪皇帝祝寿。新加坡华人士绅给足了康有为面子，热闹非凡，可见当时华侨高层社会，对这位“帝师”和“亡命之臣”的身份的肯定。

起初，革命党人只能在南洋“小打小闹”。差不多与保皇党的“勤王”运动同时展开的黄冈起义、惠州起义、防城起义和之后的镇南关起义、马笃山起义、河口起义等，虽然均以失败告终了，但它达到了为清朝根基松土的目的。这一系列的起义也让华侨华人看到了中国革命的希望所在。

“四大寇”之尢列逃往新加坡后，开始在新加坡牛车水行医。当时华侨富商多倾向于保皇党。他机智地将目光转向跟会党有关的劳工界，走“下层路线”，向下层阶级宣扬革命。他号召劳工界在新加坡、吉隆坡、怡保、槟城组织中和堂，第一个将青天白日旗挂到了南洋。

入会的人员日益增多，甚至保皇党《天南新报》记者黄世仲、黄伯耀、康阴田等人还加入了兴中会。黄伯耀将张永福、陈楚楠介绍给了尢列。这为以后张永福认识孙中山提供了条件，也是孙中山重返新加坡的铺垫。

尢列为张永福等创办的《图南日报》推荐《香港日报》记者陈诗仲担任主笔，使《图南日报》成为革命党在南洋的第一份革命报纸。

《图南日报》的出现，燃起了孙中山去新加坡的热情。张永福将报纸寄到檀香山，孙中山收到后决定前往新加坡。1906 年 2 月 16 日，孙中山第三次到访新加坡，下榻晚晴园。这一次，孙中山在新加坡成立了新加坡同盟会，革命党人在这一地区与保皇党展开了最后争夺。

其实，在 1904 年之后，革命党在南洋已经建立了自己星罗棋布的舆论阵地，有暹罗的《华暹日报》，新加坡的《图南日报》《中兴日报》《星洲日报》《南侨日报》，槟城的《光华日报》，缅甸的《光新报》《光华报》等，革命思想在这片土地上已经满天飞了。

但此时，那些真正有钱的士绅阶层，依然不为所动。

《光华日报》早期发起人陈新政在 1921 年演讲《华侨革命史》时讲述了孙中山等人在槟城创办《光华日报》的艰难历程：

> 今日同人在此礼堂开纪念典礼，向国旗与孙中山先生鞠躬礼，此礼堂即孙中山先生当初到槟，曾在此，说头一句革命，受人白眼之所，今已归本社购置，实可作革命之纪念，盖为本社所有，就是从前小兰亭俱乐部，孙中山在吉隆坡得丘君之介绍，前来小兰亭，欲访某资本家，某资本家匿而不见……

某资本家为什么匿而不见，缘由是保皇党作梗。从 1900 年至 1911 年，康有为在长达 12 年的流亡生涯中，曾七次旅居新加坡和马来亚。新马华侨大富商与大资本家基本上倒向保皇党。

康有为自 1903 年获准回国后，他的兴趣似乎更在于经商，把政治事业当成他经商的最好铺垫。1904 年 5 月至 1908 年 9 月，他四次横渡大西洋，数次往返欧美，其中重要的事情就是做生意。他在各洲设立银行、购买房地产，其中很大一部分资金来自华侨捐助。华侨们原以为自己的捐款用以“勤王”，为的是中华复兴。谁知道，康有为自有盘算。这些“把柄”被革命党人抓在手里，成为他们大肆攻击保皇党的证据。

斯时，站在革命党一边的华侨华人，不只是下层阶级、中产阶级和知识分子，许多曾经仰慕康有为的士绅和富商，也团结在了孙中山革命理论周围。

窗外已经泛起了晨光，鸟儿开始婉转唱歌。孙中山又是一夜未眠，躺在床上辗转反侧，想了很多与故乡和革命有关的事情。他已经记不清多少次回故乡了，但还记得人生每一次重大转折都是从翠亨走起的。他感谢翠亨，是翠亨让他走上了中国乃至世界舞台。

第三章 皓月当东血沃『共和』

Chapter III The First to Sacrifice for the Republican Revolution

孙中山对陆皓东的牺牲痛惜不已，他回顾广州起义时说：“筹备甚周，声势颇众，本可一击而生绝大之影响。乃因运械不慎，致海关搜获手枪六百余杆，事机乃泄，而吾党健将陆皓东殉焉。此为中国有史以来为共和革命而牺牲者之第一人。”

沙加缅度河两岸广袤的农田，被层层叠叠的黛绿覆盖着，只有靠近远山地带的绿有些泛白，那是细雨笼罩的结果。远山、雨帘、绿野恰似一幅巧夺天工的画卷，让沙加缅度这片辽阔的沃野顿时灵动起来。

恰逢辛亥革命100周年，我带领的美加记者组一直忙碌在美洲大地上，试图在这里找寻孙中山和他的战友们发动华侨华人募集军饷，支持革命的足迹。

2011年4月18日，在旅美中山纪中校友会林威强等人的陪同下，我们来到美国加州首府沙加缅度，准备采访陆皓东的孙子陆玉廷。

沙加缅度是华人最集中的地方，当年美国淘金潮就是从这里开始的，沿沙加缅度河一直到旧金山湾区，都是当年淘金潮“哐哐”作响的地方。成千上万的美洲人、欧洲人和亚洲人，带着致富的梦想涌向这里，开始了他们“一锨穷一锨富”的悲喜人生。由此诞生了另外一座城市——旧金山。沙加缅度与旧金山距离140公里，同处在沙加缅度河下游。当年的淘金潮带动了美国西部大开发，起于沙加缅度的太平洋铁路就是此时修建的。铁路又带动了沿线城市的发展，美国第二大城市洛杉矶和第八大城市圣地亚哥从此开始壮大。

淘金、修铁路、搞农业，华侨华人为加州的发展立下了汗马功劳，有人说太平洋铁路每根枕木下面都有一具华人尸骨。然而，在沙加缅度火车站悬挂着的当年太平洋铁路通车剪彩的巨幅画像里，每个洋人都标注了姓名，唯独两个中国人没有名字，祖国羸弱，游子亦无光彩。

华工还利用在家乡搞农田水利建设的经验，在沙加缅度河下游三角洲涝洼区，开垦出良田1800万亩，使加州成为美国粮仓。而美国人对30万华工的巨大付出却视而不见，他们贪婪地认为，加州之所以取得如此成就，都归功于“加州同胞的特殊素质”。更可恶的是，华工为美国西部大开发做出巨大贡献之后，美国人竟然卸磨杀驴，出台了最残酷最冷血的《排华法案》。清政府为了解决美国人排华问题，于1881年派郑藻如出任驻美公使。他在美国四年，做了很多维护华工权益的事，在华工中享有很高的威信。

我在旧金山香山会馆采访时，看到大厅悬挂的“香邑会馆”牌匾，正是郑藻如所书。那浑厚健硕的四个大字，无不浸透着书写者的冽冽风骨。牌匾首款一行小字：“光绪岁在辛巳葭月”，落款为：“三品衔郑藻如书”。辛巳葭月，恰好是1881年12月，也就是说郑藻如刚到美国就去了旧金山和沙加缅度。

这两座城市也是孙中山经常光顾的地方。1911年，孙中山第四次访美期间，曾两次前往沙加缅度三角洲，向农垦华工宣讲革命道理，筹募军饷，并成立了葛仑、埃连顿、汪古鲁、乐居（均为旧译名）四个同盟会分部。这四个小镇虽然在地图上难以找到，却是华工最密集的地方，仅葛仑就有中山籍华工5000多人。孙中山在此居留期间，几乎走遍了这里的角角落落。此地有一间瑞升衣服店，曾制作一面陆皓东设计的青天白日旗，孙中山演讲时，就悬挂在主席台上，同盟会员宣誓亦面对此旗。许多年之后，旗子转交给旅居这里的陆皓东孙女陆淑仪保管，1988年被送到台湾，由“中国国民党党史馆”永久珍藏。

采访陆玉廷那天，约好在沙加缅度中山纪念馆见面，我们提前15分钟到达该馆。中山纪念会会长邝锡潮热情接待我们，他说：“太高兴了，你们是我馆接待的第一个大陆访问团。”据了解，中山纪念馆于1971年正式开馆，由孙中山首次到葛仑演讲时加入同盟会的邝瑶普侨领创办。我们正交谈着，老远就看到一位花白头发的老人姗姗而来，他就是陆玉廷，中等身材，国字形脸庞，一副与世无争的模样。他很健谈，得知我们的来意后，开始了他长时间的回忆：“我1932年出生在翠亨村祖屋，兄弟姐妹七人，我行六。现在，大姐陆淑仪、二哥陆玉昆、三哥陆玉良、五姐陆淑贞、七弟陆玉如都定居在沙加缅度。”

2011年，作者（右）在美国沙加缅度采访陆玉廷（中）（文智诚／摄）

陆玉廷的青少年时代，基本上是在翠亨村度过的，家乡的山山水水他都很熟悉。他是听着孙中山和陆皓东的英雄故事长大的，小伙伴们也往往将英雄的后代当作英雄，因此，陆玉廷从小就有一种优越感。1952年，他参加全国统考，被华南工学院录取，报到后不久便申请休学，后到香港珠海大学读土木工程专业。毕业后到美国定居，1956年美国政府募兵去了南朝鲜，距离三八线只有三公里。那时，朝鲜战争基本停战，偶尔能听到几声冷枪，大部分时间平安无事。听老兵讲中国军队打仗很勇敢，一不怕苦二不怕死。老兵还经常提醒他：小心你的脑壳。退役后，在一家超市当领班和业务经理。很多年以后，认识了一位牛奶公司老板，在他的支持下，与弟弟陆玉如开了一间超市，营业面积610平方米，在沙加缅度算是大型超市了，一直开了20多年，退休后才转手。后来又觉得闲得慌，又开了五年三文治咖啡屋，现在开始享受生活，膝下一儿一女，太太是中山小榄人。

陆玉廷说："小时候，老师向同学们介绍我时，总说我是陆皓东的孙子，在这个光环下，既感到优越又觉得自卑。因为，我不是陆皓东，是陆皓东的孙子。"

后来，随着阅历的增长，他的自卑心理消失了，对爷爷的伟大人生也有了更加深入的了解。在那个风雨飘摇的时代，陆家算是丰衣足食、无忧无虑的富裕人家，陆皓东完全可以过好自己的生活，而他却选择了拨云见日，血沃中华的人生。

"广州起义的信息泄露后，官府开始抓人，爷爷已经跑掉了，可他想起举事人员的名册还在指挥所，又跑回去销毁花名册，结果被捕了。"陆玉廷感叹道，"爷爷最精彩的人生，是他壮烈牺牲的场景，一句'但一我可杀，而继我而起者，不可尽杀'的政治断言，展现了他'挺立天地间，遥望雨水潺'的博大胸襟。"

一

皓东返乡，磨砺童年。

过去，我只知道陆皓东是"中国有史以来为共和革命而牺牲者之第一人"，至于为什么，我却知之甚少。最近，因创作长篇纪实文学《中国翠亨》，我翻阅了很多资料，走访了许多专家学者，随着陆皓东形象的日益丰满，我对他的认识也出现了质的飞跃。今天，再来陆皓东故居，总觉得今人对他的尊重似有亏欠。岁月寒冷，英雄孤寂，"残门锈锁久不开，灰墙小径覆干苔。无名枯草侵满院，一股辛酸入喉来"。这位用鲜血和生命唤醒中华儿女的英雄，后人知晓几许他的事迹呢？

陆皓东，1867年中秋生于上海，故名中桂。当时，父亲陆怀昕在上海做生意，主要经营广东土特产，季节性地为洋商收购茶丝，生意虽然不比洋行，却也是名声在外的商家。

当时，在上海做生意的香山人，基本上遵循两条途径。一是当买办，为洋商服务。此行当虽名声欠佳，但致富较快。容闳曾经做过短时间买办，认为买办是缺少尊严的。曾国藩称买办为“奉洋若神者”。章太炎干脆将买办贬为“白人之外嬖”。除此而外，极而言之者更是将买办、通事、娼妓、流氓列为一类，属社会败类，最卑鄙无耻之徒。现在看来，一棍子将买办打死实在欠妥，其实当时有很多买办后来成了民族工商业的骨干力量。如果说中国近代化有所成就，与这些人的努力是分不开的，如唐廷枢、郑观应、徐润等。二是自立山头，自主经营。正是由于买办的名声不好，有些香山人干脆自己搭炉建灶，囤货一处引客八方。单打独斗也有很成功的，如方举赞的铁件厂、徐荣村的湖丝、唐季珊的茶叶等，都是自己打出来的天下。后来的“四大百货”更是华人自己拼搏创业的典范。

陆怀昕也属于这一类生意人。

他不仅做散客生意，也做转手贸易。这得益于他与郑观应的关系，他们是父一辈子一辈的交情。陆皓东的爷爷叫陆厚车，生于1801年农历九月二十七，他出生的年代，正是海盗猖獗之时，彼时广东沿海封禁，居民不许下海捕鱼，逼得老百姓走投无路，有些人干脆做了海盗，最著名的就是张保仔。此人系新会人，非常熟悉伶仃洋沿岸的社情民意，抢劫的对象除了海上的船商舰贾，就是沿岸老百姓。他的势力全盛时有1.6万人，大小船只1000多艘，大炮1200门，长枪大刀等兵器上万件。为了对付海盗，沿岸老百姓也想了很多联保联防举措。陆厚车就是联保联防负责人，相当于现在的乡武装部副部长，职务虽小，却是朝廷吏治中纳入编制的基层官吏，按规定在任三年亦可敕封。所以，陆厚车被授予登仕佐郎，候任巡政厅，从九品。清朝的官员俸禄极少，难以养家糊口，后来他干脆挂冠而去。

敕授登仕佐郎始于陆厚车之父陆配宇。一般而言，接受敕封的人必须考取功名，起码越过秀才门槛。由此可见，陆家是传统的耕读人家，有了敕封，自然就有了门厅荣耀和家族实力，以后晋官入府就有了很多便利。但是，陆家并未沿着这条路走下去，而是进入了商界。陆配宇生有二子，长子陆仁车，次子陆厚车。最先进入商界的是陆仁车，他很早就在广州十三行做事，后来当了洋行买办，主要负责洋行与广州十三行对接。

广州十三行起于清乾隆二十二年（1757），清政府宣布关闭除粤海关之外的所有海关，“收泊广州，一口通商”，从此，形成了广州一口通商的垄断局面。实行一口通商之后，清政府遴选了十三家商行协助粤海关管理进出口贸易。说是十三家，其实是很多家。清政府规定，凡进入中国的外国商人只能与十三行行商进行贸易，而十三行就成了官府“抽水”的中介机构。一口通商后，外来的船舶日益增多，最初，到广州贸易的欧洲商船一年只有 22 艘，到了道光年间每年增至 100 多艘，商品种类 150 多个，而出口的商船则更多，仅去越南的商船就有 116 艘，商品种类 80 多个。可谓“十字街前尽商家，粤茶景瓷广州纱。中华生物航大海，两岸频挂中国画”。中外贸易的频繁，造就了一个全新的职业——买办。

买办，是西班牙语 Comprador（康白度）的意译，意为采办人员，中文翻译成买办。买办的兴起，自然与洋商在中国两眼一抹黑有关，他们要借助中国的经营人才，运作自己的生意来赚钱。最初指居住在十三行为外商服务的采购员或管事，后来逐步发展为特指洋商雇用的中方经理。鸦片战争以前，买办的地位很低，基本上充当洋商的高级奴仆，充其量算一个业务经理，经营上没有自主权，因此暴富的机会不大，但在生意上也有很多漏洞可以利用。陆仁车就是此时的买办，虽没有大富大贵，但在翠亨村亦是数一数二的财主。据1828年《重修翠亨村祖庙碑记》载：陆仁车捐银52两，人物台案一张，陆厚车捐银10两，二人是全村捐款最多的人，比杨姓家族30多人捐款总数还多。另据记载，陆仁车捞到钱之后，将村子周围350亩良田全部买下，还疏通官府为自己撑腰。正是在他的推荐下，其弟陆厚车去了上海为洋行做案头，此时恰是鸦片战争之后，清政府在坚船利炮的胁迫下，同意开放除广州以外的厦门、福州、宁波和上海为通商口岸。鸦片战争让广东人恨透了洋人，且广州贸易成本明显高于内地，因此，上海就成了洋人进军中国的首选之地。陆厚车就是此时跟着洋商去上海的。他每天的事务就是抄抄写写，是一项旱涝保收的文案工作，这个岗位虽没有顶尖买办的大富大贵，却比一般买办好得多，因此生活是相当安逸的。有了富足的生活就有了多吃多占的欲望，因此他娶妻纳妾，家丁甚旺。正室夫人卓氏，南朗关塘人，生三子三女；庶室二太太陈氏，番禺东堡人，生二子二女；庶室三太太冯氏，广西平南人，生一子怀昕，即陆皓东之父。

陆怀昕自小跟在父亲身边，很快就出落成能文能武的翩翩少年。恰此时，上海爆发了小刀会起义，上海最繁华的小东门外羊毛弄、福建街一带的商铺烧毁殆尽，百年富庶精华毁于一旦。

1858年，20岁的陆怀昕开始单飞，彼时小东门刚刚从劫难中复苏，陆怀昕就在此租了一间铺位做广东杂货生意。这一时期，他认识了17岁的郑观应。那时郑观应刚到上海投奔其叔父郑廷江，边学英语边帮叔父做事，闲暇时就去小东门找陆怀昕聊天，顺便买些广东土特产。过了一年，郑观应便通过他的师傅曾寄圃和世交徐润介绍到宝顺洋行当买办，主要负责茶丝生意。这时候，陆怀昕便在茶丝生产旺季大量收购茶丝，转手卖给郑观应负责茶丝业务的宝顺洋行。这一阶段，陆怀昕的生意做得相当顺利。可是就在陆怀昕的生意蒸蒸日上时，宝顺洋行停业了，郑观应也转到了公正轮船公司。陆怀昕跟着郑观应在该公司投了股份，问题是这间公司资本不够雄厚，在竞争激烈的航运市场受到了大公司的排挤，无法正常开展航运，只好灰溜溜地败下阵来。从此陆怀昕与郑观应再无生意上的瓜葛。

一切都回到了从前，不同的是多了一个儿子陆皓东，小家伙给原本寂寞的家庭带来不少快乐。陆怀昕经常带着儿子外出观风景，诸如小东门繁华闹市、白渡桥浩渺烟波、外滩舟来船往、租界花园洋房等。每到一处，小家伙就问个不停："爸爸，外滩怎么都是外国人啊？"

陆怀昕耐心解释："前些年，大清国和西方国家打仗，我们打败了，就把上海的外滩租给了外国人居住做生意，后来就成了'城中之国'了。"

"我们为什么打败了？"

"因为我们国家太穷了。"

"我们国家为什么穷啊？"直问得陆怀昕无言以对。

每晚睡觉前，陆皓东都会磨着爸爸讲打仗的故事，什么小刀会起义、华尔洋枪队、李秀成攻打上海等，陆怀昕讲得津津有味，儿子听得聚精会神，讲得次数多了，陆皓东就记住了，经常反过来讲给陆怀昕听。

陆怀昕做生意的时代，正是官办洋务与洋行洋商竞争的时代。一方面，洋商掠夺中国的野心日益膨胀；另一方面，洋务派人士推动官督民办实业的力度不断增强，大大收缩了洋行洋商的势力范围，从而使我国近代化进程始终保持在合理区间。此时的民间资本，就像小媳妇一样，战战兢兢地苦度时光，但客观上成了官督民办的助威团。国内商业力量的不断积累，使中外经济的消长发生着质的变化。

应该说，陆怀昕开始熬出头了。正当他的生意逐渐做大，红利滚滚而来之时，他却溘然长逝了。这对只有十岁的陆皓东而言无疑是沉重的

陆皓东一家在上海（资料图片）

打击，家里没了顶梁柱，陆皓东顿感没了主心骨。好在母亲王金月是个有主见的人，她决定变卖上海资产，回老家翠亨村生活。

好在陆怀昕在世时，已经做了一些回乡的打算，在翠亨买了地盖了房。宅子盖得非常气派，占地 446 平方米，建筑面积 215 平方米，坐西朝东，两进三开间砖木结构，宽敞明亮，冬暖夏凉。住宅虽好，陆皓东依然感觉不适，尤其是晚上没有电灯，整个房间只有一盏光亮昏暗的油灯，每到这时蚊虫便开始狂欢，咬得陆皓东全身是包，旧包未好又添新包、旧痛未消又添新痛，折磨得陆皓东一到晚上就害怕。

幸好冯家祠堂有一个私塾，私塾的程先生很有学问，把原本枯燥的课文讲得非常生动，这为陆皓东拂去了不少伤痛。尤其是在这里他认识了大自己一岁的好朋友孙中山。那时候孙中山家境不是很好，但他读书很用功，基本上可以做到过目不忘，这让陆皓东相当佩服。还有，孙中山很会讲故事，这也是陆皓东相当佩服的。两个人成了好朋友以后，整天腻在一起，甚至吃饭睡觉也在一起，有时吃住在陆皓东家，有时吃住在孙中山家。慢慢地，陆皓东适应了乡村生活，并喜欢上了异想天开式的乡村趣味。

他们很珍惜每天放学后的一段时光，那是他们最自由、最快乐、最富于遐想的时候。兰溪河摸鱼、上山抓鸟、小巷捉迷藏、田间听禾苗抽穗的声音……总之，很多有趣的活动，都是放学后完成的。当然，他们感到最惬意的还是听彼此讲述各自的见闻。

翠亨村西头有一棵大榕树，大榕树下经常坐着一位太平军老战士冯爽观。他跟着太平军转战到南京，曾任红顶军官，参加过很多次战斗，至今身上还留着几块伤疤，可谓经历丰富、见多识广。他家与孙中山家住得很近，每到夏季晚饭后，老人就拿着他的水烟筒，坐在大榕树下乘凉。由于他赞赏洪秀全有田同耕、有福同享的政治理念，所以经常给村里的孩子们讲太平军如何动员军队、如何作战、如何分赏战利品等。

冯大爷除了讲太平天国的故事，也讲文天祥的故事，说南宋宰相文天祥在海陆丰被俘，元军押解他到崖山规劝宋军投降，船至伶仃洋香山水域时，文天祥以诗明志："辛苦遭逢起一经，干戈寥落四周星。山河破碎风飘絮，身世沉浮雨打萍。惶恐滩头说惶恐，零丁洋里叹零丁。人生自古谁无死，留取丹心照汗青。"

这些故事，显然在孙中山和陆皓东心里生了根。一天晚上，他俩坐在一个小山包上，遥望着波光粼粼的伶仃洋。孙中山又想起了冯大爷讲的文天祥的故事，很动情地跟陆皓东说："我们发誓吧！"

陆皓东问："发什么誓？"

孙中山说我们向天发誓："吾像文天祥，固然一死，留取丹心。"

陆皓东虽然小孙中山一岁，但毕竟在上海生活了九年，所见所闻都是孙中山的空白点。有时候，陆皓东也讲一讲上海的事情，如轮船、商店、电灯、电车、大楼等一些很稀奇的玩意，这些都给了孙中山很多想象空间。

在学习上，陆皓东似乎也比乡村的孩子灵活，尤其不喜欢死记硬背式的学习方式。为此，他还经常与先生发生争论。他的侄子陆灿回忆说："对我们其他小朋友来说，陆皓东有些特别。他出生在大城市上海，比起我们，可谓见多识广。他是一个优秀的学生，聪明的艺术家，还具有某些音乐家的气质。他的观点非常进步，和帝象（孙中山）一样，不满村民对清政府的畏惧与麻木。他敏捷、活跃，有一双明亮的眼睛和无穷的好奇心，一旦被激发，就有狂热的忠诚。"

1879 年 6 月，孙中山随母亲杨氏赴檀香山读书。这对陆皓东而言是一次不小的精神折磨，他觉得没有孙中山的时光是黯淡的。就在孙中山动身的前一天晚上，他将自己的感受告诉了孙中山，孙中山安慰陆皓东："不要伤心，我一定回来！"

孙中山到檀香山后，相继进意奥兰尼和普纳荷读书，这两所学校都是教会创办的，除了讲授科学知识外，每天还有《圣经》课程，寄宿制学生每天早晚都要祈祷，星期天要做礼拜，并参加唱诗班。特别是到普纳荷学校之后，芙兰·蒂文老师特别喜欢孙中山，经常带他去教堂。那段时间他有点痴迷基督教而排斥中国的神，还将大哥孙眉供奉的关公给砸了，并扬言："关云长只不过是三国时代的一个人物，死后怎能降福于人间？"孙眉认为，这是大逆不道！怎能砸我的财神爷呢？这不断我财路吗？！一气之下将弟弟暴揍一顿。孙中山很不服气，跑到学校躲起来了，最后是芙兰·蒂文老师为孙中山购买了回家乡的船票，1883 年 7 月，孙中山又回到了阔别五年的家乡。

此时的陆皓东也成熟了很多，家里的大小事情都是他出面摆平。他家的佃农经常得到他的关照，他收地租时也是让佃农留足口粮，然后才收租。村里人都赞他豪爽、仗义，敞亮，是村里一位鹤立鸡群的人物。

孙中山回来后，最兴奋的就是陆皓东，他们连续谈了两天两夜。孙中山把自己在檀香山的所见所闻所感，一口气谈了个干净，陆皓东将孙中山离开村子后发生的情况也谈了个痛快。

最后，孙中山说："我终于明白了当年洪秀全为什么信仰上帝，因为，上帝可以帮助他们发动民众、组织民众。我在檀香山读书，都是教会的人帮我，他们视教友为兄弟姐妹，相互帮助是自然之事。"

陆皓东问："我们能入教吗？"

孙中山说："能啊！"

此后，他们便学着教会的样子，在村里办学习班、督促村公所修路、改善村居环境。但乡亲们对他们的努力根本不屑一顾，依然是烧香拜佛，祈求神灵保佑。孙中山和陆皓东认为，村民太愚昧了，神灵是保佑不了大家的，真正能保佑自己的就是自己。

孙中山这些言论被村民们视为亵渎神灵，是要遭到惩罚的。孙中山偏不信邪，终于上演了大闹北帝庙的戏码。

二

献身共和，血沃中华。

1884 年 2 月，陆皓东又回到了阔别六年的上海，这一年他 17 岁。到了上海，一切都感到新鲜，与他印象中的上海完全不同，现在的上海俨然一副大都市派头，洋楼成排、商肆成市、人流如潮、船舶如鲫。本来他想清闲几天，熟悉环境看看风景，结果到上海之后，感觉有一种紧迫感督促着自己，若不抓紧时间学习，一定会被时代所淘汰。

这么想着，他加快了脚步向轮船招商局走去。

轮船招商局是晚清洋务大臣李鸿章主持创办的官督民营企业，总局在上海，国内外有十多个分局，首任总办为唐廷枢，1883 年郑观应接任总办。陆皓东投奔他的时候，郑观应正是春风得意之时。见昔日好友陆怀昕之子来见，郑观应心里特别高兴。这些年他一直记挂着陆怀昕遗属的状况，总想着帮他们一把，只是事务繁忙腾不出时间回香山。这回好了，陆皓东寻上门来。小伙子一表人才，很对郑观应的眼缘，他发自内心地喜欢陆皓东。他安排手下先带陆皓东各处走走看看，买几身好衣服换上。陆皓东参观了轮船招商局，还坐着轮船去了一趟宁波，又参观了外滩南京路，陆皓东初时的想法发生了变化。几天后，郑观应问："皓东，招商局你已经参观了，说说你想干什么？"

陆皓东大着胆子说："郑叔叔，我本来是想找份工作，可是我参观了很多地方之后，总觉得我的能力还不足以干好一份工作。过去，我虽然读了几年私塾，可学的都是些做人的道理，很缺乏做事的技能。"

郑观应听明白了，陆皓东想继续上学："好细仔！上海电报局创办了一间电报学堂，你觉得怎么样？"

陆皓东问："什么是电报？"

郑观应："电报是一种新型通信技术。比如从美国发电报给你，半天就收到了，比写信快几个月。"

陆皓东惊诧地看着郑观应，不知说什么才好。

郑观应继续说："这个电报局是李鸿章的幕僚盛宣怀创办的，我曾经做过总办，现在是盛宣怀的弟弟盛宙怀任总办，若你想去，一张妥帖即可。学堂不收学费，饭食膏火均由学堂供给。但入学者须觅保人立定具结，五年内如有不听调派，不守规矩者，送官押追学费。"

陆皓东说："郑叔叔放心，我遵守他们的规定！"

郑观应笑了，那是长辈对晚辈爱怜的笑……

在电报学堂，陆皓东学英语，学收发报，时间很是紧张，入学堂之后一直未去拜望郑叔叔。端午节前夕，郑观应偕夫人来看望陆皓东，给陆皓东带来一本自己的著作《易言》，要陆皓东好好读读，然后提提意见。陆皓东诚惶诚恐："郑叔叔的大作，我一定好好拜读。"

郑观应顺便告诉陆皓东，他已经不在轮船招商局了，准备去广东总办湘军营务处事宜。

陆皓东有些不解，郑观应也不好跟晚辈解释，但陆皓东看得出郑叔叔脸色很难看，似乎有些焦躁。陆皓东安慰郑观应：“郑叔叔多多保重。”

郑观应嘱咐贤侄：“你也多保重，我离开上海这段时间，有什么事跟你婶娘讲。”

陆皓东点点头。

这一年，郑观应的日子实在难熬。他曾任总办的织布局，因中法战争银根收紧，后任总办龚寿图经营不善，清政府清理局务时发现龚寿图不仅管理有问题，而且挪用公款，而龚寿图则将这些过错一股脑儿地推给了郑观应，害得郑观应赔上两万两白银才算结案。一案刚了又添一案，他曾任总办的太古洋行，由于郑卸任总办时曾担保推荐杨桂轩为总办，按担保条例规定，被担保者若出问题，无法追究其责任时，担保人须负其责。杨桂轩任职期间，玩忽职守，挪用公款，致太古洋行亏损十万之巨，更可恶的是，造成严重局面之后，却一跑了之。太古洋行只有找郑观应算账。

经过两起官司之后，郑观应觉得实在无法在上海混了，恰逢中法战争爆发，他找到王之春请求给予推荐，去前线谋一差事。王之春当时正在署理广东雷琼道，恰遭遇法国侵略者进犯，即向粤东防卫大臣、兵部尚书彭玉麟推荐，彭委任郑观应总办湘军营务处事宜，相当于彭玉麟的副参谋长。此时，彭玉麟和两广总督张之洞正在谋划袭击法军后勤大本营西贡，派郑观应扮成商贾前去侦查，并联络南洋各地抗法组织袭击法军。郑去了西贡、新加坡、槟榔屿、马六甲、婆罗洲、暹罗等地，回到广州后不久便挂冠而去，专心创作《南行日记》和《盛世危言》。

陆皓东自从拜读郑观应的《易言》之后，对郑叔叔更加敬佩了，觉得他不仅是商人，还是爱国者，是一位家国情怀胜于商业利益的爱国者。郑观应回到上海之后，陆皓东向其谈了拜读《易言》的感受。最后，他向郑叔叔提了一个建议，书中的“因果报应说”不妥当。郑观应没有想到陆皓东政治感悟力如此之强，他正准备修订《易言》，将书中一些不妥当的观点删除，增加一些有分量的篇什，改为《盛世危言》。

郑观应说：“好细仔，我刚撰写了《南行日记》，你拿去看看，顺便将书中不妥的地方订正一下。”

陆皓东：“郑叔叔，羞煞我也。我可以拜读，如遇不懂处随时跟您请教。”

郑观应笑了。

郑观应离开上海这段时间，陆皓东进步很大，他不仅顺利地从电报学堂毕业，还担任了领班，在这个岗位上认识了电报局总工程师牛尚周。此人是第一批留美幼童之一，江苏嘉定人，在美国波士顿留学期间，与同是留学幼童的表弟温秉忠，常去宋耀如在波士顿开办的茶丝店购买日用品。很快，牛尚周和温秉忠与店主宋耀如就成了好朋友，他们劝宋耀如找机会去读大学，用知识武装自己，将来回国做大事。几经周折，宋耀如进了田纳西州范德比尔特大学神学院学习，三年后毕业回上海传教。可他不会“吴侬细语”，经常被人骂“假洋鬼子”，而洋牧师又看不起他，给他很低的薪资，为此他很苦恼。

有一天，宋耀如正在黄浦江边漫无目的地散步，身后突然有人喊：“查理，你好！”他回头一看，一位风流倜傥的青年人对着他笑。“尚周，你怎么在这里？”宋耀如又高兴又疑惑地问。

“我已经回国了，开始在电报局任技术官，现在转到机器制造局任帮办。”牛尚周说。

“真好，祝贺你！”宋耀如说。

“你怎么样？”牛尚周关心地问。

宋耀如一五一十地讲了自己的处境，牛尚周安慰他："车到山前必有路，船到桥头自然直。不急，我们一起想办法。"

牛尚周回到家中与妻子商量，能否将三妹介绍给宋耀如，妻子说你拿主意。牛尚周的妻子叫倪桂清，有两个妹妹，二妹叫倪桂殊，经牛尚周牵线，嫁给了温秉忠。三妹叫倪桂珍，目前正在盛宣怀家当家庭教师，就是这位三妹，后来嫁给了宋耀如。从此，宋耀如在倪桂珍的帮扶下，开始做生意，很快就飞黄腾达了。宋倪夫妻俩生下三女三子，三女分别是宋霭龄、宋庆龄和宋美龄，三子分别是宋子文、宋子良和宋子安。

最神奇的是，陆皓东通过牛尚周认识了宋耀如，交谈之后感觉宋耀如家国情怀较重，于是将好友孙中山介绍给了宋耀如。为此，他特意陪同宋耀如去香港会见孙中山。之后，三人结为政治盟友，从那时起，宋耀如开始向一介书生孙中山大笔投资，这种超现实的眼光是何等毒辣啊！后来，宋霭龄成了孙中山的秘书，宋庆龄成了孙中山的夫人，宋美龄成了蒋介石的夫人，宋子文成了国民政府行政院院长，宋子良和宋子安虽说没大哥有出息，也是业界翘楚。一个家庭教师竟培养出六位在中国近代史上熠熠生辉的人物，怎能不令人称羡！

陆皓东在上海七年，结交了一些思想活跃、观念新颖的现代派人士，这为他与孙中山后来的革命事业奠定了政治基础。1890年，陆皓东奉母命回乡成亲，女方是榄边莆山村归侨、清朝廪生黎吉兴之女黎竹青。婚礼那天，高朋满座，孙中山、陈少白、尢列、杨鹤龄等"四大寇"悉数到场祝贺，郑观应在广州养病未到场，但发来贺喜帖。也是从那时起，陆皓东认识了一些新政治盟友。孙中山的《致郑藻如书》，也是因陆皓东与郑观应熟识，郑观应与郑藻如熟识，才有了孙中山"有枣没枣打一杆子"的想法。

陆皓东回乡成亲，见到了老朋友孙中山和杨鹤龄，认识了陈少白、允列之后，从谈话中品味到这些人忧国忧民心思日重，与自己的想法不谋而合。他开始喜欢上这些人了，特别是参加了他们组织的一些活动之后，更感觉他们正在做改变中国的大事，这也是陆皓东的理想所在。他回到上海之后，本想一辞了之。结果，电报局总办盛宙怀找他谈话，要他带领一班人去芜湖创建电报局。看着盛宙怀满心的诚意，陆皓东盛情难却，只好答应下来。

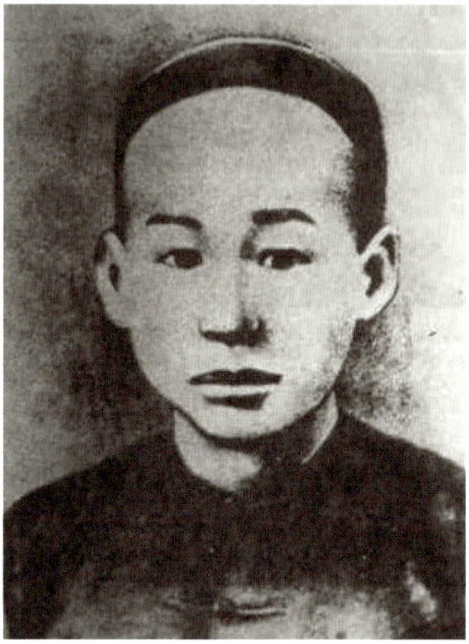

陆皓东像（资料图片）

芜湖是历史文化名城，古称“鸠兹”，公元前109年设县，自古享有“江东名邑”“吴楚名区”的美誉，清代时乃我国四大米市之首，孙中山称其为“长江巨埠，皖之中坚”。到这里开拓事业，说明电报局总办盛宙怀对陆皓东的器重，这种知遇之恩岂能不接受！盛宙怀本就是郑观应的世弟，当年郑观应与盛宣怀同为上海轮船招商局会办，同在李鸿章麾下做事，二人之间虽有竞争，但更多的是相依为命，这是政治规矩，你好我好大家好，你不好我不好大家亦不好。因此，在一个盘子里吃饭的官员，基本上是和而不同、斗而不破，维持盘子的完整。假如哪个“愣头青”来个鱼死网破摔了盘子，那就“大件事”了，倾巢之下何谈完卵，谁也别想在碎盘子里找到前程。盛宣怀和郑观应都是人精，哪能不懂这个道理，互相之间都为对方留着几分薄面。所以，当郑观应将陆皓东托付给盛宣怀之弟盛宙怀时，盛宙怀就明白了其中之意，再加上陆皓东情商甚高，早就被盛宙怀喜在心里了。他重用陆皓东本是顺水推舟，凭陆的能力该用，但用得恰如其时，就成了天大的人情。

1892年，芜湖电报局顺利走过了两年初创阶段，开始走向正轨。此时，陆皓东提交了辞呈，理由是离家遥远，关山阻隔，老母年迈，爱子尚幼，日思高堂，夜念襁孺，忍痛请辞，回归故里。盛宙怀看着这些充满亲情的文字，似乎找不到任何拒辞的理由。就这样，陆皓东告别了奋斗七载的上海，又回到日思夜想的家乡。

没想到刚安顿好，夫人黎竹青的大舅方铭出事了。南朗东部特别是隔田乡毗邻伶仃洋，这里经常有海盗出没，临海居民已经习惯了海盗横行的日子。这次是海盗捅破天了，将朝廷于澳门订购的佛郎机洋枪给劫持了。这可把香山县令吓坏了，赶紧安排捕快明察暗访，下达必须尽快破案的指令，但一群捕快查了十多天，愣是没有找到丁点儿线索。这时候，师爷捋着花白的山羊胡阴阳怪气地说道："找个替死鬼比破案难吗？"

听了师爷的提点，捕头恍然大悟："案子破了！"

第二天，他们就将隔田乡的方铭给绑了，说他是抢劫洋枪的主犯。原因是那天方铭划着船去澳门贩卖蔬菜，看到一伙人在打斗，究竟为何而斗，方铭不得而知。捕快们打探消息时，恰巧问到方铭，他随口说了见过打斗之事。捕快们听后也未往下问。十几天后，捕快们突然抓他，消息传开，隔田乡的乡亲们都说方铭被冤枉了。方铭50多岁，是一个老实巴交的庄户人，半辈子守着祖宗留下的十亩薄田度日，从未跟人拌过嘴打过架，在隔田乡口碑尚好。

黎竹青的父亲黎吉兴火急火燎地来找陆皓东，女婿毕竟是混过大上海的人，见多识广，让他拿个主意，看看如何拯救方铭。第二天一早，陆皓东就去了县衙，打着郑藻如朋友的旗号，交涉方铭案。知县杨文骏打发师爷敷衍陆皓东，师爷听完陆皓东陈述，顾盼左右而言他，哼哼唧唧地说些不着四六的话，最后扔下一句："听说你们家很有钱？"陆皓东似乎明白了师爷的点拨。师爷见陆皓东明白了其中之意，依然哼哼唧唧地表示愿意通融。

陆皓东回来后，将这些情况转告了“老泰山”，黎吉兴说：“那就别犹豫了，卖地筹款吧！”

卖地，在农民眼里是件大事，更何况是救一时之难，一般而言难找买主，谁都怕乡亲们说乘人之危，那可是道德问题，买地惹一身是非不值。所以，想买地的乡亲也不敢贸然出头，就这样拖着。方铭家人急啊，等银子救命呢！没办法只有求人贱卖。为妥帖起见，陆皓东又专程去了一趟县衙，如此这般地向师爷做了汇报，师爷依然是笑而不语。

陆皓东看着师爷这番表演，气不打一处来，但又不便发作，毕竟受人之托，人命关天的事不能儿戏。他忍住气，继续与师爷沟通，师爷依然是笑容可掬的样子，就是不明说要银子，只说杨知县欠了外债，这让陆皓东十分难拿捏，毕竟不是自己的田，万一鸡飞蛋打，自己的罪过就大了。回来后，他将沟通的情况和自己的顾虑如实报告了“老泰山”。黎吉兴也拿不定主意，只好交给方家人做决定，方家人救人心切，也只有卖地一条路了。

陆皓东背着银子去见师爷，结果师爷态度冷淡：“杨知县已经调江西了，新任知县叫包永昌，我不掌握包知县的脾性，不敢贸然行事。”

一盆冷水泼到陆皓东头上，浇得透心凉啊！

怎么向方铭家人交代？田卖了，人没救出来，陆皓东觉得无颜见家乡父老啊！不管怎么说，盼着包知县别像杨知县那么混账。

真让他猜对了，几天后包知县快刀斩乱麻，大概是想新官上任先立威吧，竟判方铭斩监候。

这种荒唐的结果，令陆皓东目瞪口呆，这就是晚清官场的现实，陆皓东亲身感受了晚清政治的昏庸与腐朽，更坚定了他与晚清势不两立的决心。经历了方铭案之后，陆皓东大病一场，浑身长水痘，破了长、长了破，很是痛苦。幸亏孙中山从香港西医书院毕业回乡做短暂休整，为陆皓东进行了精心治疗，水痘很快就好了。但陆皓东的心病却越来越重了，他痛恨晚清政府对外丧权辱国，对内压榨百姓。孙中山说："我在广州实习西医时，就想创立一个组织，以'驱除鞑虏，恢复中华'为宗旨。"

陆皓东听了很兴奋："太好了，这就是我心里的想法！必须将这个腐朽的政权铲除。"水痘痊愈之后，他与孙中山一起来到广州广雅书局南园抗风轩，召集郑士良、尢列、程奎光、程璧光等人商讨创立兴中会等事宜。

此后，陆皓东与尢列在顺德成立兴利蚕子公司，以改良蚕种为号召，推广优良蚕种，改善农业结构，为蚕业增产、农民增收探索新路。孙中山为公司题写"兴创自我，利归于农"的对联。

顺德自清朝中期以后，一直是新型农业——桑基鱼塘的中心区域，那时候，顺德桑地面积占全省桑地面积的43.2%，蚕茧年产量占全省年产量的48.4%，规模较大的机器缫丝厂超过200家，占全省总数的80%，缫丝工人最多时超过20万人，被誉为"南国丝都"。因此，产生了一个特殊的女性群体——自梳女。

自梳女，古已有之，即自食其力的终身未婚女子。19世纪中晚期，顺德缫丝产业发展起来后，需要大量女性缫丝工人。这些人有了经济来源后，一部分人开始寻求女性解放，发誓终身不嫁，做起了自梳女。这些人事先要在"姑婆屋"举行严格的仪式，参加仪式的女性要准备衣服、鞋袜、梳妆用品等，还要用黄皮叶煮水沐浴，上香拜观音，立誓永不婚嫁，然后由年长的自梳女将参加仪式者的辫子梳成发髻，随之更衣换鞋拜姐妹。

20世纪30年代，顺德缫丝产业衰落后，很多自梳女到南洋做保姆，欧阳焕燕就是其中之一。1932年，14岁的欧阳焕燕跟着姐姐欧阳焕容到南洋打工，她们到新加坡的第一个"事头"（雇主）就是陈嘉庚，后来日军占领新加坡，她们又换到陈嘉庚的邻居李光耀家。姐妹俩在李家一待就是40多年，李光耀的几个子女都是她们带大的，特别是李显龙，从蹒跚学步一直到英国留学，都是欧阳焕燕负责照料的。所以，20世纪80年代欧阳焕燕姐妹回到祖国后，李显龙十分挂念，还委托新加坡驻华大使为欧阳焕燕送来燕窝。

话扯远了，继续说陆皓东与九列办公司。其实这间公司是孙中山、郑士良、九列、陆皓东等几位革命者活动的据点。他们在这里辩论时政，培养成熟的思想，也是在这里，孙中山与陆皓东酝酿上书李鸿章，陆皓东将他拜读郑观应《易言》的心得和感受详细地讲给孙中山听。

《易言》乃郑观应的爱国之叹。他揭露了西方列强亡我之野心，强调“西人有求于中国者，不外通商、传教两端”，而“通商则渐夺中国之权利，并侵中国之地；传教则侦探华人之情事，欲服华人之心……其中煽害，倍甚通商”。进而，提出一些改良主义的建议。《易言》为其后推出西学为用、维新变法之《盛世危言》奠定了言论基础。

1893年冬季，趁着陆皓东的蚕子公司的空闲季节，孙中山和陆皓东回到了翠亨，专心致志地撰写《上李鸿章书》，于1894年1月收笔，大意是建议清政府仿照西方，兴学育人，重视农业，发展工商业等。然后，孙中山和陆皓东来到广州请陈少白为其雅正，紧接着他们东渡上海，打点行装去了中国近代工业先驱城市唐山，那里有很多孙氏族人和翠亨乡亲。

唐山，位于天津东北100公里处，当时香山人唐廷枢、徐润等，正在那里开掘唐山煤矿，修筑中国第一条准轨铁路——唐胥铁路。孙氏族人孙锦芳和翠亨人陆云清在唐胥铁路做包工大柜，每个人手下都有几百号人。孙锦芳与孙眉关系甚好，当然对孙中山也格外友善。陆云清是陆皓东的族兄，其父是北洋水师高级将领陆泽宽。恰是孙中山与陆皓东到达唐山之际，中日甲午战争的前哨战——丰岛海战刚刚结束，陆泽宽以

陆皓东解析青天白日之意（历史绘画）

身殉国。

北方之行，让孙中山和陆皓东更真切地体味到“山河破碎风飘絮，身世浮沉雨打萍”的情形。国家的衰落，是人民的不幸，满清政权已经不能用改良主义的处方来医治了，它的病症必须置之死地而后生。

此后，孙中山和陆皓东彻底放弃了改良主义幻想，正式走上了推翻满清政权的道路。于是，孙中山与陆皓东暂别，他要再次远渡重洋，到檀香山创立革命团体——兴中会，试图通过华侨华人的力量达到革命的目的。

1895 年 1 月，孙中山从檀香山回到香港，即刻主持召开香港兴中会首次骨干会议，决定举行广州起义，并研究部署了武装起义的步骤和细节。会上决定陆皓东协助孙中山坐镇广州，处理军务和募款等各项事宜，并负责设计制作起义旗帜。

会后，陆皓东立即赶往广州，下榻于尢列住所“听涛阁”，酝酿起义旗帜的构图。他设计了几稿，总觉得不能完全表达革命之内涵。一天清早，他准备到河边走走，顺便梳理一下纷乱的思绪。到河边之后，眺望东山，整个天空一碧如洗，冉冉升起的太阳似一轮红润的光盘。陆皓东被这幅美轮美奂的景色震惊了，这不就是我们的旗帜吗？他马上回到“听涛阁”，不多时图案就成型了，他觉得“青天白日”正是革命之要义。

孙中山和兴中会的同志们，高度认可这面旗帜，在此后的十次起义中均使用了“青天白日”旗。这面旗帜的寓意如何，陆皓东没有留下文字资料。只是到了1907年，同盟会讨论“中华民国”国旗时，孙中山力主采用“青天白日”旗，强调青天代表民主、白日代表平等。其实，孙中山还有一层意思，即纪念为革命而献出生命的烈士们。

只可惜，陆皓东未能见到胜利的那一天。

“出师未捷身先死，长使英雄泪满襟。”陆皓东制作好起义旗帜后，就搬到了广州双门底王家祠，坐镇起义军指挥部。为了迷惑敌人，特以“农学会”示人，经常以推广农业技术之名，召集起义军负责人开会。此时的陆皓东已经全身心投入到起义组织工作，他跑到上海为起义军募款，并不惜卖掉自己的田产，将募集到的款项提供给起义军购置枪械。陆皓东出色的工作表现，笼络了一大批非常优秀的军事人才，如广东水师统带程奎光、水师舰长程璧光、水师军官程耀宸、兵船大副陈廷威等，都是起义军急需的军事指挥员。

后来，其弟陆望华曾致信孙中山：“查先兄陆皓东牺牲生命财产，以求共和，置家以不顾及，热心可至以极点。”他究竟捐献了多少财产，已无从查起，但他的家境本来殷实，为支持革命却走向破落，其一家老幼日后靠政府救济为生却是事实。

广州起义准备工作进展顺利，农学会依然是起义军总指挥部。东门外卤虾栏张公馆为起义军各部联络枢纽，军械武器均贮存于此。河南头嘴设炸药配置处一所，由美籍化学工程师奇列负责。此外，陆皓东与郑士良还与广州、香山等地的民团会党取得联系，他们纷纷表示愿与兴中会合作。根据此等情形，兴中会改“突袭战略”为“分道攻城”。

陆皓东建议：“可否定在九月初九攻城？这一天恰是重阳节，广州居民大都登高祭祖，正是广州空虚之时。起义军趁机潜入市内，可以躲过城防耳目。”

孙中山表示赞同：“这是个好日子，就这么定了！”

然后总指挥部人员又进行了分工：陆皓东负责统筹各部行动，朱淇负责撰写印制讨满檄文和安民告示，何启博士负责英文宣言和起义后分送各国驻穗领事馆，确定起义口令为“除暴安民”。

广州方面的各项准备工作一切就绪，香港方面由杨衢云领队的人员与军械却不能按期到广州，香港方面电告孙中山推迟两天。孙中山感觉苗头不对，果断决定中止起义。他怀疑香港方面的行动已经暴露，当天晚上，他去参加一位教友的婚礼，发现有人跟踪，自此他判断广州行动也已暴露，马上电告所有起义人员，解散队伍，各自避险。当得知所有人员均已逃离广州，他才乘小火轮离去。

陆皓东则从容地躲进美国驻穗领事赫尔家中。赫尔是陆皓东在上海电报学堂学习时的英语教师，很喜欢陆皓东，说陆皓东语言天赋特别好，只学了一年英语，竟能翻译专业性很强的英文电报。后来赫尔到美驻穗领事馆工作，陆皓东也在广州开展革命活动，二人来往频密起来，经常在一起谈论各自感兴趣的事情。这次遇到危险，陆皓东首先想到了赫尔，美国领事的住宅，受《领事条约》保护，享有法律赋予的特权。在这里避难万无一失，但陆皓东突然想起双门底总指挥部有一份起事人员名册未带出来，他起身就要去双门底，被同来避难的周昭岳和于育之拦住，他们认为太危险了，最好是静观其变。

陆皓东却觉得个人安危事小，大家的安危事大。赫尔也觉得此时不适宜外出。陆皓东思虑再三，还是觉得必须将名册抢救出来。大家看他

1895年11月7日，陆皓东英勇就义（资料图片）

态度如此坚决，也不好再说什么。陆皓东和大家简单道别后，极速向双门底跑去，快到双门底巷子口时，与陈少白打了个照面，两人简单交流几句便分开了。他冲进王家祠刚将名册拿到手，外面的敲门声如鼓点般急促，他意识到自己已经被包围了，紧急时刻他拿出火柴将名册付之一炬。名册刚化为灰烬，捕快就冲了进来。

陆皓东被带到南海县监狱，由县令李徵庸负责审讯。此人乃四川邻水人，光绪三年（1877）中二甲十三名进士，历任广东河源、香山、揭阳、南海知县。其任香山知县时，有一刘姓寡妇财产丰厚，被夫弟侵占，刘寡妇告到县衙，结果李知县受贿500两白银后，将财产断给了夫弟，刘寡妇自杀抗议，李知县被参。在南海知县任上，又开设先押后保所，以此中饱私囊数万，又一次被参。在揭阳知县任上，其子李准强奸林姓妇女，并将其夫投入监狱，结果全县哗然。就是这么一个劣迹斑斑的知县却要审判一位盖世英雄。

李徵庸呵斥陆皓东跪下。

陆皓东不为所屈："堂堂男儿，上跪天，下跪地，中间跪父母。怎能跪你这狗官！"

李徵庸见陆皓东性情刚烈，便命令衙役们大刑侍候。陆皓东的十个手指都被竹签刺穿，门牙也被打掉了，陆皓东却说："你们虽以严刑加我，但我肉痛而心不痛，你们又能奈我何？"

陆皓东在南海县监狱关押了十天，经历过三次严刑拷打，只字不提名册之事，气得李徵庸无计可施："难道你就不想说点什么？"

陆皓东心想不说白不说，喝道："笔墨侍候！"于是，奋笔疾书如下供词：

某姓陆，名中桂，号皓东，香山翠亨乡人。游沪多年，今始返粤。与同学孙文同愤异族政府之腐败专制、官吏之贪污庸儒、外人之阴谋窥伺种种情状。凭吊中原，荆榛满目，每一念及，真不知涕泪之何从也至也。居沪多年，碌碌无所就，乃由沪还粤，恰遇孙君，客寓过访，远别故人，风雨连床，畅谈竟夕。某方以外患之日迫，欲治其标；孙则主满仇之必报，思治其本。连日辩驳，宗旨遂定。此为孙君与某倡行革命之始。盖务求警醒黄魂，光复汉族。无奈贪官污吏，劣绅贪儒，觍颜鲜耻，甘心事仇，不曰本朝深仁厚泽，即曰我辈食毛践土。讵知满清以建州贼种，入主中国，夺我土地，杀我祖宗，掳我子女玉帛。试思谁食谁之毛，践谁之土？扬州十日，嘉定三屠，与夫两王入粤，残杀我汉人之历史，吾粤父老就多闻而知之。而谓此为恩泽乎？要之今日，非废灭满清，决不足以光复汉族，非除汉奸，又决不足以戮灭满清，故吾等尤欲诛一二狗官，以为我汉人当头一棒。今事虽不成，此心甚慰。但一我可杀，而继我而起者，不可尽杀。公羊既殁，九世含冤，异人楚归，吾说自验。吾言尽矣，请速行刑。

陆皓东这一供词犹如满弓的檄文，句句痛斥满清王朝为虎作伥的贪官污吏和汉奸走狗之种种罪恶，可谓酣畅淋漓。此时，陆皓东已将生死置之度外，觉得要革命就会有牺牲，若将吾血唤醒民众，实现青天白日之理想，此生足矣。

1895年11月7日，陆皓东为国成仁。孙中山始终念念不忘这位“为共和革命牺牲第一人”，在悼念史坚如《有志竟成》中，这样写道：“坚如聪明好学，真挚诚恳与陆皓东相若；其才貌英姿，亦与陆皓东相若；而二人皆能诗能画。皓东沉勇，坚如果毅，皆命世之英才，惜皆以事败而牺牲。元良沮丧，国士沦亡，诚革命之大不幸也。而二人死节之烈，浩气英风，实足为后死者之模范。每一念及，仰止无穷！二公虽死，其精灵之萦绕吾怀者，无日或间也。”

第四章

初心似火血铸忠魂

Chapter IV Loyal Souls Struggling in Blood

他们是一代有信仰的人，当国家和民族处于危急时刻，毅然舍弃优渥的生活，踏入血雨腥风的民族解放运动中，甚至毁家舍业，直至献出生命。他们的初心就是让天下的劳苦大众都解放。为此，他们“朝闻道，夕死可矣”。

南粤春早，木棉殷红。

2023 年 4 月 8 日，我在翠亨村实地考察中共早期领导人杨殷的故居，以及杨氏家族建筑群。

杨氏家族在翠亨村可谓显赫。

孙中山故居纪念馆讲解员梁钰灵向我介绍整个建筑群及建筑群主人的情况。见物思人，今天的我们不得不佩服。当年养尊处优的杨殷，竟能舍家纾难，救国救民，而且面临死亡时还向党中央保证："我们已共同决定临死时的宣说词了。我们未死的那一秒以前，我们努力做党的工作，向士兵宣传，向警士宣传，向狱内群众宣传。"这种"朝闻道，夕死可矣"的大无畏精神，注定是共和国天空中最亮丽的一抹云霞。

沿着杨殷成长的足迹，我发现杨氏家族中的杨鹤龄和杨心如对他的影响是巨大的，他之所以能走上职业革命家的道路，与堂叔和堂哥的指引分不开。

杨殷生活在翠亨村杨氏大家族中，他的十五世祖杨起茂于清康熙年间从隔田乡（今崖口村）迁入翠亨，发展到杨达勋这一代已经十九世了。杨氏家族的发达就是从杨达勋这一辈开始的，当时澳门已经成为葡萄牙的"飞地"，由西方运到中国的商品大都经过澳门转运广州和内地，杨达勋和他的胞兄弟杨兆勋、杨尧勋、杨元勋等，就利用商品转运过程

杨殷故居（资料图片）

中的价差来做转手生意，虽不能大富大贵却已是人上之人了。他们赚到钱之后，先是捐得功名，诸如敕授登仕佐郎、朝议大夫之类。有了社会认可的身份之后，便开始为其父杨寅庵修建寅庵杨公祠。这一系列的事情做完，他们摇身一变成为绅商了。

绅，是一种受人尊敬的身份认同，一种独立的人格存在，一个享有特权的阶层。与之相比，商人却是一个社会地位很低的阶层，“卑之曰市井，贱之曰市侩，不得与士大夫伍”。倘若没有功名的庇护，商人一准儿是贱民，是“绅”提高了他们的身份。有了身份就有了特权，即便是打官司，绅可以赐座，民只能跪着，在这种混账社会里，民怎么赢得过绅呢？因此，仗势欺人者比比皆是。绅也是通行证，做起生意来自然如鱼得水。从保留下来的杨达勋旧居可见其当时的富有。

杨宅，砖石结构，三进三开间，上下两层，两个天井，雕梁画栋，砖花砌檐，门窗均有铁栏防护，近似碉楼风格。杨宅北侧即寅庵杨公祠，大体规模与杨宅相似。这些房屋在那个年代一定是顶流民居，是身份和财富的象征。

杨达勋育有十子十女，较富有的当属四子杨启文、五子杨启操、六子杨启怀。1845 年，杨启文前往香港谋生，受雇于怡和洋行的摩根船长，开始担任助理司库，服务于鸦片趸船。汕头外海的南澳岛一直是洋人贩卖鸦片的趸船停泊地。杨启文就是跟随趸船来往于南澳岛与马屿之间，时间长达 15 年。

此后，他将趸船上的生意交给弟弟杨启操和杨启怀打理，自己移居香港，开拓新的商业项目。而杨启操和杨启怀兄弟俩接手之后，却另辟蹊径设立新兴行，开始贩运人口——“卖猪仔”。当时潮汕和兴梅地区地薄人多，壮劳力无事可做，生活用度极为艰难。杨氏兄弟看准了这宗暴利生意，几年下来迅速致富。接着，开始在海坪填海造地，投资房地产，成为当时潮汕地区最大的地产商。1874 年，潮汕六县商人共建的万年丰会馆扩建，风水先生提出杨氏兄弟兴建的洋房有碍风水，于是潮汕商人想洽购这些房地产，却遭到杨启怀的严词拒绝，甚至发展到双方剑拔弩张的地步。最后，潮汕商人串联 100 多名绅商状告杨氏兄弟“朋比为奸，同恶相济”“罪大恶极，世所不容”。这些罪状尽管缺少事实，但毕竟在潮汕地头，人为刀俎，何谈理据。曾有潮汕朋友暗示，捐一些银两可保性命，谁知杨氏兄弟是要钱不要命的主儿。这一坚持，犯了大忌，古语说“和气生财”，一个“和”字，包含着太多的意思，既是交往之道，亦是胸怀之量。商人的脑袋再硬，能硬过刀把子？

汕头总兵方耀，之所以敢处置杨启怀，还在于两广总督瑞麟的庇护。而瑞麟则是慈禧太后的大伯，素有“挑帘子军机”“聋耳朵总督”之称，意思是此人很谦卑，军机处的门帘子本应晚辈为前辈挑起，而瑞麟则反其道而行之，所以人缘特好。但他不糊涂，在两广任上，从善如流，官声尚好。方耀就是抓住瑞麟这些特点，干起了公报私仇的事情。

杨氏兄弟“卖猪仔”，在当时属大清律边缘生意，再不济也不该杀头。方耀深谙欺上瞒下之道，鼓励潮汕商界和民间揭发杨启怀，最终将其塑造成江洋大盗，此时的杨启怀纵有千般冤枉，也只能“回首繁华如梦渺，残生一线付惊涛”了。

1874 年 7 月 12 日，杨启怀在汕头被斩。

这一案件，表面看是杨启怀冒犯大清律，实为潮汕商人打压广府商人的结果。当时，南澳岛已经成为外伶仃洋最热闹的海上贸易重地，是一块利润相当丰厚的肥肉。广府商人由于依托广州十三行，拥有巨大的商品吞吐能力，而潮汕商人虽居地头之利，但缺少下游客户，始终处于广府商人的排挤之中。汕头总兵方耀作为地头蛇，肯定站在潮汕商人一边，借此机会狠狠杀一杀广府商人的锐气。

自然，杨启怀就成了“倒霉蛋儿”。

杨启怀问斩以后，杨启文和杨启操暂避香港。方耀仍不善罢甘休，他担心杨氏兄弟伺机报复，便指使杨家仇敌李林桂以谋杀罪指控杨氏兄弟，企图将他们引渡回汕头。不料素与宫廷有联系的李林桂，突然使出昏招，向杨氏兄弟勒索 5000 银元，意思是破财免灾。杨氏兄弟抓住这一细节密报香港警方，警方将李林桂抓获后判以终身拘禁。

此案最终以杨氏兄弟胜诉而告结束。

据《孙逸仙传记》记载，儿时孙中山和小伙伴们常到杨家花园玩耍。有一天，他见到数十名官兵带着刀枪闯入杨家，“把三兄弟拖出来，戴上脚镣手铐，押去受刑，而几个官吏竟留在那里，占据了他们的财产和家宅。后来知道三兄弟中的一个竟被照水盗一样在广州法场上斩决了，还有两个呢，呻吟憔悴于狱中。虽然询问了好几次，翠亨的人没有一个能知道他们究竟犯的什么罪。全翠亨的人都非常愤恨，都知这暴行的目的就是掠夺三人的财产”。

上述记载大概就是这段历史，只是其中事实多为道听途说，并不真实。如今杨启怀的宅子还在，后花园却成了一片荒草萋萋的空地，只有几棵木棉树在此兀立。1961 年，大文豪郭沫若曾来翠亨参观，写下“阶前古井苔犹活，村外木棉花正红”的诗句。

翠亨人之所以不提那段真实的历史，主要顾虑杨氏家族后来出了三位影响中国近现代史的人物——杨鹤龄、杨心如和杨殷，还出了三位抗日英雄——杨日韶、杨日暲和杨维学。其中杨鹤龄是杨启操之子，杨心如是杨启安之孙，杨殷是杨启文之孙，杨日韶和杨日暲是杨启焕之曾孙，杨维学是杨启垣之孙。

顺便说说杨鹤龄。

杨鹤龄出生于 1868 年，与孙中山、陆皓东、杨心如并称“翠亨四杰”。又与孙中山、陈少白、尢列并称“四大寇”。他自幼生活在香港，就读于香港皇仁书院，曾师从岭南大儒简朝亮，深造于广州算学馆，与尢列同学。在算学馆读书时，杨鹤龄、尢列与在博济医院实习的孙中山常有来往，并成为好友。后来，杨鹤龄回香港歌赋街经商，其店铺名“杨耀记”。恰巧，孙中山和陈少白又来香港西医书院读书，尢列考入香港华民政务司署担任书记。之后，孙中山、陈少白、尢列和杨鹤龄常集会于“杨耀记”，“昕夕往还，所谈者莫不为革命之言论，所怀者莫不为革命之思想，所研究者莫不为革命之问题”。他们关注最多的莫过于太平天国，认为洪秀全所领导的农民起义，其纲领有很多可取之处，只是未处理好内部利益关系，从而导致失败。在中国传统观念中，胜者为王败者为寇，孙中山等四人笑称自己为“四大寇”。孙中山在《孙文学说》中说：“数年之间，每于学课余暇，皆致力于革命之鼓吹，常往来于香港、澳门之间，大放厥词，无所忌讳。时闻而附和者，在香港只陈少白、尤少纨、杨鹤龄三人，而上海归客则陆皓东而已。”如今，孙中山鼓吹革命的“杨耀记”，已被香港政府列为历史遗迹加以保护。

彼时，四人经常碰撞思想，逐渐形成统一的看法，革命意识开始增长，革命思想开始成熟，接着就是将想法变为行动。而孙中山的领袖地位也是在大家的思想交流中逐步确立的。此时，郑士良和陆皓东经常来香港参加他们的活动，从而使这个小团体有了坚实稳固的政治基础，“杨耀记”也被誉为“革命党人最初之政谈俱乐部”。

杨鹤龄（资料图片）

孙中山从香港西医书院毕业后，由于英方的政策限制，不得在香港行医，杨鹤龄即介绍其到澳门镜湖医院担任西医局首任义务医师，成为澳门第一位华人西医。该医院院长吴节薇是杨鹤龄的妹夫，后来，孙中山开办中西药局需要借款，吴节薇毫不犹疑地做了担保人。为了组织革命活动，孙中山需移师广州，以开医药局做掩护。当时杨鹤龄变卖了位于澳门龙嵩街的一处房产，将全部所得系数交给孙中山，支持其发展事业。

孙中山创立兴中会，杨鹤龄积极奔走发展会员，杨心如就是杨鹤龄带入兴中会的。《杨心如先生行状》有载：“国父昭示革命大义，推迩及遐。翠亨乡人首义景从，君附骥未敢后人。一时如陈少白、杨鹤龄、杨其（衢）云、陆皓东诸先烈亦次第入盟。”孙中山组织的多次起义，背后都有杨鹤龄的支持。杨鹤龄不仅向亲朋好友及社会筹款，还将自己庞大的产业卖光支持革命。

我在翠亨采访，于半个村的杨氏建筑群中，愣是找不到与杨鹤龄有关的一砖片瓦，只在靠近杨日昭旧居的一座建筑里，看到了杨鹤龄事迹展。孙中山故居纪念馆讲解员梁钰灵告诉我：“杨鹤龄在家乡的房产土地也捐给革命了。”即便如此，他也无怨无悔。1907 年，杨殷考入香港英文书院，一直住在堂叔杨鹤龄家里。借这段相处的机会，杨鹤龄向堂侄灌输了许多孙中山的民主革命思想，为杨殷走上革命道路提前做了思想准备。

辛亥革命成功后，杨鹤龄的财产也捐光了，只好搬到澳门租房居住，蓦地从巨富变成一位无产者。

杨殷的堂哥杨心如，是其二爷爷杨启安的孙子。杨启安虽然没有杨启文、杨启操和杨启怀富有，却也是响当当的生意人。他早年在广州当买办，做茶叶生意，一直到杨心如这一代仍然做着。

杨心如（资料图片）

杨心如自幼生活在优渥的环境中，聪明好学，具有良好的传统文化功底。他从小就跟着孙中山一起玩耍，一起听太平天国的故事，也看到了六爷爷杨启怀家被抄的情景，对那些横行霸道的官兵恨得咬牙切齿。他经常与孙中山谈论时局的浮沉兴衰，孙中山也会将他在檀香山看到的想到的告诉杨心如。后来，孙中山在香港创建兴中会，杨心如与岳父程耀臣积极加入，他还参加了 1895 年孙中山组织的广州起义，并为筹集起义经费卖掉大部分祖产，事发后逃往台湾，任良德洋行司账。1897 年 9 月，陈少白受孙中山委托到台湾创建兴中会。杨心如给予大力支持，积极协助陈少白联络吴文秀、赵满朝、容祺年、林震东、陈德安等人，然后在杨心如家正式开会成立台湾兴中会组织，由杨心如主持日常工作。1900 年惠州起义，孙中山就住在台湾杨心如家指挥起义。正当起义队伍从三洲田向东进发时，香港兴中会领导人杨衢云却主张与朝廷议和，被陈少白及时发现并强力阻止。孙中山得知后，即派杨心如带着孙中山的手书直奔香港，最终切断了杨衢云的议和行动。1911 年黄花岗起义，杨心如奉命到香港、澳门组织起义力量，筹集起义经费，策应起义队伍。辛亥革命成功后，孙中山指示杨心如继续留在台湾联络革命者，团结辛亥革命支持者。在其后的“倒袁”和护法运动中，他坚定地支持孙中山，并做了大量工作。

第一次国共合作时期，杨殷征得堂哥杨心如同意，将其在广州炸粉街的住宅辟为中共广东区委活动据点，依靠这个据点，组织和领导工人运动。国民党反革命政变时，杨殷就藏在杨心如家中躲过一劫。

杨殷在“翠亨四杰”影响下，英雄主义情结倍增，很快从一个同盟会会员成长为一个无产阶级革命家。

二

大浪淘沙，人生淬火。

辛亥革命前夕，19 岁的杨殷由孙眉主盟，加入中国同盟会，实现了他追随孙中山“驱除鞑虏，恢复中华”的愿望。此时，他还在广州圣心书院读书。

杨殷是一位品学兼优的学生。他的父亲杨汉川非常重视杨殷的日常良好行为的养成，他讲过很多古人的故事，如匡衡凿壁偷光、祖逖闻鸡起舞、蒲松龄草亭路问等，以此来激励杨殷，希望他能面对孤灯，苦读诗书，将来蟾宫折桂、光耀门庭，不要像他的祖辈一样，沉浮商海，命运无常。为此，杨汉川也曾考取过秀才，是一位国学功底相当深厚的文化人，只是身体羸弱，无法皓首穷经，更进一步。他曾经是孙中山的国学老师，孙中山因国学优秀，在香港西医书院学习时，也曾以第一名的成绩毕业。

只可惜，杨殷十岁那年其父去世了。杨启文非常疼爱长子嫡孙，为了让其在富裕的生活环境中成长，将自己大部分资产划给了杨殷。现在，杨殷故居左面的一座碉楼式冯家大宅，本来是杨启文的宅院，后来送给了杨殷，而这位孙子为了支持革命将其卖给了冯家。

杨启文担心失去父亲的杨殷被人欺负，便送他到石门三合会学习洪拳。三合会是洪门的支派，《孙文学说》对其有解：“洪门者，创设于明朝遗老，起于康熙时代……其传布思想，以不平之心，复仇之事以表之，此最易使士大夫闻而生厌远而避之者也。其固结团体，则以博爱施之，使彼此手足相顾，患难相扶。”他们的看家本领就是洪拳，其创始人是洪熙官，他自幼习武，师从少林，后结合自己感悟创立洪拳。洪拳既有长拳套路也有短打招式，是一种实战性拳术。杨殷经过几年的锻炼，身体长高了，身材敦实了，兄弟们都成了他的手下败将。

之后，他考入县立丰山学堂，这间学堂是当时香山最好的教育机构。据《香山县志》记载：1692 年，即清康熙三十一年，知县孔衍梅在南门兴办铁城义学，由此拉开了古代香山教育的序幕。历经 56 年的光阴，于 1748 年（清乾隆十三年），知县张汝霖在铁城义学旧地修建了讲堂、校舍和廊房。因其地为丰山旧址，故改名为丰山书院。此后，又几经变更，丰山书院改成了丰山官立学堂。

杨殷在此读书时期，正是该学堂思想最活跃的阶段。彼时，很多“金山伯”已经回到家乡，带回西方世界的所见所闻，这些信息必然成为师生们议论的焦点，再加上刘思复、郑彼岸、林君复的影响，丰山学堂俨然成为新知识和新思想的风暴眼。杨殷在这里不仅学到了新知识，也打开了眼界，丰富了思想。三年后，他以优异成绩考入香港英文学堂，与堂叔杨鹤龄相处的机会多了起来。他很喜欢听堂叔讲“四大寇”的故事，讲孙中山带领他们起义的故事，有时候也讲兴中会内部的事情。杨鹤龄思想敏锐、信仰坚定，有原则行大义，不惜卖祖产全力支持孙中山革命，杨殷对他十分敬佩。杨殷在香港英文书院读了两年，爷爷杨启文得了重病，他要回翠亨看望爷爷。临走前，杨鹤龄告诉他“杨耀记”已经卖掉了。当时，杨殷并不知道杨鹤龄卖“杨耀记”的用意，但他猜想孙中山一定有大行动。他听堂叔讲过，每次行动之前，他的任务就是筹款，为了完成任务，自己必须带头出捐。

杨殷在香港读书期间，还经常到皇后大道东三合会馆去练武，由此

杨启文与夫人程氏画像（资料图片）

结识了许多三合会的人，如何守礼、何世光等。那时候的三合会还有些理想主义色彩，对孙中山“驱除鞑虏，恢复中华”的宗旨是支持的，孙中山组织的多次起义三合会都积极派人参加。杨殷对他们的积极作为很是赞赏，但对他们的消极作为却不以为然，也是因为这些因素，杨殷始终未加入三合会。

离开香港之后，杨殷见到了爷爷。此时的老人已经被病魔折磨得瘦骨嶙峋，杨殷见了很是难过。他与爷爷的感情最好，从小就得到爷爷的呵护，稍大后爷爷又将自己的财产分给杨殷一大半，唯恐长孙受委屈。杨启文有十几个孙子，最喜欢聪明好学的杨殷，料定杨殷是块大材料，因此培养起来不惜血本。这次招杨殷回来是老人想在咽气之前看着长孙成亲，看着长门延续香火，这也是爷爷最后的愿望了。

新娘叫李庆梅，是香山县五区（今中山市三乡镇）茅湾村人氏，其父李鉴沂是远近闻名的富商，在茅湾村是大户人家。早年李鉴沂的父亲与杨启文在香港经商，两人经常有生意上的来往，久而久之便成了好友，这次的联姻算是世交加亲缘。李鉴沂对这门亲事相当满意，为了让女儿嫁得体面，准备了丰厚的嫁妆。李庆梅是一个受过教育的人，懂礼数会持家，过门以后把杨家的事打理得井井有条，左邻右舍都夸杨家娶了个好媳妇。

杨启文看着孙媳妇如此贤惠，一直悬在心头的大事总算落地了，结果一高兴就驾鹤西游了。爷爷的去世令杨殷很伤心，足足大半年未能缓过神来。1910 年，他转学到广州圣心书院，住在父亲杨汉川的同学及好友陈李济少东家陈少泉家。想当年杨汉川与陈少泉春风得意，一起读书，一起考中秀才，可是后来却屡试不第。他们很羡慕那些读书有成之人，因为这些有成之人往往做到修身养性、齐家治国。遗憾的是，那条天路他们走不通，杨汉川不得不回翠亨，要么走父辈的路经商，要么继续面对孤灯，皓首穷经。庆幸的是他曾教授了孙中山的国学，据此留下“帝师”之名。而陈少泉只有接下父辈的接力棒，经营祖传的老字号陈李济。这间老药铺创办于明万历二十七年（1599），由药师陈体全和李升佐创办，故名“陈李济”。药铺真正扬名是在清同治年间，有一年同治帝得一怪病，久治不愈，太医院的医究们束手无策，慈禧太后下旨遍访名医名药。于是，陈李济献上一剂“追风苏合丸”，结果药到病除，陈李济也由此声名大噪。特别是光绪帝的师傅翁同龢题写了陈李济匾额之后，陈李济的名声更是广播华夏。

杨殷住在陈叔家，自是悠然自在，除了读书就是到宝芝林练拳。宝芝林是著名武术家黄飞鸿于 1895 年创办的。当时，黄飞鸿在广州仁安里悬壶济世，治病救人，因治好了福军首领、民族英雄刘永福母亲的病，刘永福为宝芝林亲题“技艺皆精”匾额，并聘黄飞鸿为福军搏击总教练，之后随福军参加中法、中日战争。

这些经历为黄飞鸿平添了许多传奇色彩，因此，很多有识之士投到他的门下。黄飞鸿有一个徒弟叫伍铨萃，此人出生在新会一个大户人家，其父与人为善，仗义疏财，声名俱佳。当年有一位小商贩向其借款3000银元，结果赔得精光，无颜再见债主。伍父得知后，主动上门探望安慰，又借出7000银元，希望他振作精神再战商场。后来此人咸鱼翻身成了大财主。伍铨萃继承了父亲的脾性，赢得了广泛人缘。1892年，伍铨萃考中进士，名列二甲第十二名，比蔡元培还高出16个名次。之后，他母亲去世了，按照传统观念，偏房不能走正门出殡，伍铨萃问族长："我能不能走正门？"族长说："你是翰林，当然可以！"于是，伍铨萃就趴在母亲的棺椁上，为母亲走正门出殡。后来，他为师傅黄飞鸿写一副对联："宝剑腾霄汉，芝花遍上林。"

杨殷到宝芝林练拳之后，听到了伍铨萃的故事，感觉特别催人上进，很欣赏这种人性之光。小时候，父亲就经常给他讲王安石与苏东坡的故事。宰相王安石算是苏东坡的伯乐，那时候王安石任宰相推行变法，急需推动变法的人才，于是，他想到了苏东坡。可是，苏东坡到朝廷任职以后，却和反对变法的欧阳修站在了一起。"乌台诗案"发生后，有人想借此案整死苏东坡，王安石得知后不计前嫌出面将苏东坡救出牢狱。宋神宗驾崩后，变法派失宠，保守派得势，王安石被贬江宁府，此时他最想见的人就是苏东坡。而苏东坡恰好收到朝廷旨意回朝主事，从黄州启程回开封，但他想起了落难的王安石，立马改道直奔江宁，去安抚那位油盐不进的王老夫子。

父亲还给杨殷讲过曾国藩与左宗棠的故事。曾国藩毫无疑问对左宗棠有知遇之恩，就连左宗棠的浙江巡抚一职也是曾国藩举荐的。但是，曾国藩做事有鞭打快牛的毛病，喜欢将容易打的仗、容易立功的仗，交给能力弱于左宗棠的曾国荃，喜欢将硬仗苦仗难打的仗，交给能力强于曾国荃的左宗棠。所以，有人说没有左宗棠就没有曾国藩，也有人说没有曾国藩就没有左宗棠。总之，时间一长，两人便生出了"瑜亮情结"，矛盾也日益凸显甚至激化。但是，当左宗棠得知曾国藩病死于两江总督任上时，正在西北用兵的左公立即电告在京城参加科考的儿子左孝威，马上赶赴南京吊唁曾公。他特别嘱咐儿子，将他为曾公撰写的对联献上："谋国之忠，知人之明，自愧不如元辅；同心若金，攻错若石，相期无负平生。"这就是中国传统社会的"仕"，他们是一个学而优的群体，在天降大任之前，先苦其心志，劳其筋骨，饿其体肤，空乏其身，行拂乱其所为，所以动心忍性，增益其所不能。正所谓"道德文章家国事，江河华岱画书源"。他们折射出的人性之光，是中华道德宝库中最斑斓的彩霞。

杨殷在崇文尚武过程中，注重了人性的淬炼，自觉地将自己置于先贤中予以比较，进而走出更完美的自己。

杨殷也很尊崇黄飞鸿的铁线拳和工字伏虎拳，这两套拳法都是洪拳的精髓，尤其是工字伏虎拳，更具岭南特色。相传，此拳基本套路源于少林寺，清初少林寺毁于战火，至善禅师避难于广州海幢寺。他看到岭南人有尚武之风，不由得想起了工字伏虎拳，为避免绝技失传，便开坛收徒传技，最终传到黄飞鸿这一代。黄飞鸿根据师傅所传，再加上岭南形意拳的一些套路，形成了工字伏虎拳。此拳腰马稳健，桥手刚

杨殷在广州（资料图片）

劲，技法敏捷，攻防有序，是练拳者倍加喜爱的一种拳法。由于杨殷自幼习武，而且一直练洪拳，算是门里人，因此师傅传授起来也就无所保留。很快，杨殷就掌握了其中要义，练起来如行云流水，点线连贯，踪影飘忽，师傅们称赞他“悟得真功”。

杨殷的进步，被堂叔杨鹤龄看在眼里，他每次来广州都要去看望喜欢到心的堂侄。有一天，杨鹤龄和孙眉来圣心书院找他，这次来并非单纯地看望，而是带来很重要的任务与他商量。此事发生在黄花岗起义前夕，由于起义的领导者和各路人马较为分散，急需一名机警干练的交通员从中联络斡旋，于是杨鹤龄向孙中山推荐了堂侄杨殷。提起杨殷，孙中山突然想起他的国学老师杨汉川，那可是一位正人君子，家族产业巨万，而他却依然苦读诗书，修炼心性，在十里八村是出了名的儒士大德。他知道这位师弟，从小就在杨老师的严格教诲下读书，是一位文武双全的好少年。孙中山对这个交通员非常满意，委托大哥孙眉和杨鹤龄做杨殷的工作。

那年，杨殷 18 岁，已经出落得虎背熊腰、浓眉大眼，个头不高却很威武，声音不大却相当自信。孙眉以前没见过杨殷，这次得见兴奋之情溢于言表。

“鹤龄，你这叫金屋储才啊！”孙眉拍拍杨殷的肩膀说，“细仔，真棒！”

杨鹤龄看堂侄被孙大哥夸奖，心里美滋滋的：“哈哈……哈哈……”

此后，杨殷参与了黄花岗起义的筹备工作，足足有三个月，他奔走于香港、澳门和南洋之间，除了传递情报就是运送武器。起义前几天很多华侨都潜入广州，他将堂哥杨心如的住宅腾出来，供来自南洋的兄弟藏身。

那是 1911 年 4 月 27 日的血色黄昏。

一群血气方刚的青年人“臂缠白巾，手执枪械炸弹”，披着硝烟怏速冲入总督府——他们用震天的呐喊和殷红的鲜血，唤醒了东方睡狮的血性。

这是一场赴死的战事。就在起义前夕，一位叫温生才的热血汉子，单枪匹马手持五响快枪，上演了一出当代“荆轲刺秦”的悲喜剧——他在广东咨议局前瞄准了喝道而来的广东都督，人称“杀人机器”的李准，最后却打中了广州副将孚琦。

这偶然的一枪走漏了革命党人策划起义的风声，原计划本次起义从十个进攻点突击，后来被迫减为四个，但最终冲杀出来的却只有120名首尾不能相顾的敢死队员。一夜枪炮声响过，86个鲜活的生命随风凋落。

“咨议局前新鬼录，黄花岗上党人碑。”一位叫潘达微的革命同仁，冒着生命危险，买通了从广东咨议局到黄花岗的安灵之路，成就了英烈们的一抔黄土。

他们就是去赴死的。革命党人把这场起义称作“大暗杀”。走上战场之前，每个参战的勇士都写下了至今读来仍令人感到荡气回肠的绝命书：“余辈求杀敌耳，革命党之血，可以灌溉于无穷，事之成败无足深计。”时为日本千叶大学学生的林文，临行前的话语，大有“我自横刀向天笑，去留肝胆两昆仑”的气概。

“夫男儿在世，不能建功立业以强祖国，使同胞享幸福；奋斗而死，亦大乐也。”方家一门竟出了五位烈士，为了强国强种，牺牲时的方声洞只有25岁。

“意映卿卿如晤”“吾至爱汝！即此爱汝一念，使吾勇于就死也！”“吾今以此书与汝永别矣！吾作此书时，尚为世中一人；汝看此书时，吾已成为阴间一鬼……”世间竟有此等大义柔情，又有这般英雄惜诀。

他们都是从日本赶回来的留学生。投笔从戎的故事往往壮怀激烈，但“一介书生之声威或专胜一师旅”之豪气却也别具风景。烈士们的简历不忍卒读，就连孙中山先生也泪湿衣襟：“吾党菁华，付之一炬！”

他们以壮烈的死，吹响了中华民族赴生的号角。

在与华侨兄弟们的接触中，杨殷深深感受到华侨华人虽然身不在中国，心却与中国同呼吸共命运，他们是最彻底的革命派。诚如董必武指出的：“海外华侨是辛亥革命的强有力支持者。这些革命的华侨，有商业资本家，也有更多的工人和小工商业者，他们在海外受尽了帝国主义反动派的欺压，迫切希望有一个繁荣富强的祖国。他们对孙中山先生的革命活动不但从经济上给予帮助，而且积极参加。黄花岗七十二烈士，差不多三分之一是华侨。他们是中国人民的优秀儿女，是全体爱国华侨的光荣。”

2023 年 4 月 5 日，我又一次来到烈士长眠的地方。

黄花岗上，松柏垂青，密林掩映。我站在孙中山手书“浩气长存”的黄花岗牌楼前，思绪在脑际飞旋：100 多年前，风雨飘摇的中华民族，承载着五千年的文化辎重，走到了一个生死抉择的十字路口，中华儿女在经历了心灵的创痛与磨难之后，终于发出了正义的怒吼。

孙中山评价这场战役：“是役也，碧血横飞，浩气四塞，草木为之含悲，风云因而变色，全国久蛰之人心，乃大兴奋。怨愤所积，如怒涛排壑，不可遏抑，不半载而武昌之大革命以成。则斯役之价值，直可惊天地、泣鬼神……”

终于，武昌城头一声暴躁的枪响，彻底打破了“铁屋子”的沉闷，腐朽的大厦应声坍塌，一道通往民族自决的拱门打开了。

这道拱门一旦兀立于带着悲怆与血泪的黄土地上，就如同徘徊在腐朽统治者头上的幽灵，缠绵而不肯离去，一发不可收拾。孙中山尝言：“天下大势，浩浩荡荡，顺之者昌，逆之者亡。”一百多年来，亿兆国民在民族自决的旗帜下，不再遮遮掩掩，而是以前所未有的勇气，面对荆棘丛生的前路，踏着一代又一代英烈的足迹铿锵前行。

春风漾水，淡霭凄林，青山有幸埋下这些铮铮铁骨。走在黄花岗烈士墓前，轻抚带着温度的石碑，敬献一朵殷红玫瑰。仿佛间，七十二烈士墓碑前的自由钟声，依稀从远处响起。纪功坊台上，144 块叠石，托起头戴七束光芒冠冕，右手高举火炬的自由女神像，召唤着熙熙攘攘而自甘平庸的人群——她代表着刻在叠石上的 180 多个名字所昭示的一代人，对民主与自由的崇高渴望。

记忆是时空渡口的舟楫，会把历史的秋月春风、激越年华、英雄浩气、儿女情长，通通摆渡到那幅铺陈着史诗般血色黄昏画面的彼岸。明明未曾见过却又似曾相识，因为那就是我们这个民族的前世。

经历了血与火的考验，杨殷变得更沉稳成熟了。辛亥革命胜利后，他留在同盟会南方支部，继续为同盟会奔走忙碌。而此时的同盟会已经成了袁世凯奚落的对象，同盟会众多精英不甘如此结局，便于 1912 年 8 月将同盟会改组成了国民党，选举孙中山为理事长，但中山先生以“绝不愿居政界，惟愿做自由国民”为由婉拒，并委托宋教仁代理事长。宋教仁是中山先生的忠实信徒，早年曾留学日本，研习政法，后加入同盟会，任司法部检事长，民国成立后任法制院院长，被称为“中国宪法之父”。

宋教仁代国民党理事长之后，开始走访各省进行拉票活动。他主张国会成立后，民国应实行内阁责任制，因此到处演讲，宣传这一理念。开始，袁世凯并不在意，心想“一条鲶鱼能翻多大浪”？但等到 1913 年 3 月国会选举结束后，袁世凯才感觉被人忽悠了。参议员共选出 90 人，国民党占 72 人；众议员共选出 202 人，国民党占 162 人。国民党以绝对优势赢得了民国第一届国会选举的胜利。孙中山大喜：“足见国民尚有辨别之能力，亦可见公道自在人心。”

此时的袁世凯坐不住了：“奶奶的，你孙中山当总统时，就实行总统责任制。俺当总统，你们又推行内阁制。要我呢？”袁世凯可是官场的一只“老狐狸”，想当年朝鲜平叛，操练新军，都得到了李鸿章及帝党和后党的多方信任。他善于察言观色，见人说人话，见鬼说鬼话，见了神仙说胡话。他凭着在官场眼观六路耳听八方的本事，从一个纨绔子弟发迹成左右国家命运的“窃国大盗”。特别在“百日维新”中，他曾信誓旦旦忠于皇上。可当帝党受到慈禧阻挠，维新难以为继，求助他力挺帝党时，他却将如此机密的信息密告给直隶总督兼北洋大臣荣禄，而荣禄又是慈禧的侄子和“鹰犬”，至此维新变法的结局也就可想而知了。辛亥革命后，他又在晚清与民国之间游走，终以逼退清朝最后一个皇帝，换来民国大总统的宝座。因此，有人骂他是“独夫民贼”。

袁世凯见形势不妙，先是采取柔性战术，即派人给宋教仁送去一张50万元的支票以示体恤，结果宋教仁不买账，给他退了回来。袁世凯懂了：宋教仁是铁了心搞内阁责任制啊！于是，袁世凯起了杀心，密令当时的国务总理赵秉钧安排此事。赵秉钧立即派出自己的心腹、内政部秘书洪述祖前往上海收买杀手。

此时，宋教仁恰接到袁世凯邀请电，请他去北京共商国是。时间是1913年4月20日，宋教仁决定乘晚11时由上海发往南京的火车，然后转车北上。这时候，国民党内善于暗杀者陈其美已经获取了袁世凯暗杀宋教仁的计划，可他出于私心愣是隐瞒了实情，只是无关痛痒地提醒宋教仁：“遯初，你不要太快活，仔细他们用暗杀手段对付你。”好友于右任劝宋教仁改走海路，宋教仁觉得海路太慢，谢绝了。

实际上，刺客接到的密令是刺杀两个人：宋教仁和黄兴，口头承诺：全面完成任务后重赏，完成一个中赏，不完成不赏。

宋教仁提前一个小时到达火车站，为宋教仁送行的是黄兴和于右任，本来宋教仁、黄兴和于右任并排站立，由于刺客心里紧张，只射杀了宋教仁之后，便急匆匆逃走了。宋教仁自感垂危，即请黄兴转告袁世凯："今国基未固，民富不增，遽尔撒手，死有余恨。伏冀大总统开诚心，布公道，竭力保障民权，俾国会得确定不拔之宪法，则虽死之日，犹生之年。"

宋教仁于两天后带着遗憾去世，时年31岁。

袁世凯得到消息后，即悬赏一万元捉拿凶手。然而，多行不义必自毙。时隔一天，一位叫王阿发的古董商向巡捕房提供了嫌疑人应桂馨的线索。经过审讯，应桂馨承认是洪述祖所托，将刺杀宋教仁和黄兴的任务交给了武士英。结果，案情刚刚至此，陈其美便做内应让应桂馨越狱了，惊恐万状的应桂馨风雨兼程逃到北京，去找袁世凯讨要赏钱。袁世凯一概不认，并嘱咐其立马消失在人海中。应桂馨自觉上当，大骂袁世凯人面兽心，后来被军政执法处的郝占一和王双喜乱刀砍死。

倒霉的凶手武士英，刺杀宋教仁之后，只拿到30银元，还未来得及消费就被人毒死了。

洪述祖于案发后逃到青岛德租界，三年后以为风声已过便回到上海，不料被一直监视他的宋教仁之子宋振吕和秘书刘白抓获，被判绞刑。

国务总理赵秉钧闻听宋教仁被刺，当天在家摔倒，不治身亡，有人说他是中毒而死。

郑汝成（资料图片）

正在日本访问的孙中山听到噩耗，立即中止行程回国。到达上海后，他强烈要求巡捕房公布案情，向全国人民交代。巡捕房不堪舆论压力，不得不将查获的赵秉钧、洪述祖与应桂馨之间的电函公之于世，顷刻间舆论哗然，随即掀起了以孙中山为首的“二次革命”。

杨殷听到宋教仁被刺消息气愤不已。当孙中山号召国民党同志护法讨袁时，杨殷积极响应，不辞辛苦奔走于上海、广东、香港和澳门之间，揭发袁世凯背信弃义、妄想称帝的狼子野心，鼓动民众起来保卫新生的共和政权。

1914 年，杨殷的工作重心转到华东。有一天，他在上海与会党头目许凤山交流情况，许凤山无意中说出袁世凯的亲信——上海镇守使郑汝成，是指挥凶手刺杀宋教仁的幕后黑手。杨殷听后未做任何反应，从此，他暗中盯上郑汝成。几天后，他掌握了郑汝成喜欢骑马招摇过市。于是，杨殷从许凤山处弄得枪支和炸药，专等郑汝成招摇而来。这天，郑汝成心情格外好，骑在马上听着“嘎哒嘎哒”的马蹄声，仿如欣赏一首悠扬的小夜曲。正在此时，“轰”的一声巨响，郑汝成被炸得人仰马翻。等到他灰头土脸地回过神来，杨殷已在附近的理发店观风景了！

如此一炸，杨殷声名大噪。

彼时的国内政局诚如西洋景，你方唱罢我登场。袁世凯称帝不久后死去，黎元洪就做了大总统，可他还未坐稳，张勋就复辟了。段祺瑞与冯国璋通电讨之，后冯国璋任大总统，段祺瑞任国务总理。但段祺瑞上台后，拒绝恢复临时约法和国会，严重偏离了民主共和政体。就在此时，孙中山和杨殷的香山老乡、海军总长程璧光愤然辞职，并在上海发表海军讨伐段祺瑞的檄文，成为全国护法运动的先声。

程璧光是南朗田边村人，早年投奔其姐夫陆云山。陆是翠亨人，当时在福建船政局“靖远”炮船任管带，安排程璧光入福州船政学堂学习航海驾驶技术。程璧光从此一路攀升。甲午海战失败后，由他乘“镇北”舰向日军旗舰提交投降书，后被革职回乡。其弟程奎光时任广东水师“镇涛”舰管带，他与孙中山关系密切。此时孙中山正在创建兴中会，筹划广州起义，孙中山和程奎光拉程璧光参加，程璧光正对革职耿耿于怀，便答应助其一臂之力。广州起义暴露后，程璧光逃往槟榔屿。翌年，李鸿章出访路过槟榔屿，程璧光去拜见老上司。李鸿章劝其回国为朝廷效力。程回国后历任管带、船政司司长、北洋水师都统等职。不料局势无常，政局的动荡让他坐上了“过山车”，当任命他为海军总长的黎元洪倒台后，他决定讨伐段祺瑞，并亲率舰队护送孙中山回广州召开临时国会，会上通过《中华民国军政府组织大纲》，决定成立“中华民国军政府”，选举孙中山为军政府大元帅。这时，杨殷作为孙中山军政府卫队副官兼大元帅府参军处参谋为军政府服务。

护法战争开始进展顺利，东西两路护法军很快会师武汉，直逼京城。此时的北洋军内斗激烈，直系军阀冯国璋按兵不动，暗地里看皖系军阀段祺端挨揍的热闹。其实，皖系军阀外强中干，无甚兵力可用，所以护法军很容易就打到了武汉，段祺瑞被迫下野。这时，冯国璋通电全国要求议和。孙中山虽知议和是冯国璋设置的陷阱，但也无力控制整个护法军。桂系军阀首先与冯国璋暗通款曲，双方达成军事默契，无论孙中山怎么督促进兵，桂系军阀就是按兵不动，甚至派人暗杀了孙中山的亲信、海军总长程璧光。接着，各省通电宣布自治，第一次护法运动宣布失败。

1918 年 5 月，孙中山被迫辞去大元帅职务，含泪挥别广州。杨殷站在岸上目送他心中的大英雄，而脑海中却平添了几许疑问，既然都是革命党，为什么想不到一起甚至各怀鬼胎？这样的党能救中国吗？

杨殷送走孙中山，愤然离开参军处，他要寻找新的希望……

二

忠贞为党，英勇献身。

20 世纪初的中国，经历了戊戌变法、甲午海战和五四运动，国民已经从满清统治的睡梦中惊醒，他们看到了“乱世英雄起四方，有枪便是草头王”的乱局，也看到了西方列强趁火打劫的强盗行径。中山先生虽有旷世奇才和救国救民之宏愿，但因国民党内杂草丛生，终将其革命理想付之东流。

中国的问题尚待更进步的力量来解决。

“十月革命一声炮响，给我们送来了马列主义。”1919年，李大钊在《新青年》发表《我的马克思主义观》，紧接着，杨匏安在《广东中华新报》发表《马克思主义》，这些文章系统地介绍了马克思主义的基本理论，这对无政府主义盛行的当时，是一种石破天惊的警醒，为未来中国指明了前进的方向。

彼时，杨殷恰好在广州西关盐务稽查处做师爷，但他的心却陷在护法运动失败的苦闷中。“此身恰似弄潮儿，曾过了，千重浪。”然后，归来看，既无春酿，更无封侯拜相，只落得“雨蓑烟笠傍渔矶”的结果，此时的失落与南宋陆游的失落何曾相似。一天晚饭后，他习惯性地拿起一张报纸，百无聊赖地浏览着。突然，他被一个标题吸引住了——《马克思主义》，往下看：“自马克思氏出，从来之社会主义，于理论及实际上，皆顿失其光辉，所著《资本论》一书，劳动者奉为经典……马氏以唯物史观为经，加之以在英法观察经济状况之所得，遂构成一种以经济的内容为主之世界观，此其所以称科学的社会主义也。”此文虽然只有300多字，却在杨殷心里泛起了波涛。从这天起，他一连追了20多天，终于将19篇连载看完了，觉得自己过去没有弄明白的问题，马克思讲明白了，从此他的心里亮堂起来。

这篇连载文章的作者叫杨匏安，据说与杨殷同出一门，但查不到确切文献，只是一些历史资料有载。杨匏安于1896年11月出生于香山县南坪乡北山村，小杨殷两岁，1914年毕业于广州广雅书院。这间中学是两广总督张之洞所建，办学理念倾向于洋务，所以杨匏安在校期间，接受了很多新思想、新观念。1915 年杨匏安与堂叔杨章甫东渡扶桑求学，接触了马克思主义学说。回国后在澳门任教，1918 年举家迁往广州，在私立时敏中学教诗歌，兼任《广东中华新报》记者，与堂叔杨章甫寄居在司后街杨家祠。

这座祠堂始建于清乾隆三十七年（1772），为纪念北山杨氏始祖杨泗儒而取名为“泗儒书室”，原来，这里就是教杨家子弟读书的地方。早年间，杨家是广州十三行的茶商，当时朝廷规定清帝国所有茶叶出口，全部经广州十三行，因此，茶商睡着觉都赚大钱。鸦片战争之后，茶叶交易中心转向上海、武汉，广州茶商从此没落，杨家也是从那时走向破产的。到了杨匏安这一代，已经靠卖祖产生活了，杨匏安与堂叔杨章甫去日本留学，由于交不起学费，无法应付日常开销，只在日本待了一年半就打道回府。

他们所寄居的这座祠堂坐北朝南，两进三开间，西侧通道紧挨两广总督署，即今省民政厅，东侧为新丰街，前门挨着司后街，今越华路，后面为兵营，与祠堂配套的有十来间住房。自从杨匏安住在这里，此地就成了广东早期党团组织重要活动据点。1920 年，党的创始人陈独秀曾到这里拜会杨匏安。此后，谭平山、周恩来、陈延年、瞿秋白、刘少奇等经常在这里开展活动。国民党左派领导人廖仲恺与夫人何香凝也是这里的常客。

开始，杨匏安与杨章甫在此创办注音字母教导团，招收了很多有进步思想的青年人，如阮啸仙、刘尔崧、周其鉴、张善铭、潘兆銮、梁复燃、陈俊生、陈卓生、王寒烬、王铁志、郭植生、刘觉非等，以此为掩护，向学员传授马克思主义，后来这些学员大都加入了共产党。这期间，杨殷也时常来杨家祠听课，后来得知教导团为杨匏安所办，随之，杨殷与杨匏安、杨章甫，还有学员中的阮啸仙、梁复燃等成为好朋友。杨殷自阅读了《马克思主义》的连载后，一发而不可收，从街头买到《共

杨殷（后排左二）与妻子李庆梅（前排右三）、弟弟杨熙乐（后排左一）和女儿杨爱兰（前排右二）合影（资料图片）

产主义 ABC》《共产党宣言》《社会主义政治经济学》《资本论》等书籍，开始认真地阅读与研究，越研读心里越亮堂，仿佛看到了光明的前路。于是，他决心跳出原有的思想藩篱，走充满希望的救国救民之路。

一天中午，中共广东支部早期党员杨章甫和梁复燃来广州西关盐务稽查处，他俩是党组织派来实地考察杨殷的。走进高级职员办公室，只见一位 30 来岁的年轻人，身穿长袍，胸前挂着金晃晃的表链，两撇八字胡特别显眼，手里拿着一本《共产党宣言》，大概是刚吃过午饭有些犯困，眼睛却不听使唤地打架。杨殷见两位朋友来访，自然清醒了许多：“二位请坐！”

杨章甫调侃说：“没想到一个资产阶级阔少，居然研读马克思的书，怪哉怪哉！”

杨章甫虽然比杨殷小两岁，论辈分却是杨殷的小叔。他调侃晚辈也算对晚辈的肯定吧，杨殷这么想着。“这可是一本好书啊！”杨殷指着《共产党宣言》说，“我推荐你们也读一读，对革命有益！明天，我再给你们送几本，多看看，没坏处！”

杨章甫和梁复燃还是从《共产党宣言》引出话题，问杨殷对此有何看法。杨殷说：“这本书写得挺好，写书的是两个外国人，一个姓马一个姓恩，他们说将来的社会，不能有压迫和剥削。要救中国，我看非此不可。”

1920 年 12 月，应广东省省长陈炯明之邀，陈独秀来广州担任广东省教育委员会委员长，陈炯明承诺：“保证决以全省岁入十分之一以上为教育经费，无论如何，绝不短发。”这个承诺是相当有远见的，教育就是未来，有什么样的教育就有什么样的未来，无论如何，我们应该为陈炯明“点个赞”。

在我们的印象中，陈炯明大概就是那个“炮轰孙中山”的莽夫形象。实际上，陈炯明的形象要比莽夫丰富得多、生动得多。前两年，我到汕尾采风，曾经去过陈炯明纪念馆，讲解员说：“陈炯明治粤期间，力行戒烟戒赌，兴办实业，普及义务教育……力主将广东建设成为全国‘模范省’。”

陈独秀到广州之后，即着手创建广东党组织，起初共有九名成员，陈独秀任书记，谭平山很快接任，谭植棠任宣传委员、陈公博任组织委员，党员有沈弦庐、袁振英、李季连、米诺尔和别斯林等。

广东支部成立之后，陈独秀从广东教育经费中拨款，创办“宣传员养成所”和“注音字母教导团”。宣传员养成所所长是陈公博，教员有谭平山、谭植棠、谭天度、杨章甫、邓瑞仁、陈伯衡等，宗旨是宣传和普及马克思主义，培养有理论素养的党员骨干。注音字母教导团表面上教的是注音字母，而被注音的文章却是马克思主义常识和进步刊物。杨匏安的堂姑杨淑珍回忆说：“杨家祠曾挂上‘国语讲习所’的招牌，教师都是党内的同志。实质上，‘国语讲习所’是掩护活动的招牌，上课地点在后座，有时也在前座。”

这两个机构对广东党组织建设，起到了关键作用。1921 年 7 月 23 日，党的第一次全国代表大会宣布中国共产党成立，陈独秀任中央局书记。随后，广东党组织先后发展阮啸仙、杨匏安、杨章甫、梁复燃、刘尔崧、冯菊坡、王寒烬、罗绮园、黄裕谦、郭植生、陈适曦、张善铭、谭天度、杨殷等加入中国共产党。至 1922 年夏，中共广东支部已有党员 32 名，党的活动地点也转移到司后街“杨家祠”。

此时，杨殷辞去待遇优厚的盐务稽查处师爷工作，把翠亨老家的一部分房产和地产变卖套现，甚至连亡妻的金银首饰也卖了，所有款项全部捐给党组织做活动经费。他也全身心投入党的工作，四个儿女也托付给堂哥杨心如夫妇照料。

1922 年底，杨殷受党组织委派，与冯菊坡和王寒烬一起，去苏联参观学习并考察苏联社会主义建设成果。他们在苏联三个月，考察了莫斯科、列宁格勒、伏尔加格勒等城市，及工厂、机关、学校、军营、街道和农村，所见所闻让他感受到苏联经过社会主义革命，民众所释放出来的巨大能量和聪明才智，是人类有史以来空前的。杨殷由此看到了蕴藏在民众之中的巨大潜能，这种潜能若能得到正确发掘定是恣意汪洋，既可以破坏一个旧世界，亦可以创造一个新世界。他相信一盘散沙的中国，如果走苏维埃的道路，定能解决中国面临的诸多问题。

回国后，党组织安排他到石井兵工厂开展工人运动，这与他在苏联看到的想到的是吻合的，他要把自己的所见所闻告诉工人兄弟们，让大家团结起来，做世界的主人。杨殷与先到一步的罗绮园、彭粤生、梁啸海、沈厚堃一起，开办青年艺徒补习班和工人夜校，以此为平台宣传共产主义常识和社会主义发展史。

杨殷还从兵工厂原有的“研艺小隐”团体中吸收先进分子，通过歃血为盟的宣誓仪式，发展工人秘密组织“十人团”，成员有杨殷、杨匏安、杨章甫、罗绮园、陈日祥、罗珠、罗俊、郑桥、郑煜、梁芳等。不久，经杨殷等人介绍，他们中的陈日祥、罗珠、罗俊、郑桥、郑煜、梁芳等，在谭平山主持下加入了中国共产党，同时成立了兵工厂党支部，罗绮园、谭天度和周文雍相继担任支部书记。

后来，杨殷等又把“研艺小隐”扩大为机工剧社，吸引了更多青年工人参加。队伍壮大后，他们开始督促工厂成立工会，而厂长马超俊坚决反对，杨殷等就将“机工剧社”改为工人俱乐部，要求马超俊下台。杨殷还号召工人将铁锅挂在树杈上，以示工人已无米下锅。马超俊不甘失败，先是扣留三名工人，然后扬言扣发工资，最终激怒了工人，全厂实行大罢工。马超俊从未见过这阵势，有点蒙圈了。

马超俊，台山人，早年去美国谋生，发迹后通过旧金山洪门大佬黄三德认识了孙中山，后得孙中山器重，历任国民党政府劳工局局长，广东省农工厅厅长、建设厅厅长，南京市长等职。后任石井兵工厂厂长，他到任后，大兴贪腐之道、克扣工人薪资、倒卖军火器械等。更为严重的是，孙中山建黄埔军校，向马超俊要 500 支长枪和 4 挺机枪，结果，马超俊只给了 230 支，就这还差点要回去。工人们对这家伙恨之入骨。杨殷来厂之后，工人们大吐苦水，而马超俊则误以为他与杨殷都是孙中山的嫡系，因此用金钱美女大肆拉拢杨殷，没承想杨殷不吃这一套，弄得马超俊灰溜溜的，最后罢工越闹越大，他只好带着遗憾辞职了事。

石井兵工厂位于广州北郊，原为广州机器局，张之洞任两广总督时，扩建为兵工厂，当时可以生产毛瑟、马梯尼、士乃得、云者士得等 4 种枪支，日产子弹 8000 发。岑春煊接任两广总督后，又对石井兵工厂进行技术改造，可以生产德国造、丹麦造枪械。

辛亥革命成功后，石井兵工厂再添新设备，可月产六八式步枪 600 支，无烟子弹 35 万发，黑药弹 15 万发，机关枪 6 挺。这时，工厂已经拥有工人2000多人。

大革命时期，数风流人物孙中山、毛泽东、周恩来、蒋介石、廖仲恺、叶剑英、陈炯明、李济深、陈济棠、白崇禧等，都曾经来过石井兵工厂。广州农民运动讲习所开班后，该工厂还一度成为讲习所学员军事训练基地。

杨殷在此活动期间，深入车间与工友交朋友，热心帮助有困难的工人。他平易近人，和蔼可亲，赢得了大家的信任，也使得石井兵工厂的工人运动开展得如火如荼。一天，老工人庞大伯扛着铁条进车间，无意间碰到了杂物，工头骂他故意损坏物品，举起鞭子就想抽庞大伯，杨殷一个箭步窜过去夺下鞭子，厉声喝道："你再敢欺负工友，我绝不放过你！"

事后，庞大伯握着杨殷的手说："真不知如何感谢你！"

杨殷与省港工人在一起（历史绘画）

杨殷说："不用谢，天下工友是一家！"

这些暖人心的话，激起了工友对工人运动的热衷。与杨殷一同在该厂搞工运的谭天度曾说："杨殷等同志深入到石井兵工厂活动，于1923年冬在该厂组织起'工人十人团'和'兵工厂工人俱乐部'，他们在这里打下了工作基础。直至1926年党派我到该厂担任党支部书记和训育主任时，仍然处处感觉得出来。"

1924年秋，中共广东党组织派杨殷到粤汉、广九、广三铁路开展工人运动。铁路系统有一支庞大的工人队伍，是共产党依靠的重要力量，将他们组织起来是共产党开展工人运动的主攻方向。

本来广三就是粤汉铁路的一部分，广九也规划接驳粤汉线。只因粤汉铁路广东段实行商办，所以有利润的路段建成了，无利可图的路段被搁置了。修建粤汉铁路始于1898年4月，当时，主管全国铁路事宜的盛宣怀与美国合兴公司签订《粤汉铁路借款合同》，规定铁路由美方代修，以铁路财产担保，借款本利还清之前，铁路由合兴公司代为经营。合同还规定合兴公司不得向他国转让股份。

不巧的是，甫一履行合同，就遇上了美国与西班牙争夺殖民地的战争，加剧了合兴公司在美国融资的难度，其不得不远赴欧洲发行债券。合兴公司违约的消息传到国内，引起了国人的极大愤慨，湖北、湖南、广东民众纷纷要求自办。朝廷无奈之下同意各省自办，经过激烈的争斗，湖北决定官办，湖南决定官督商办，广东决定商办。从筑路的实际效果看，湖北最顺利，湖南和广东直到收归国有，韶关至株洲段仍是"洪湖水浪打浪"。

最麻烦的就是粤路公司，由于投资商众多，扯皮的事情自然更甚，就连粤路公司总办都无权支配粤路公司的经费。直到1910年，粤路才修了128公里，还包括合兴公司修的30多公里。平均每公里用银57000元，相当于浙路用银的三倍多。

万般无奈下，粤路公司请回时任京张铁路总办的詹天佑，詹提出权力集中于总理，否则不从。股东们虽答应了詹，但掣肘的事仍伴其左右。三年后，心力交瘁的詹天佑离开了广东，接任者是中山南朗左步人欧赓祥。他在任四年，费尽九牛二虎之力，将铁路修到韶关，然后铁路收归国有的呼声日益高涨。1923 年 4 月 19 日，孙中山派陈兴汉接管粤路公司，从此结束了粤路公司商办的历史。

陈兴汉，翠亨村人，与孙中山是邻居，小孙中山十岁，自幼崇拜孙中山，常跟在孙中山身边，听孙中山讲各种见闻。1905 年参加中国同盟会，孙中山组织武装起义，他常担任保卫工作。孙中山就任中华民国临时大总统时，他被任命为大总统府秘书。1923 年任大元帅大本营庶务司司长，同年任粤路公司总理，兼任广三铁路局局长和广九铁路局局长等职。

党组织之所以委派杨殷去铁路系统开展工作，除了杨殷自身过硬的素质外，主要考虑在铁路系统当政的陈兴汉与杨殷同村，而且两家住得非常近，当杨殷将孙中山的手书交给陈兴汉时，陈什么都明白了：“你想干点什么？”

杨殷说：“给我个工会顾问什么的就可以啦！”

陈兴汉见这位年轻老乡拿捏得当，毫无妄想，心里很高兴：“那就遂你之意吧！以后有什么想法再告诉我。”

当时，正值“二七”惨案发生不久，铁路工人的情绪十分低落，杨殷就将自己的住处搬到粤汉铁路黄沙站附近的安乐新村，还把两个堂弟安排在工人中间，加强与工人的联系。他还经常邀请工人到家里做客，倾听他们对铁路系统的看法。杨殷还给他们介绍国际工人运动情况，以此启发他们认识工人阶级的主人翁地位，号召大家为劳苦大众的利益而团结斗争。

彼时，参与平息陈炯明叛乱的滇军杨希闵部仍盘踞广州，经常无偿征用铁路工人，随意打骂甚至枪杀他们。一天，一列火车行至军屯，驻扎此地的滇军无故要求停车。火车司机来不及刹车，便被滇军士兵枪杀了。此事引发众怒，杨殷因势利导，将机务乘务人员组织起来，并推举一众代表，到滇军司令部请愿，要求军方严惩凶手，赔偿损失。滇军总司令杨希闵担心铁路中断，引起士兵哗变，影响军事行动，不得不答应工人的要求，并向死者家属赔礼道歉。在杨殷的努力下，很快扭转了铁路工人情绪低落的局面，相继成立了粤汉铁路总工会、广九铁路总工会和广三铁路总工会，并在这三个产业工会中，组织了工人纠察队，成立了中共基层组织。

1925 年 5 月，上海爆发五卅运动。这是中共四大之后，第一场大规模反帝爱国运动，事件的直接起因是上海日商内外棉七厂，因无故停工不发工人工资，工人顾正红带领群众冲进厂内，要求立即复工、补发工人工资。日商非但不同意，还开枪射杀顾正红，打伤十余人。第二天，中共就发出通告，要求各地党组织号召工会等社会团体一致援助上海工人的斗争。此后，上海有20多万人罢工罢市，有5万名学生罢课，形成了声势浩大的反帝爱国运动。这场运动很快波及全国 25 个省区、700 个县，北京、广州、香港、重庆、天津、青岛、武汉、唐山、焦作等大中工业城市，都举行了大罢工，参与人数达 1700 万人。

为了声援五卅运动，广州和香港举行了规模宏大的省港大罢工，时间持续 16 个月，参与人数达 20 多万人次，有力地声援了五卅运动。省港大罢工之所以能顺利发动，与杨殷在广州和香港的深入工作是分不开的。1925 年 1 月，中共在上海召开第四次代表大会，这次会议的主要议题之一便是工农运动领导权问题，因此会议代表多半是工农运动领袖，如瞿秋白、邓中夏、陈潭秋、张太雷、李维汉、谭平山、阮章等，杨殷作为工人运动领袖出席了这次会议，并在会上介绍了广东开展工人运动情况。

现在，理论界对杨殷是不是中共四大正式代表尚有争议，这里需要引证一下。中央党史研究室在纪念杨殷诞辰120周年时，曾发表《纪念党的早期领导人杨殷同志》，文章指出："1925年1月，他在党的四大上介绍广东工人运动情况，受到大会的重视。"此外，中央档案馆和广东省档案馆曾合编《广东省革命历史文件汇集》，其中有一份陈延年写于1925年1月5日的书信，写道："第四次全国代表大会，粤区由谭平山及命葵二人出席，恩来亦去代表留法组。我本也想去，但国际和区委均反对。我在粤区任秘书及组织部、宣传委员会三项工作。"杨殷，字孟揆，由于长期做地下工作，经常更换名字，叫成命葵也可理解。中共四大会议现场有个记录员叫郑朝麟，据他回忆："统楼改成的课堂几乎坐满了，但我不记得究竟有几个人。确实记得参加会议的，有中央代表陈独秀、蔡和森、瞿秋白，湖南代表李维汉、朱锦堂，湖北代表陈潭秋，广东代表杨殷，北方代表高尚德，莫斯科代表彭述之，共产国际代表张太雷。上海代表记不得是谁。李启汉也参加了大会，不记得代表什么。"李维汉在《回忆与研究》中写道："一九二五年一月，我在上海参加四大，记得参加这次会议的有陈独秀、蔡和森、瞿秋白、周恩来、王荷波、邓中夏、彭述之、朱锦堂、杨殷、尹宽、陈潭秋、张太雷、李启汉、何今亮、李立三，以及国际代表维金斯基。"

上述材料足以证明杨殷是中共四大正式代表。

中共四大闭幕以后，杨殷深入香港，与邓中夏、苏兆征一起发动香港工人大罢工。杨殷到香港之后，以叙旧为名将那些工会人物召集在一起开茶话会，对他们说："当年大家意气相投，一致奋起。现在，为了反对帝国主义，争取民族独立，各位应该拿出当年的气魄，奋起领导反帝大罢工。"大家听了杨殷的话，激奋不已，全都应允。他还积极参与组建了中共香港党团，作为领导罢工的机构。经过充分发动，反帝统一战线迅速形成。6月19日，香港爆发了25万人参加的、震惊中外的省港大罢工，有力地声援了五卅运动，给了英帝国主义沉重打击，在世界工运史上书写了辉煌一页。

1925 年 8 月，一个偶尔的机会，杨殷得知国民党右派人士预谋暗杀廖仲恺，立马将这条信息转告了廖仲恺。而廖仲恺却不屑一顾："我虽是工人部长，但一来无愧于党，二来不营私、不牟利。他们要暗杀便暗杀吧，我无所畏惧！"几天后，廖仲恺命丧黄泉。廖案发生后，广东军政府提议杨殷担任广州市公安局长，但他不愿在国民党政府做官，最后被聘为顾问，负责廖案的侦办工作。结果他很快逮捕凶手胡毅生，进而牵扯出国民党要员胡汉民和许崇智。这让国民党右派大惊失色，他们派钱大钧用武力强行接管广州市公安局。

杨殷从廖案中看到了情报工作的重要性，于是借工作之便，安排妹夫容汉辉任广州市公安局逮捕队队长，安排堂兄杨伯鸣任广州市公安局提犯委员，安排中共党员黎胜到广州卫戍司令部谍报科工作，派郑全、李玲、苏南潜入广州卫戍司令部谍查队套取情报，挑选一批中共党员安插到国民党机关搜集情报，还选拔一批优秀工人到港澳地区建立情报站。杨殷还开设了一个只接待国民党高级官员和知识界人士的俱乐部，训练服务员从中收集情报。

杨殷提出情报人员要善于做"闲棋冷子"，隐蔽于"平庸无形"。他还亲自收集和传递情报，经常化装成不同身份的人，到各地指导情报工作。据他女儿杨爱兰回忆："同盟会元老杨心如在榨粉街（广州）的家里，放着许多我父亲化装用的衣服、帽子、胡须等物，真是应有尽有。"工友们为了保护杨殷的安全，还为他特制了一个带夹层的箱子，以便携带秘密文件和武器。杨殷还利用情报多次成功营救被捕同志。1927 年，香港工委书记梁桂华被香港当局拘捕。杨殷从广州市公安局内线得知，三天后港英当局将派员，乘香港至广州的客轮，将梁桂华押解广州。经过一番周密部署，杨殷出了一条妙计。这天一艘英军快艇喝住一艘驶往广州的客轮，几名“公务人员”上船检查，随后，几名疑犯从客轮转到了快艇上，其中就有梁桂华，然后快艇向澳门方向驶去……原来，这艘快艇是杨殷从香港朋友处借来的。

广州起义前夕，广州市委负责人周文雍为掩护游行示威的群众而被捕。杨殷通过市公安局内线梁暖得知，周文雍的身份尚未暴露，杨殷很快就制订了营救计划。一天，周文雍被带出监号，有人给他送来衣物，其中夹带了一包“望天椒”，来人告诉他：“全部吃下。”结果，周文雍胃痛厉害，皮肤出现血点，眼里泪水不断，嘴巴红肿得火烧火燎，体温急剧升高，恰似急性传染病。周文雍被紧急送往医院，当天下午，探病时间到了，两名身穿白大褂的人，径直走进周文雍病房，两名警察发现周文雍病房有陌生人，即刻走进房间，恰被埋伏在这里的四名大汉捆绑起来，扔进物料室，然后几个人将周文雍裹在白布里推出了医院。

正是有了杨殷呕心沥血建立的情报网络，才有了后来国民党内情尽在中共掌握的结果，杨殷也成为中共情报工作的重要开拓者。

1927 年，中共八七会议之后，南方局和广东省委由张太雷、周恩来、恽代英、黄平、杨殷、彭湃组成，张太雷任南方局书记。下设的军事委员会由周恩来、张太雷、黄平、赵自选、黄锦辉、杨殷组成。广东省委由 16 人组成，杨殷任省委常委兼工委书记。

同年 11 月中旬，广东省委依照中央指示，准备举行广州起义，成立革命军事委员会，负责指挥广州起义，张太雷任总指挥，叶挺、恽代英、杨殷、周文雍、聂荣臻等参加起义策划和发动工作。杨殷负责参谋团工作，协同叶挺负责军事指挥，并同周文雍一起领导和组织工人赤卫队。杨殷负责指挥西路起义军。

广州工人赤卫队是杨殷亲手组建起来的，多以行业为单位，是一个分散的组织，但在杨殷等人领导下，经过大革命血与火的洗礼，已经成为共产党所依靠的重要武装力量。广州工人赤卫队下辖七个联队，两个敢死连、消息局及汽车队，全队约3000人。党派中共广州市委工委书记周文雍担任赤卫队总指挥。

杨殷除了负责赤卫队的恢复和训练，更重要的是组织工人骨干为赤卫队秘密制造炸弹，然后派交通员负责运送。据李少棠回忆："炸弹壳是由一间机器厂制造。这个厂的后门临珠江，我雇了小艇把弹壳从后门运走，运回机关，然后又到香港运水银、棉花、茶饼（棉花、茶饼是通过九龙关的杨殷妹夫张克德带回来的），并按杨殷指示把这些东西偷运到九江市何全（贼头）那里，由何负责装配。到了何全那里，我就住在他家，等他制造好，经过试验之后才取回来。当时的炸弹有两种，一是压引线，一是按夹，炸弹像牛奶瓶那么大。另外还制造手榴弹，比炸弹小，威力也小，是用来吓敌人的。我拿了炸弹回来就交给杨殷，由他分发。"

12月11日凌晨，半个月亮躲在云眼里，窥视着广州的一草一木，深秋的晨风带着几分寒气悄悄游动，整座城市死一样寂静，谁会想到，此刻将被载入人类文明史册。

凌晨3点半，广州起义总指挥叶挺大声宣布："起义开始，各路军占领指定位置！"随后，北校场发出三声炮响，同时三颗明亮的信号弹刺破夜空。顿时，起义军群情激奋，甚至唱着《国际歌》从四面八方冲入广州各要害部位，打得敌人措手不及，溃不成军。

杨殷指挥的西路起义军打得非常顺利，待他们占领指定位置时，其他部队还在激战中。杨殷曾在纪念广州起义一周年时撰文《斗争中的回忆》："此时，各士兵与工人赤卫队会合，一路由沙河经东山过广九站而进攻八旗会馆；一路由惠爱东路向公安局及保安队进攻，其余则分向各警区进攻。当工人袭击八旗会馆时，士兵尚未到目的地，只由一位十八岁的工人同志带领七十余人，武器只有炸弹三颗、盒子枪一支、手枪一支，先将炸弹抛掷未炸，而反动的军队已群起反抗，故由正门无法攻进。于是，工人分向各围墙爬进，徒手夺取军械一部分，觉悟士兵起而响应，始得解决。于是，沿长堤收缴海军总营、新编二师等部，敌人皆从梦中惊醒，绝无抵抗。转而向肇庆会馆二十五师部，该部顽抗，并用手提机关枪等武器向我们队伍射击，工友伤十余人，都奋不顾身，拼死相持。”

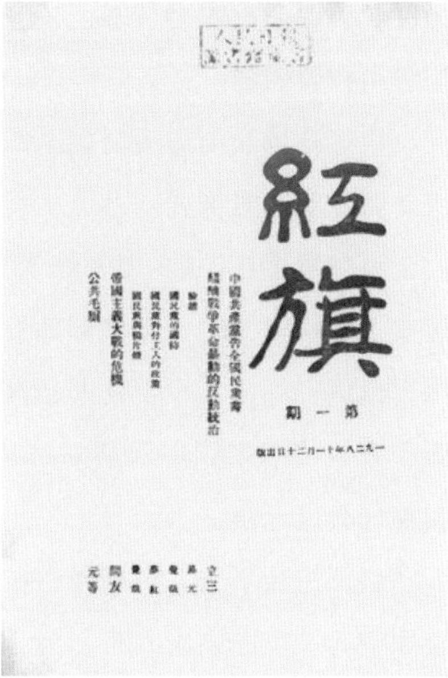

《红旗》周刊1928年第3期曾刊登杨殷撰文《斗争中的回忆》。图为1928年11月20日《红旗》创刊号(图片来源:2008年1月3日人民网)

到清晨6时，一面铁锤镰刀红旗在原市公安局楼顶上冉冉升起。广州苏维埃政府正式宣告成立，张太雷任政府主席，杨殷任人民肃反委员。杨殷特别要求参加攻打公安局的铁路工人敢死队，迅速返回广三、粤汉、广九等路，占领和守住车站，切断敌人运输线，以阻滞敌军反扑广州，同时调机车接运郊区农民军进城，援助起义军。

杨殷的这些部署，在起义中发挥了重要作用。据上海报纸报道:“黄琪翔欲调兵回广州，各铁路均在共党手中，运兵甚难。”12日，张太雷不幸中弹牺牲，杨殷继任广州苏维埃政府代主席。13日，在敌我力量过于悬殊的情况下，为了保存力量，起义军决定撤出广州。杨殷一直坚持指挥赤卫队作战，直到敌军逼近市公安局，他才带领仅剩下的十多个赤卫队员冲出重围，撤出广州，前往海陆丰，与彭湃等共同坚持和扩大海陆丰武装斗争。

1928年6月，杨殷出席在莫斯科举行的中共六大，被选为中央政治局候补委员、政治局候补常委。回国后任中共中央军事部部长。后来，彭湃调中央农委任书记，辞去江苏省委军事部长职务。中央决定该职务由杨殷兼任。

恰是在杨殷与彭湃交接工作的会议上，杨殷、彭湃、颜昌颐、邢士贞、张际春同时被捕。

事情发生在 1929 年 8 月 24 日。

下午 4 时，中央军事部部长兼江苏省委军事部部长杨殷、中央农委书记彭湃、江苏省军委秘书颜昌颐，以及军委兵工运动负责人邢士贞、张季春，依时来到沪西新闸路经远里 12 号彭湃秘书白鑫家中开会。白鑫担任会议记录。

会议进行不久，整栋楼已被特务和军警包围，一队人马直接冲进白鑫家中，“按图索骥”将与会者全部带到新闸捕房，两天后转移到上海市公安局水仙庙看守所。

事情发生后，周恩来马上召集中央特科负责人开会，要求他们尽快查明原因，弄清杨殷等人的下落，做好营救预案。紧急情况下，陈赓启用了在国民党中央党部调查科驻沪办事处任职的鲍君甫，他告诉陈赓白鑫叛变了。

白鑫，湖南常德人，黄埔军校第四期毕业，1926 年加入中共，毕业后入叶挺独立团参加北伐，翌年提升为教导队指导员，曾参加南昌起义，之后部队退至海陆丰，升任团长。海陆丰苏维埃政权丧失后，转入上海中共军委工作，不久调任江苏省军委秘书，即彭湃秘书。自此，白鑫夫妇就住在沪西新闸路经远里 12 号，这里是中共很重要的联络点。白鑫是一个投机分子，调到腥风血雨的上海，不但升迁机会少了，而且随时都可能掉脑袋，再加上杨殷和彭湃对工作要求严，他经常挨批评，所以心情很不愉快。其实，徐向前早就对白鑫有过评价：“对于这个人，开始我对他不了解，后来发现他表现不好，打仗时老往后溜。”

白鑫有个弟弟叫白深云，在南京国民党军政部贮备司任司长。白鑫经常派自己的老婆到南京弟弟家串门，一来二去就把党性原则串丢了。白鑫开始有了变节的想法，这让其弟喜出望外。白深云马上通过关系将这个信息报给了蒋介石。蒋安排陈立夫专责此事，陈立夫即刻飞往上海，指定国民党上海党部委员范争波与白鑫单线联系，范施以金钱美女之诱惑，白鑫很快就成了“俘虏”，并答应范争波来个“一锅端”。

周恩来和中央特科得知这一情况后，一方面安排营救被捕的杨殷等五人，一方面布置清除叛徒白鑫的任务。杨殷和彭湃等人毕竟是中共重要领导人，国民党方面戒备森严，中央特科几经努力都失败了。

为防万一，国民党还加快了审讯节奏。在最后一次审讯中，审问官问杨殷：“你是老同盟会会员，曾参加辛亥革命，跟随孙中山先生推翻帝制，是一个对党国有贡献的人。现在，只要你回心转意，回归党国，蒋先生是不会亏待你的，可以安排一个高级官职给你。”

杨殷轻蔑地一笑：“你们背叛孙中山三民主义于前，屠杀工农群众于后，是一群祸国殃民、双手沾满革命群众鲜血的败类。我杨殷铮铮男儿，岂肯与败类为伍？要我投降，万万不能！”

审问官威胁说：“难道你不怕死？”

杨殷坚定地说：“我们未死的那一秒钟之前，仍努力地在这里做党的工作，向士兵宣传，向警士宣传，向狱中群众宣传。”

蒋介石见争取无望，担心夜长梦多，8 月 30 日，遂下令秘密杀害了五位同志。临刑前，杨殷一如往日镇静乐观，笑着跟狱友说：“朝闻道，夕死可矣！”之后，五人向士兵及在狱群众说了最后的赠言，唱着《国际歌》，呼着口号，英勇就义，表现了共产党人崇高的革命气节。

杨殷、彭湃等五位同志牺牲后，中央特科专门成立了“打狗队”，发誓必置白鑫于死地。白鑫自知罪孽深重，一直深居简出不轻易露面。国民党当局也为其开脱，登报声明国民政府蒋主席鉴于白鑫系黄埔学生，允许其改过自新，已于近日离沪到宁。

两个月后，“打狗队”终于探明了白鑫躲藏之地——淞沪警备司令部侦缉队长兼军法处长范争波家中。周恩来即刻下达处决白鑫的命令。陈赓接到任务后，即安排特科的人在范争波家对面租一间房，全时段监控范家动静，另派一些侦察员扮成修鞋匠、小商贩等，在范家周围活动。这时，内线紧急报告，白鑫将于今晚乘火车去南京。周恩来马上动员特科和机关的同志，凡是会用枪的全出动，陈赓负责现场指挥。晚上戌时，范争波的车子缓缓开进里弄，稍后白鑫的保镖也开着国民党政府刚刚奖励给白鑫的轿车进来。紧接着就是七手八脚往车上装东西，一切准备得当，白鑫西装革履、表情慌张地由范争波等四人陪着，急匆匆地走到车子跟前。这时，陈赓大喊一声“打！”子弹顿时从四面八方飞来，第一个毙命的就是白鑫，身中数弹，直接爆头，范争波身中三弹，当场身亡。这次特别行动取得敌人四死一伤的重大战果。

终于用叛徒的人头，祭奠了我们的英雄。杨殷、彭湃等人牺牲后，中共中央发表《中国共产党反对国民党屠杀工农领袖宣言》，高度评价了杨殷对革命的贡献。周恩来连续撰写多篇纪念文章，称：“彭杨等烈士的牺牲是中国革命、中国共产党之很大损失！革命的领袖是积了无数次的斗争和战绩，从广大的群众中涌现而锻炼出来的。”

英雄的名字永远镌刻在共和国史册上。

第五章

烽火五桂凤凰涅槃

Chapter V

Heroic Stories during Anti–Japanese War in Wuguishan

翠亭属下的石门九堡，是五桂山抗日烽火策源地，曾发生过 41 名村民被日、伪军活埋的石门九堡惨案，曾涌现出姐妹双双参加游击队、杨氏家族满门英烈、石门九堡遍地堡垒户的抗日和支前景象，仅抗日战争时期翠亭和石门就有 25 位烈士牺牲。

我的同事萧亮忠，是报社的摄影记者，面庞黧黑，头发稀疏，高挑个儿，乍一看长得跟游击队员似的，我始终这么怀疑他。直到多年以后，我才明白他不是游击队员，他父亲萧培才是游击队员。20 世纪 40 年代，萧培就在翠亨村附近的老虎坑打游击。据说那里曾有华南虎出没，故名老虎坑。说是坑，实际上是一条六公里长的山沟。

2023 年 5 月 6 日，我和萧亮忠从石门进老虎坑，一直往东走，尽头便是云梯山。走在山根下，浓林密布，荒草依依，越往里走越瘆人，感觉随时会窜出一只老虎。云梯山不算高，但也陡峭险峻，看上去如一堵屏障。山上长满了金灿灿的油菜花和风铃花，将云梯山装扮得如诗如画。山的南麓是当年游击队的营地，叫合水口外，当地人讲南朗话，属闽南语系。翻过云梯山就是合水口里，那里同样是当年游击队的营地，当地人讲客家话，属汉藏语系。老虎坑只有一条羊肠小路，弯弯曲曲，坑坑洼洼，走到云梯山便出现几个岔路口，往西是石门和翠亨，往东是中山市区，往南是南朗和崖口，往北是五桂山和三乡镇。老虎坑是一个“四不管儿”地带，所以有利于游击队生存。

中山游击大队原不在五桂山活动，最先是欧初在中山九区大南沙组建的中山抗日游击小队。大概是 1940 年 5 月，欧初受党组织委托只身来到九区，在当地党组织的支持下，很快就组建了一支只有 13 人的武装力量。为了取信于民，他们锄奸反霸，一时声名大振。当时，崖口乡有一个伪乡长叫谭日潮，经常在大庭广众面前散布流言蜚语，造谣抹黑游击队，并恐吓老百姓不许帮助游击队，否则以通匪论处。为了打击日伪的嚣张气焰，欧初多次派人进行摸底侦察，准确掌握了谭日潮的活动规律，最后派出三人锄奸小队，将谭日潮处决了。消息传开，四邻八村的老百姓都拍手称快。接着，他们连续作战，打掉多个作恶多端的日伪组织，在群众中的影响力大增。

但是，九区是大沙田地区，桑基鱼塘，物产丰富，水网发达，且临近广州，是日、伪军着力经营的地方。游击队声名鹊起之后，日、伪军也盯上了这支队伍，动不动就扫荡一通，弄得当地群众苦不堪言。

1941 年，抗日战争进入相持阶段，中共南番中顺中心县委委派谢立全和梁斌来领导中山地区的抗日工作。他们在五桂山周围进行仔细考察后，认为此地是建立抗日根据地的理想之地。于是，准备有步骤地将中山游击队转移于此。

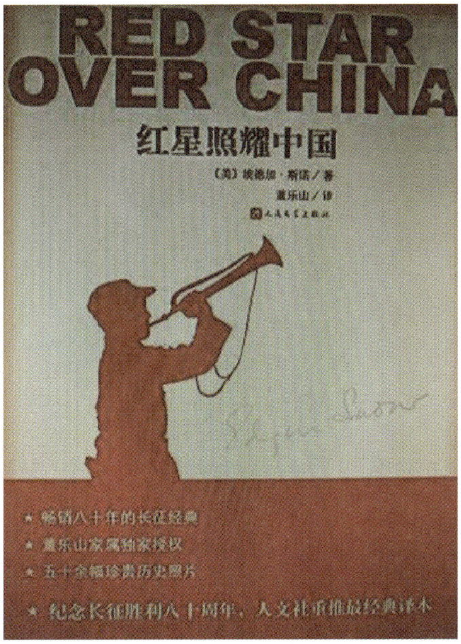

《红星照耀中国》封面上吹号的战士就是谢立全（资料图片）

先说说谢立全。此人乃江西兴国人，1929 年由儿童团团长转入红军，长征途中任刘伯承部前卫营营长，攻打娄山关时任敢死队队长，1936 年到达宁夏同心县豫旺堡。此时的谢立全是红一军团教导营党总支书记，因为刚刚打了胜仗，组织上奖励他一套新军装。正当他精神抖擞地与战士们交流作战心得时，这一幕恰好被路过此地的美国记者埃德加·斯诺看到了，他立马邀请谢立全协助他摆拍一幅图片，于是就有了一个永恒的瞬间：一面迎风招展的红旗，上面写着“中国人民红军抗日先锋军”，一位手持军号的小号手，昂首挺胸地吹着军号。这就是轰动世界的《红星照耀中国》的封面照片。

1940年，谢立全来到广东游击区，任第二支队副司令员。后来，他建议中山游击队应该在五桂山区建立根据地。紧接着，由队长罗章有和副队长黄智带领先遣队18人，从九区出发，来到五桂山区，他们的任务是摸清社情民意，做好群众工作，为大部队进驻五桂山铺平道路。但此刻的他们，除了随身携带的一套补了又补的军装和一杆枪，就剩下一张一天一夜油盐未进的嘴了。那时候，游击队很艰苦，真像《游击队之歌》唱的那样：“没有吃没有穿，只有那敌人送上前；没有枪没有炮，敌人给我们造。”

五桂山区，社情比较复杂，日、伪军，土匪和名誉上保一方平安的民利公司犬牙交错，日、伪军经常来征粮，土匪则收耕牛税，民利公司不定时地打秋风，弄得老百姓苦不堪言。游击队进山以后，并不急于打破这种格局，而是抓紧时间排查民情、敌情、友情，摸清“三情”之后，先遣队开始有针对性地做工作。刚进山时，先遣队只分散在石门的22条自然村，随着排查工作的深入，他们将活动范围向东扩大到上栅、那洲、水丰、南溪、翠微、银坑、山场等24条村，向西扩大到长江和板芙20多条村。一天，罗章有带着八名游击队员去长江乡排查民情，突然冲出一群民兵模样的人，挡住先遣队的进路。双方正在剑拔弩张地对峙着，恰巧合水口里乡乡长刘振球从此路过，才制止了这次对峙。

刘振球是旅美归国华侨，地下党员，抗战初期就参加了中国共产党领导的抗日救亡运动。他早就收到了罗章有进山的消息，也准备了配合预案，只是迟迟未见罗章有的动静。刘振球每天站到山包上等待先遣队来临，这次他出来看动静终于看到了游击队。他狠狠地批评了挡路的年轻人，太不像话！大水冲了龙王庙，自家人不认自家人。刘振球将罗章有等请到合水口里，命令刚才与先遣队对峙的民兵集结队队员，马上去为先遣队解决住宿和粮食问题。

这支民兵集结队是刘振球亲手组建起来的，主要职责是保护合水口里的老百姓生命财产安全，他们召之即来，来之能战，战之能拼，罗章有很喜欢这帮年轻人，几经交涉之后，将其正式编入部队，命名为“孔雀队”。

先遣队进山初期，土匪活动特别猖獗，经常绑架敲诈有财产的农户。石门乡有个华侨叫贺南允，土匪放出风声绑架他。贺南允听说游击队在山里活动，便找到罗章有，恳请帮忙解除危机。罗章有派人暗中保护，最终化险为夷，此事在大山里传为佳话，说：“罗章有部队除暴安良，保护百姓！”从此，石门乡老百姓对游击队的态度发生了根本改变，由堡垒户变成堡垒村，再由堡垒村变成堡垒乡。最后，在石门乡老百姓的帮助下，终于发现了五桂山心脏地带的“老虎坑”。初进老虎坑，罗章有一班人眼前一亮，地势险要，密林遮日，水流潺潺，鸟语花香，是一处不易被发现，易守难攻，而生活气息又很浓厚的地方。

他们当即决定在此建立永久性基地。

十天之后，一座座茅寮建起来了，队员们终于不用每天“串房檐儿”了。搬进来的第一天晚上，队员们很兴奋，大家凑钱买了几斤米酒，算是庆祝游击队乔居入伙。那天晚上，尽管蚊虫轮番“轰炸”，但队员们依然睡得很香，直到天亮才醒来，很久没有睡过这么奢侈的觉了。但醒来后，队员们你看着我、我看着你，似乎谁也不认识谁。队员们浑身肿得面包似的，脸都变了形。原来，昨晚大家都喝了一点酒，累了一天的队员们倒头便睡，这可把蚊虫乐坏了，莫名其妙地饱餐一顿，有些蚊虫贪得无厌，大概还参与了二次三次“轰炸”，直“炸”得队员们“胖”了一圈。

几十年以后，罗章有在回忆录中写道：“仅是蚊子的袭扰，就令常人无法忍受。特别是到了晚上更加难熬，战士们必须先找来干草和湿柴，然后混搭在一起烧，捂成浓烟阵阵，以烟熏蚊，然后再用被单或衣服从头到脚裹着全身才能入睡。先遣队克服了诸多困难，坚持下来，在地区党组织的配合下，积极向群众宣传除匪保家、抗日救国的道理。”

当时中山人民在日伪统治下，生活十分艰难，饥饿、贫困时时困扰着老百姓。那时，仅石岐每天收聚的死尸就有一百几十具。先遣队的生活更是困难，为了不给群众增加负担，先遣队就靠野菜充饥。由于缺乏营养，战士们大都患上了夜盲症，这为游击队夜间活动增加了困难，白天一小时走完的路，夜间要走一个通宵，原因是看不清路，只能一个拉着一个走。

一次，先遣队奉命从老虎窝到石鼓岭石榴坑（今五桂山区政府所在地）勘查情况。拂晓时，战士们进入古香林一间庙里，原打算在这里休整一下，顺便借点米做饭，但庙里只剩下一个和尚，无米可借，周围又无人家，大家又饿又冷，只好在庙外烧火取暖。一位战士从石栗树上摘下几颗干果，煮熟后吃起来很香。战士们每人吃了几颗。不久，大家感到头晕、腹痛、眼花，原来果子有毒。好在不是剧毒，战士们一直躺到下午，精神才逐渐恢复过来。

中毒事件发生后，战士们纷纷请战：“章大哥，我们不能坐以待毙啊！打一仗壮壮声威，顺便补充一下给养。”罗章有也在思考这个问题。他与指导员商量：“派几个小组到周边侦查一下，看看有没有什么战机。”于是，罗章有便派在石岐郊区当过交通站负责人的黄毅回去侦察。黄毅潜回石岐后，很快就侦查到一个机会。这是3月下旬，先遣队前往石岐南部的紫马岭隐蔽，准备伏击日、伪军车。战斗打响后，副排长黄毅冲在最前面，不幸身中数弹牺牲。先遣队见战友牺牲了，更是激发了消灭敌人的斗志。经过一个多小时的激战，终于将敌人的火力网压制下去，缴获大批军需给养，安全回到五桂山。此举果然令城乡震动，先遣队声名大振。黄毅母亲得知黄毅牺牲后，强忍悲痛接过儿子曾经战斗过的地下交通站重任，成为五桂山游击队最明亮的“眼睛”。

驻扎在石岐、上栅、南朗的日、伪军，对五桂山先遣队进行过多次扫荡，却找不到游击队踪影，恼羞成怒的日、伪军只能来一次烧一次，而先遣队则是烧一次建一次，先后“拉锯”三四次。罗章有说：“野火烧不尽，春风吹又生。”

先遣队把群众工作做得到位，很快，五桂山区的民众就站到了游击队一边。随后，欧初率第二主力中队 70 余人从九区来到五桂山。紧接着，卫国尧带领的第一主力中队也按原计划移师五桂山。至此，我党领导的抗日武装力量百余人在五桂山基本集结完毕。罗章有根据先遣队工作经验，向大家介绍了五桂山地区的社情民意，分析了可能遇到的各种困难，特别提醒大家，老百姓有可能将游击队与打砸抢的“民利公司”混为一谈，甚至一些别有用心的人乘机造谣，遇到这种情况要保持冷静，要充分展现游击队的优良作风，让群众感受到我们的善意。为了在群众中树立威信，欧初与罗章有商量，可开展一次除奸反霸斗争。最后，他们瞄准了左步村的阮强，他靠着伪县长姐夫欧大庆当上了保安队中队长，此人嚣张跋扈、作恶多端，是十里八村出了名的恶霸。欧初和罗章有带着五人短枪队来到左步村，准备找阮强谈话，然后将其带回五桂山。结果阮强警惕性很高，不仅不配合谈话，而且以武力反抗。最后，欧初和罗章有将其处决了。消息传开，五桂山和南朗的老百姓拍手称快，游击队很快打开了局面。

从此，五桂山区进入了激情燃烧的岁月！

一

战时玫瑰，姐妹双花。

2023年2月10日，虽是隆冬季节，但南方的天气依然温暖，特别是五桂山区，更是绿荫如盖，鸟语花香。今天，在翠亨村委古翠珠的引导下，我来到石门木子埔专程采访谢国强。

出乎我意料的是，93岁的谢国强背不驼、眼不花、耳不聋，记忆力依然清晰。他说他出生在一个华侨家庭，父亲谢锐明早年在檀香山做生意，孙中山到檀香山创立兴中会，谢锐明是追随者。第一次国共合作时期，谢锐明带着华侨捐款回到祖国，正值廖仲恺在中山九区推广农民运动，当时的石门乡积极响应，乡亲们推举谢锐明为石门乡农会副会长。大革命失败后，谢锐明被捕，几经周折才算保住一条命。但谢锐明是一个硬骨头，从此他也看透了国民党有“几斤几两”，教育子女以后跟着共产党，远离国民党。

谢锐明一生娶了三房太太，共生七女二男，美名曰“七星伴日”。老大男孩，叫谢日恒，20世纪20年代大学毕业后参加革命，新中国成立后，当过石门乡乡长，后来由于懂技术，被调到中山最大的电厂当厂长，直到离休。七个女儿中，谢月香和谢月珍参加了五桂山游击队，其余在檀香山。最小的是三夫人生的谢日强，日本侵华以后改名谢国强。其父本打算再生

采访谢国强（古翠珠摄）

个小儿子继承祖产，不承想生下谢国强没几年，夫妻俩就双双故去了。抚养小儿子的责任就落到了谢月香和谢月珍肩上。

那时候，日本鬼子已经占领了中山，石岐男中、石岐女中和中山师范在南屏成立中山县联合中学。谢月香和谢月珍入读联中，住在学校女生宿舍里，在这里她们认识了同宿舍的王丽华同学，她是中山县青年抗日先锋队成员。姐妹俩早就想加入抗先队了，只是没有找到机会，这下好了，王丽华亲自来动员她们，自然是一拍即合。

第二天吃过晚饭，王丽华带着谢月香姐妹来到男生宿舍。说是宿舍，其实是一间祠堂，进到祠堂以后，但见几十个男女同学正在聚精会神地听报告。一个叫刘庆常的高三同学正在介绍国内外形势。他显然做了充分准备，讲得字字铿锵、句句在理，同学们听得非常认真。散会之后，王丽华把谢月香姐妹俩介绍给了抗先队负责人马国英和杨柏昌，他们当即表示欢迎谢月香姐妹加入革命大家庭，并鼓励她们加强学习，尽快提高政治觉悟，然后让她们填写抗先队申请表。从此，她们就是抗先队员了。

参加了抗先队，谢月香姐妹如凌空的海燕，飞得更高了，看得更远了，心灵的窗户似乎更透亮了。她们整天与一群有才华、有抱负的热血青年在一起，学习的是马列主义，谈论的是国内外局势，久而久之，“天下兴亡，匹夫有责”的志向就住在了心里。

过了一段时间，谢月香姐妹就跟着宣传队下乡了，先后去了那洲、翠微、前山、湾仔、灶背、吉大、坦洲等地，演唱抗日歌曲《松花江上》《黄水谣》《太行山上》等，表演街头剧《放下你的鞭子》《打鬼子去》等。此后，她们连周末甚至寒暑假都不回家，积极参加抗先队组织的各种活动，宣传抗日救亡运动，她们走到哪里就把歌声带到哪里：

我们是抗日的先锋，

我们是青年的游击队，
生长在珠江畔，
战斗在南海边。
为保卫肥美的稻和桑，
为收复失掉的地方，
我们跟鬼子决死仗。

1939 年冬天，中山县抗先总队开会，要求各大队派代表参加，联中抗先独立大队派出五名代表，除了杨柏昌、唐秀英外，还有谢月香和其他两位同学。

当时，谢月香很激动，这是抗先总队对自己工作的肯定，说明自己做对了，做得有成绩。妹妹谢月珍很羡慕姐姐获得的荣誉，为姐姐高兴，也为自己跟在姐姐身边而庆幸。此后，她们工作起来更有激情了。有一次，她们下乡宣传抗日，从南屏坐车返回石岐时，售票员见她们胸前佩戴着抗先证章，便说："你们是公仔队的，今天免票！"

谢月香不解地问："为咩？"

售票员说："公仔队顶呱呱，横门一战打得日寇满地爬！"

1940 年初，中山已经全面沦陷，抗日游击队准备有计划地转入五桂山建立根据地。抗先队也进入了艰苦卓绝的工作阶段，正是在最危急的时刻，谢月香姐妹加入了中国共产党。同年 3 月，联中迁往澳门，谢月香姐妹按照党的指示随迁续读。那年的"三八节"是在澳门校园里度过的。那一晚，抗先队十多位女同学相拥而坐，眼睛里闪烁着晶莹的泪花，不知是谁小声哼起了《松花江上》，顿时一股强大的声涛传遍校园：

我的家在东北松花江上，

那里有森林煤矿，
还有那满山遍野的大豆高粱。
我的家在东北松花江上，
那里有我的同胞，
还有那衰老的爹娘。
九一八，九一八，
从那个悲惨的时候！
九一八，九一八，
从那个悲惨的时候，
脱离了我的家乡，
抛弃那无尽的宝藏，
流浪！流浪！

越唱越激愤，接着一首《黄水谣》又响彻校园：

自从鬼子来，
百姓遭了殃！
奸淫烧杀，
一片凄凉，
扶老携幼，
四处逃亡，
丢掉了爹娘，
回不了家乡！
黄水奔流日夜忙，
妻离子散，
……

当同学们唱到“扶老携幼，四处逃亡，丢掉了爹娘，回不了家乡……”时，大家再也控制不住内心的悲伤，有同学高呼“打倒日本帝国主义！”“日本鬼子滚回去！”整个“三八节”变成了声讨会，抗先队员们个个义愤填膺，纷纷控诉日本鬼子占领中国以后犯下的滔天罪行，大家都表示要回中山去，参加游击队，和日本鬼子拼！

是年 6 月，谢月香中学毕业，向党组织申请回中山参加抗日游击队。党组织考虑到培养人才的重要性，便鼓励谢月香姐妹继续深造学习，将来成为国家专门人才。同时，党组织也交给谢月香姐妹一项重要任务，即充分利用学生身份，开展学生运动。就这样，谢月香顺利进入香港广东国民大学文科专业，与同班另外两名党员同学组成党支部，谢月香任宣传委员。开学不久，学校成立文科专业学生分会，谢月香当选主席。妹妹谢月珍进入香江中学。姐妹俩带着 12 岁的弟弟谢国强，在香港深水埗租了一间十平方米的房子住了下来。但安定的学习生活没过多久，香港就沦陷了。有一天，校园一声巨响，数颗炸弹从天而降，一切美好的憧憬顿时化为泡影。这时弟弟谢国强从学校跑回来，上气不接下气地说：“日本飞机轰炸香港，炮火连天，整条街乱成一团啦！”

谢月香在五桂山游击区（资料图片）

从那时起，香港学校停课，交通阻塞，市场萧条，侨汇中断，难民潮出现，谢月香姐弟三人原来靠姐姐从檀香山寄钱回来生活，现在只能到街边摆摊艰难度日。

这时，学校党支部书记杨柏昌找到了她们，带她们跟随中山难民逃离了香港。经过七天的苦行终于回到中山石门老家。

不久，谢月香姐妹联系上地方党组织，才真正回到了“家”。游击区也需要有理想、有文化的爱国青年，开始游击队指派她们到石门和灯笼坑做小学教师，以此为掩护做群众工作。当时，她们的身份是隐蔽的，与其单线联系的是欧初，有什么任务由欧初直接安排，姐妹俩有什么问题需要请示，也直接找欧初。在长时间的交往中，姐妹俩与欧初建立了深厚的兄妹情，欧初很关心姐妹俩的个人问题。欧初有个战友叫萧强，东莞麻涌人，曾经在香港学习拍电影，见过大世面。抗战爆发后，他投身抗日救亡运动，只身来到顺德参加了广东游击队第二支队。他重视学习，待人宽厚，训练刻苦，作战勇敢，很快就成长为一名游击队指挥员。此后，他与欧初一直在中山九区打游击。1941 年 11 月，欧初和王鎏带领游击队先期进入五桂山，萧强带队仍留在中山九区，两个月后，萧强也奉命来到五桂山。

当时，谢月香在五桂山灯笼坑小学当教师，该校有 30 多名学生，从初小到高小都有，一天要不停地讲课，从一年级讲到六年级，然后就是不停地批改作业，晚上还要开夜校，这时候才是宣传群众和组织群众的大好时机。夜校除了识字，还教唱抗日歌曲，如《游击队之歌》《抗大校歌》《大刀进行曲》等，每到夜晚，村里的年轻人几乎都集聚在学校，识字、唱歌、听报告，均讲些使人进步的新鲜事。谢月香似一块偌大的磁铁，吸引着一群思想进步、有抗日救国意愿的年轻人。其中从澳门培侨中学毕业回来的黄彩娥，很快就成了谢月香的知心朋友。后来谢月香送她到部队训练班学习，三个月后加入了党组织。谢月香调合水口里后，黄彩娥顺理成章地接下了灯笼坑小学的工作。还有一个女青年叫黄木兰，家庭条件较好，家长不想让她参与游击队的事情，担心遭到日、伪军报复。因此，天一麻黑家里就上门板，不许她出门。黄木兰却想尽一切办法，每晚必参加学习，还帮谢月香送文件、送情报。半年后，她参加部队妇女干部学习班，回来后加入了党组织。还有一位男青年黄顺英，通过夜校学习提高了思想觉悟，经谢月香介绍入了党，后来参加抗日游击队，在“三山虎血战”中任小队长，在解放战争中壮烈牺牲。

谢月香在灯笼坑小学工作期间，经常邀请欧初到学校演讲抗日救亡形势，学生很喜欢听此类演讲，每次演讲后都有几位同学参加游击队。这天，欧初有意请他的战友萧强去夜校为同学们上课。萧强是一位热情奔放，潇洒英俊的小伙子，又见多识广，口才了得，讲课条理清晰，语言生动，深受同学们欢迎。

萧强不仅口才好，而且英勇善战，在西海战斗中，率领一个中队担任阻击，几次打退李郎鸡两个步兵营的进攻。他多次参加战斗，屡立战功，如今担任副大队长。随着萧强与谢月香联系的增多，两人之间的话题也多了起来，有时候课前或课后谢月香会经常向萧强介绍附近村子的情况。每到此时，萧强就会很认真地用他那支心爱的派克笔在本子上写写画画，说好记忆不如烂笔头，这些素材说不定什么时候讲课时就用上了。萧强也经常向谢月香通报国内外大事及游击队近况，让谢月香多掌握最新情况，万一自己腾不出时间，谢月香就可以代替他讲课了。

萧强的言行举止令谢月香春心荡漾，她觉得这小伙子似乎与自己有着千丝万缕的缘分，萧强也对谢月香产生了难以割舍的好感，二人在此后的交往中很快坠入了爱河。但此时的谢月香属于隐蔽身份，二人的恋爱关系也只能秘密进行。组织上为了照顾二人来往，将谢月香从灯笼坑调到了合水口里，开始负责由六七十名男女青年组成的集结队工作，主要任务是通过文化及思政教育提高这批青年的基本素质，使之成为五桂山抗日根据地一支准游击队。

除此之外，谢月香还负责合水口里村的群众工作，据欧初后来回忆："当年合水口里的群众工作搞得有声有色，战斗间隙的文体活动丰富多彩，经常举办晚会，唱救亡歌曲和咸水歌，还有军民篮球赛，还记得当年那个在球场外来回捡球的少年，向我要求参加游击队。这个当时不足13岁的少年，后来参加了游击队，担任中山县青年团委副书记（书记是谢月珍），再后来当了广东省副省长。他的名字叫凌伯棠。当年谢月香驻合水口里时，还经常请游击队英雄给青年人现身讲故事。"

就是在这些活动中，萧强和谢月香从相知到相爱。1943年10月，二人秘密结婚，婚礼只有谢立全、欧初、谭桂明、罗章有等少数几个人参加，新郎未带冠帽，新娘没穿婚纱，二人就像往常一样请几位领导喝了两杯米酒就算结婚了。

三天后，谢立全、谭桂明、萧强和欧初在瓦屋下村开会，晚饭后几个人坐在院子里聊天。这时，负责情报工作的杨煊急火火地跑来，说石岐方面有一个紧急情报：伪军四十三师派出一个营的兵力，押着1000多名青年学生到翠亨，强迫他们参加伪军的"军官训练团"。

这是一个很重要的军事情报。谢立全建议打一个伏击战，他说："要打就要快。如果现在从石门、长江调我们的部队过来，饭都凉了，敌人就溜过去了。就用我们身边的一个中队，五六十人，一挺轻机枪，吃不了全部敌人，吃他一个尾巴也好。"

萧强、谭桂明和欧初都同意谢立全的意见，肖强还建议调动刘震球民兵中队在南北两侧警戒，以防前山拱北和石岐两地驻军的增援。

谢立全、萧强、欧初带队来到崖口附近的公路两侧，这时天已经黑了，游击队分成三组，在距离公路十几米的地方设伏。谢立全、萧强和欧初在最靠近前沿的地方指挥，意在打一场让敌人措手不及的伏击战。

不多时，半个月亮爬上了小山包，月光隐隐约约地照在岐关公路上，路旁的草丛中发出阵阵草虫鸣叫的声音。这时，公路上响起嘈杂的脚步声，敌人对我们的埋伏全然不知，只顾着急匆匆地往前行进，他们分成四列纵队，外面的两列是伪军，中间的两列是青年学生。等他们进入伏击圈，谢立全一声令下：“打！”机枪、步枪同时开火，手榴弹、掷弹筒一起投射，形成一张强大的火力网，敌人搞不清游击队究竟多少人，整个伪军丢下 20 多具尸体、20 多条枪械逃跑了。这一仗打得很漂亮，遗憾的是，在这场战斗中萧强大腿中弹受伤，流了很多血。谢立全命令两个战士将其抬下火线。萧强连连招手示意大家继续战斗。伏击战结束后，谢立全、欧初等赶紧来到萧强身边，萧强不顾自己的伤痛，不断询问：“打得怎样？”谢立全告诉他：“大获全胜！”萧强听到大获全胜的消息，嘴角微笑着，眼睛已经睁不开了。他紧紧地拉着欧初的手，将自己的派克笔递到欧初手里，断断续续地说：“我……我……不行了，请将……这支钢笔转交……给谢月香，让她好好……生活，生活下去！”说完，他牺牲了。

当夜，欧初将这个不幸的消息告诉了新婚才三天的新娘谢月香，并将萧强的遗物转给了新婚妻子。由于谢月香依然是隐蔽身份，不能公开悼念亡夫，只能将撕心裂肺的痛埋在心里。

第二天中午，萧强的警卫员来找谢月香，取萧强的葬礼服。谢月香取出那套几天前才换洗下来、叠得整整齐齐的大成蓝套装，交给了警卫员。她想着自己不能亲自去送，心里不禁又涌起了阵阵痛楚。下午时分，谢月香强打精神回学校给学生上课，课余时间，她就孤零零地站在学校门口，望着游击队驻地，一直低着头默哀……

此时，游击大队正在合水口里为萧强开追悼会，广东游击队第二支队司令员林锵云、副司令员谢立全及萧强的战友和乡亲们参加了追悼会。谢月香向组织申请参加，组织上考虑到她的身份尚不能暴露，更不能让外人知道她是萧强的妻子，便向她解释了原因，希望她化悲痛为力量，以大局为重。欧初在回忆录《少年心事要天知》中说：“尽管追悼会会场离她教书的学校不到一华里，她还是极力抑制巨大的哀痛，严守秘密工作的纪律，没有参加追悼会。直到当天夜校上课时，学生们提到萧强的牺牲，都禁不住流下了眼泪，谢月香这才哭出声来。”

不久，谢月香调中山抗日游击大队，仍然做群众工作。1949 年 3 月后，历任中山县委执委兼组织部长、中共五桂山区委书记、共青团中山县筹委主委、中山妇女联合会主席等职。

现在，说说谢月珍。

在游击队内，大家都亲切地称谢月香为“大谢”，称谢月珍为“小谢”。“大谢”和“小谢”都是游击队里的精灵，有文化、有志向、有激情，深得领导和同志们的信任。

抗日战争进入反攻阶段之后，战局发生了深刻变化，日、伪军不甘心失败，开始更加疯狂地反扑。谢月珍所在的五桂山区便成为敌人的“眼中钉”。

那年，日、伪军对五桂山进行“五九”大扫荡，反复围剿了三个多月，谢月珍与部队一起，白天与敌人满山周旋，晚上露宿山头，女同志全都梳成髻。在中国人的传统里，髻是婚后妇女的形象，不是“花姑娘”，相较之下，危险性小些。

那年 7 月的黄昏，部队收到驻南朗情报站送来的情报，称当晚日、伪军约 200 人前来偷袭。晚饭后，谢月珍来到乡负责人曾谷和刘震球办公的“岳阳楼”商量对策。大家一致认为，应立即转移到合水口里笃箕环村后山。谢月珍负责通知乡长和妇女主任，其他同志分头到各村发动群众，转移老弱病残孕，青壮年随民兵中队设防埋地雷。

谢月珍完成任务后，按约定计划赶到笃箕环村后山，准备与曾谷、刘震球等会合。可是到了后山之后，却不见民兵中队的人影。谢月珍感到情况危急，有可能未来得及转移就与敌人遭遇了。她静下心来，认真梳理了一下烦乱的思绪，觉得自己没有出错，一定是大部队遇到了不可测的情况。这时，她想起了堡垒户甘崧大娘家。甘崧大娘见到谢月珍很高兴，她已经很长时间未见谢月珍了，忙招呼谢月珍进屋，顺手拿了几个番薯递给谢月珍："先填饱肚子！"

甘崧大娘知道谢月珍可能遇到了危险，一大早就出门望风，刚走到村口，就看见几个日、伪军探头探脑地走过来。甘崧大娘是一位老交通员，遇到过许多次危险场面，就凭着她的沉着冷静，躲过了一次次的危险。这次她又是不慌不忙地躲过了敌人的视线，回到家里，先把谢月珍"打扮"一番，完毕后，娘儿俩对着镜子都忍不住笑出声来，本来很俊俏的谢月珍，愣是让甘崧大娘"打扮"得奇丑无比了。

后山的枪声打断了娘儿俩的笑声，不一会儿，几个日、伪军抬着一个伤兵入屋，紧接着就把甘崧大娘和她的儿子、女儿，还有谢月珍赶到了院子里。敌人把她们和邻居共七个人绑起来，然后用皮靴踢她们，用刺刀背打她们，逼着她们说出游击队的下落，大家默默不语。敌人气急败坏地将她们拉到"岳阳楼"的碉堡里关起来。

一个小时后，敌人将甘崧大娘和谢月珍等七人押到村南两间大屋

谢月香（左）和谢月珍（资料图片）

前，一个个捆绑在窗门的铁枝上，然后逐个审问。第一个过堂的是甘崧大娘，敌人先是用枪托打她的头、撞她的心口，问她游击队去哪里了。

甘崧大娘不亢不卑："他们去哪里，我怎么知道？"

敌人又问："在你家的青年妇女是谁？"

甘崧大娘冷静地答："我女儿，刚死了老公回家来住！"

此时山里传来枪声，而且声音越来越密集，越来越近，日、伪军似乎觉察到了危险，扔下甘崧大娘和谢月珍等七人，便匆匆撤退了。

后来，房东大娘立即找来菜刀，将谢月珍等七人身上的绳子割断。大家迅速夺门而出，一口气跑到一个山窝里。这里坐满了从合水口里逃出去的乡亲，大家终于与乡长刘震球会合了。

1946 年，谢月珍与谢月香等随珠江纵队的多位战友，先后转入香港，不久又回中山游击大队。在此，谢月珍与游击大队副大队长罗章有结为伉俪。罗章有是中山抗日游击队创建者，历任战士、班长、小队长、中队长、副大队长、大队长、珠江纵队第一支队副支队长等职，参加大小战斗 70 余次。1950 年转业，曾任石岐市市长、中山县委书记、佛山专署副专员等职。

新中国成立后，谢月珍曾任中山县委宣传部长、团委书记等职。

罗章有、谢月珍夫妇（资料图片）

二

抗战母亲，英烈兄弟。

中共早期领导人杨殷的女儿杨爱兰，在《回忆我的父亲杨殷》一文中说：“杨氏家族是一个能接受先进思想的家族。继杨殷之后，杨东伯父的儿子杨日韶、杨日暲兄弟，杨万胜伯父的儿子杨维学，还有我的堂弟杨少白等，均在抗日战争中牺牲。”

杨东，早年就读于香港英皇书院，据其女儿讲，父亲通五国语言，喜欢摄影和书画。这在当时属奇缺人才，那个年代洋商是中国工商业的主流，聘请懂洋文的中国人为其做事也是必然。杨东供职的大连华俄道胜银行就属于洋商股份居多的金融机构，后来日本人控制了东三省，道胜银行业务直线下降，杨东便通过族亲转到平绥铁路局工作。日本人占领华北之后，平绥铁路也未能幸免，杨东被迫携家带口回到老家翠亨村。

杨东的妻子是崖口人氏，姓谭名兆娥，后改为谭杏，育有三子三女，大女儿杨日松，长子杨日韶，次子杨日暲，二女儿杨日增，三子杨日昕，小女儿杨日芳。回到翠亨之后，杨日韶考入县立乡村师范学校，其弟弟妹妹在中山纪念中学就读。

杨日韶一家人（资料图片）

杨日韶读书期间，积极参加中共地下党的

抗日救亡运动，认真完成中共地下党交给的各项任务，师范毕业后，分配到五区（今三乡镇）做乡村教师，1938 年加入中国共产党。其间，以教师身份掩护从事革命活动。1939 年秋天，党组织决定派杨日韶到“挺三”梁伯雄大队任副官，名义上是副官，实际上是副大队长，主要负责梁伯雄大队的思想政治和组织工作。

当时国民党右派挑起了反共逆流，中山受此影响较为严重。坚持抗日的中山县长张慧长遭到解职，各种抗日组织勒令解散，中共中山县委领导人孙康遭到缉捕。在这种情况下，“挺三”大队负责人梁伯雄放松了对自己的要求，作为九区区委委员既不参加区委会，也不参加支委会，对党组织若即若离，对部队管理听之任之，生活作风有些腐化。中山县委根据“挺三”大队和梁伯雄出现的问题，决定派杨日韶到“挺三”大队任职，党组织认为杨日韶政治觉悟高，原则性强，有文化、守纪律，是做好思想政治工作的一把好手。实践证明党组织选人正确，杨日韶到“挺三”大队之后，首先抓骨干思想教育，让大家认清肩负的责任，激发大家的使命感，经过一番艰苦细致的思想工作，“挺三”大队的面貌焕然一新。同时，党组织决定在九区成立中山游击小队，挂靠在“挺三”大队，由“挺三”负责六个人的粮饷。中山县委将组建游击小队的任务交给了欧初，当时欧初只是五桂山土草朗小学的一名教师，在横门保卫战中，曾担任抗先队队长。接受组建游击小队的任务之后，他与交通员黎源仔马上动身前往九区沙栏蒙馆报到。蒙馆即私塾，有 20 多名学生，教师没有工资，全靠学生带点米面度日，但地下党员郑涯洲很知足，觉得这里偏于一隅，有利于地下党活动。见到欧初后，郑涯洲向其简要地介绍了沙栏的情况，并安排欧初住下。过了两天，杨日韶来看他，向他介绍了三区和九区的特点，特别介绍了“民利公司”的情况。

大沙田地区历来是鱼米之乡，也是各种势力鱼肉乡里的首选。鸦片战争以来，大沙田地区出现了很多帮会组织，如较为强势的有罗鸡洪的“广东堂”、麦布的“五龙堂”、歪嘴裕的“猛虎堂”等，后来，这些堂口成了横行乡里，欺压百姓的恶势力。中山沦陷后，这些恶势力被当作地方武装，受到日、伪军的强力镇压。在这种情况下，他们想改变自己的形象，于是几个“大天二”，即土匪头子的俗称，如潘惠、梁正、梁自带、吴金、屈仁则等紧急相邀于黄圃，商议这些堂口的生存问题。那天，他们还特别邀请了蒙馆教师梁伯雄，梁是中共地下党员，抗战初期受党组织派遣打入土匪武装任大队长。这些“大天二”都是些莽夫，因此对梁伯雄比较尊重，称其为“伯雄先生”。会上，几个“大天二”争论不休，总以为有枪便是草头王，殊不知“大天二”已经成了姥姥不疼、舅舅不爱的一群“野人”，如不及时改变形象，随时都有覆灭的危险。最后，梁伯雄见大家没了主意，便说：“现在是大敌当前，只要我们举起抗日救国的旗帜，就不愁生存问题。但是，我们必须甩掉帮会组织的坏毛病，与人民群众站在一起，维护好老百姓的利益，这样我们才会走向新生。”大家觉得梁伯雄说得有理，一致同意梁伯雄所提，并请他为新组织取个名称，梁伯雄说：“既然要保一方平安，为民谋利，就叫民利公司吧！”

后来，民利公司向国民党申领了番号，叫“国民革命军第七战区暂编挺进第三纵队”（简称“挺三”），袁带任司令。此人乃小榄永宁人，做过中山县县长和中山县警备司令，新中国成立前夕逃往香港。“挺三”下辖八个支队，第一支队支队长潘惠，盘踞在黄圃一带；第二支队支队长吴金，盘踞在港口和大南沙一带；第三支队支队长梁自带，盘踞在阜沙一带；第四支队支队长梁正，盘踞在石军沙和低沙一带；第五支队支队长屈仁则，盘踞在东升一带；第六支队支队长高胜湖，盘踞在沙溪一带；第七支队支队长吴发仔及第八支队支队长梁渭祥，盘踞在斗门和坦洲一带。梁伯雄大队挂靠在第一支队，虽然挂了国军番号，却是中共领导的人民武装。当时，梁伯雄大队由中共中山县委直接领导，由中共中山县第九区委员会掌控指挥。

但这支部队毕竟是“民利公司”所辖，虽然挂了军队番号，但仍然是纪律涣散的地方民团。因此，中山县委决定在梁伯雄大队建立一支游击小队，以此来带动“民利公司”的抗日热情。县委还从一区、四区、五区和六区抽调郑刚拔、罗章有、谭帝照、冯洪昌、李新知、缪雨天、邓准、郑毅、陈庆池、陈超等 13 人到九区大南沙，成立抗日游击小队，小队长郑刚拔，党代表欧初。县委交给游击小队三项任务：刻苦练兵、做好群众工作、杀敌锄奸。

在军事训练间隙，欧初还请杨日韶来小队讲军事课。欧初在《少年心事要天知》中回忆说：

> 他结合九区的实际，讲如何利用地形地物，深入浅出，还多方做示范，我们都被吸引住了。教军事常识之余，杨日韶还讲了一些“大天二”武装的行为习惯和禁忌。譬如一般不要向朋友索看对方所配的手枪，因为容易产生误会；如果对方要看你的枪，则应握住

青年时期的欧初
（资料图片）

枪管，将枪柄交到对方手上，千万不可以枪口指着对方，最好先将子弹全部退出。还有，用匙羹舀汤时匙羹底不准刮碗沿，否则乘船出行会搁浅；拿起一把筷子不准在桌子上顿齐整，不然就没有出头的日子；上艇时不准登艇，否则艇会翻沉；等等。

杨日韶强调说，这些行为习惯虽然有些荒唐，但它们已经约定俗成，如果不遵守这些规矩，就会暴露身份，霎时处于危险境地。

几个月后，游击小队移师牛头角，这一带是梁伯雄大队的辖区，部队学习训练做群众工作，都比较得心应手，很快就得到了人民群众的拥护。1940 年 6 月，中山县委决定扩编这支党直接领导的武装，于是派四区区委书记谭桂明亲率崖口乡乡警队 10 余人，一区区委委员黄江平带领长洲乡乡警队 10 余人，到九区牛头角与欧初游击小队合并。又从其他区抽调一批战士，约 50 人扩编成中队，杨日韶任中队长，谭桂明任党代表，欧初任政训员。游击中队成立之后，面临的环境十分严峻，经常缺粮断炊，但仍坚持军事训练和锄奸反霸活动。

不久，上级派卫国尧到游击中队负责军事工作，当时他只有二十几岁，中等身材，挺拔敦实，处事利落果断，对同志和蔼可亲，深受战友们的爱戴。他曾留学日本，就读于东京法政大学。其间，他研读了大量马克思主义的书籍，成了一位坚定的马克思主义者。抗战后，他毅然回国，参加了国民政府在庐山开办的军官训练团，不久加入中国共产党，1940 年 7 月到中山游击中队工作。到任以后，游击中队的军事训练和锄奸反霸工作出现了新气象，令周围的日、伪军相当忌惮。在复杂的军事斗争和群众工作中，游击中队得到了很好的锤炼，具备了正规部队的基本素质。

随后，中共南番中顺中心县委决定，加强敌后各抗日武装的领导，深入开展敌后抗日游击战斗，以顺德抗日游击队为基础，从中山、番禺抽调一批党员、青年组成独立一中队，由中心县委直接领导，林锵云任中队长，黄柳言任政训员。不久，又组建了广游二支队第一中队，萧强任中队长，欧初任指导员。后来，这两个中队根据形势发展，全都移师五桂山，开辟五桂山抗日根据地。

两个主力中队离开九区后，日、伪军抓住九区抗日武装较为薄弱的机会，从佛山、江门、番禺等地调集4000多兵力，在三区、九区开展“铁壁合围式”大扫荡，妄图一举消灭共产党抗日武装，进而逼迫民利公司向其投降，最后达到完全占领中山粮产区，实现以战养战的目标。在这种情况下，驻扎在浮墟的杨日韶中队，面临正面迎敌的严峻局面。

浮墟，即现在的阜沙镇。因地处浮虚山南麓而得名。据1826年版《香山县志·山川》记载：“山峙海中，远望之似随波上下，故以浮墟名之。”浮墟正是日、伪扫荡的中心地带，且处于敌强我弱之状态，为了打击敌人的嚣张气焰，新成立的中共“珠江地区游击战争指挥部”决定，集中五桂山游击队主力，再加上杨日韶中队，趁日、伪军在三区和九区立足未稳，将其彻底消灭，将三区和九区变成我抗日游击队的地盘。

1942年5月下旬的一个夜晚，谢立全、王鎏和欧初率70多名精兵强将，趁着夜色直出五桂山，一路向北，天亮时到达沙溪，此时杨子江也带20多人前来会合。他们在此潜伏一天后，于当晚继续出发，天亮之前赶到了牛角围，即现在的阜沙镇牛角村，同在此坚持抗战的谭桂明和杨日韶中队会合。他们此行的目的就是攻打浮墟据点。

三个中队会合之后，谢立全等游击队领导顾不上休息，立即展开调研和侦查工作，并制订了详细的夜袭方案。深夜时分，参战各中队披星戴月迅速进入指定位置。王鎏率第二中队，负责封锁敌人的炮楼，压制敌人的火力，将炮楼里的敌人死死困住。谭桂明和杨日韶带领火力队，迅速占领堤岸，掩护谢立全、欧初率领的突击队渡过河涌，直插浮墟。

那晚的夜色真美，盈凸月洒下一片银光，趁着月色可以看清河涌对面敌人的据点，以及据点上晃动的哨兵。此时，谢立全和欧初率领的突击队已经移动到木桥附近，只等敌人的哨兵转过身去，突击队趁机过桥。这个动作十分迅速，不到三分钟突击队已经到了河涌对岸，这时敌人的哨兵听到了下面的动静，大声问：“口令？”

哨兵的话音未落，突击队几声枪响，敌人哨兵应声倒下。接着，便是敌人的火力网同时开火，子弹如雨落在游击队周围。谭桂明和杨日韶立即命令部队火力压制，掩护谢立全和欧初率领的突击队冲向敌人据点。就在这时，敌人炮楼侧面有一个火力点，封住了突击队前进的道路，王鎏率领的第二主力中队发现了这个火力点，即刻组织火力压制，保障了突击队侧翼的安全。突击队员个个英武神勇，直冲敌营腹地，打得敌人一直蒙在鼓里。黎明时分战斗结束，共歼灭伪军一个连、伪警中队一部，缴获枪械 40 余支。

正当突击队收拾残局撤出战斗时，日、伪军残部不甘失败，集中火

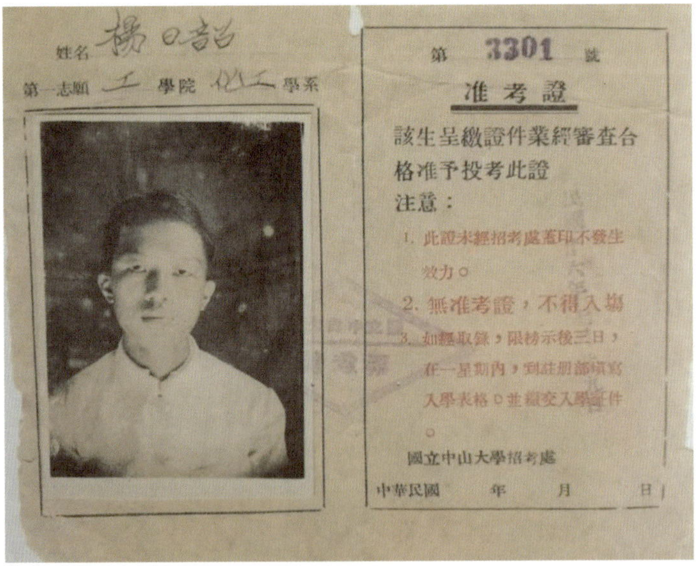
姓名 楊日韶
第一志願 工 學院 化工 學系

第 3301 號
准考證
該生呈繳證件業經審查合格准予投考此證
注意：
1. 此證未經招考處蓋印不發生效力。
2. 無准考證，不得入場
3. 如經取錄，限榜示後三日，在一星期內，到註册部填寫入學表格。並繳交入學證件。
國立中山大學招考處
中華民國　年　月　日

杨日韶的中山大学准考证（资料图片）

力强攻王鎏率领的第二主力中队，企图截断突击队的退路。杨日韶看透了敌人的阴险意图，马上率领部队前去增援，终于挣得时间让突击队安全渡河。不幸的是，王鎏队长壮烈牺牲。当时收尾战斗打得很激烈，杨日韶身先士卒，带头冲进敌人的鹿砦里。顷刻，敌人的交叉火力从炮楼等多个方向向杨日韶袭来，杨队长身负重伤，但仍然抱着机枪冲在最前面。谢立全和欧初命令突击队强火压制，几挺机枪同时射向敌人火力点，打得敌人吱哇乱叫，有个敌人手捂着屁股，疼得一直在鹿砦里转圈。

游击队撤到牛角沙以后，赶紧安排快艇送杨日韶去小榄治疗，可他终因失血过多而牺牲在路上。杨日韶牺牲前还关心浮墟袭击战的情况，战友们告诉他浮墟一战打出了声威，打出了战斗力。杨日韶听完微笑着睡了、睡了……

当谢立全、谭桂明将这个不幸的消息告诉杨日韶父母的时候，杨日韶母亲谭杏却做出了惊人的决定，谢立全在回忆录《珠江怒潮》中说：

> 我把杨日韶同志在浮墟战斗中英勇牺牲的经过向两位老人家直说了。说过后，我和谭桂明同志便你一句我一句地安慰两位老人家。
>
> 两位老人家听完，沉默不语。我紧紧拉着杨伯母的手，忍不住动情地说：“伯娘，别太难过了，我们都是您的儿女呀！”杨伯母听罢，擦干了眼泪坚强地说道：“要革命就要打仗，要打仗就会有牺牲，不然叫什么革命呢？日韶他死得光荣啊！有这样的儿子，为父母的我们觉得自己也十分光荣……”
>
> 杨伯母接下去说：“当年我送日韶参军，也不是没有打算过有这么一天的。要是怕他牺牲，我就不让他去了。可惜他死得太早。鬼子杀得还不够……我要把大女儿日松也送到游击队去，要她同日

璋一起去完成日韶来不及完成的事业！”

说罢走进里屋，拿出一根红头绳，把大女儿唤到跟前，当着我们的面把红头绳缠扎在她大女儿的辫子上，边缠边说：“你阿哥死了，本来你是要缠白头绳的，今日给你缠这根红头绳，是让你好好记住阿哥，做你阿哥这样的英雄……”

这番话掷地有声，满屋子的人都被震撼了！

杨伯母所说杨日暲，是杨日韶的弟弟，比杨日韶小一岁，1941年从中山纪念中学毕业后，想跟哥哥一起参加游击队，杨日韶说弟弟还小。后来，杨日暲与几个同学一起参加了游击队。1942年加入中国共产党，同年任中山县抗日游击大队仲恺中队队长，在夜袭下栅、前山、南屏、南朗、翠微等战斗中英勇善谋，战果颇丰。

1944年4月5日，杨日暲在攻打张溪日伪据点时不幸牺牲，时年25岁。

张溪是当年中山县委所在地，也是日伪统治的中心地带。为了控制这一地区的局势，游击队想尽办法渗透其中，黄石生中队和杜广小队有效掌控着张溪周边的局势。黄石生的公开身份是一区国民兵团中队长，但不幸的是，他的共产党员身份暴露了，日、伪军一心想将其除之而后快。1944年3月12日，黄石生约了几位商人在沙溪茶楼喝茶，二区的日、伪军头目彭爽和彭河带领伪联防中队，将沙溪茶楼团团围住，然后带人冲上

谢立全著作《珠江怒潮》封面

二楼。黄石生见势不妙，顿时掀翻茶桌，与两个警卫员同时开火，最终因寡不敌众，黄石生与警卫员牺牲。

事发后，五桂山游击队群情激愤，发誓要为黄石生等三战友报仇。3 月下旬的一天，罗章有和杨日暲带领仲恺中队一个排，趁着夜色潜入石岐长洲村后山黄伟宁家中，杜广小队也来此会合。只等第二天夜幕降临，游击队直插观音沙，可惜彭爽和彭河并不在此，只缴获了六七支枪。

这次战斗着实令日、伪军闻风丧胆，他们急忙将徐桂的第 15 中队调到张溪。此人系五桂山徐屋村人，一贯与游击队为敌，在 1943 年之后的六路围攻、七路围攻和十路围攻中充当急先锋。游击队准备抓住徐桂立足未稳之机，好好教训教训这个铁杆汉奸。

4 月 5 日凌晨，谢斌和谭桂明率领杨日暲的仲恺中队、吴桐的民族中队、杜广的游击小队，共 80 多人，埋伏在张溪河南岸。徐桂的伪军驻扎在河对岸的梁家大祠里，从南岸到北岸有两座桥，一座在梁家大祠左边，已被杨日暲中队控制，一座在梁家大祠右边，已被吴桐中队控制。战斗打响后，杨日暲中队和吴桐中队同时向驻扎在梁家大祠的日、伪军发起猛烈攻击。开始敌人还在祠堂门口抵抗，看着游击队越打距离梁家大祠越近，日、伪军干脆龟缩到梁家大祠里面，任你怎么打就是不出来。梁家大祠的大门是用坤甸木打造的，门板很厚实，即使用机关枪射击，门也打不开。情急之下游击队就用掷弹筒轰击，谁料发射后，炸弹弹了回来，恰好弹到正在向前攻击的杨日暲身上，杨日暲被炸成重伤，抬下来后牺牲了。

噩耗传到杨伯母耳朵里，她伤心地哭了，这毕竟是她牺牲的第二个儿子。那本来是两条鲜活的生命，他们本可以安乐地生活，就因为日本侵我国土，才逼得中华儿女走上了战场。此刻，杨伯母对侵略者的恨更透彻了，对人民子弟兵的爱更深厚了。她知道，不把侵略者赶出中国，

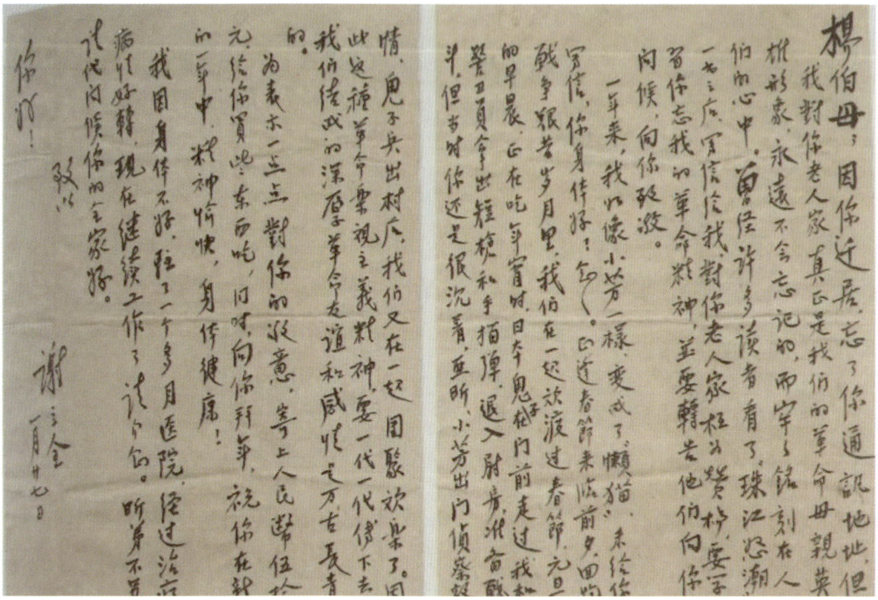

谢立全写给杨日韶母亲的信（资料图片）

中国人就没有好日子过。当年，也是因为日本人占领了东北和华北，丈夫不愿为日本人做事才回到家乡，没想到侵略者又占领了中山，他们就是想奴役中国。为了中国人站直了别趴下，杨氏一家宁愿做出牺牲。她对前来慰问的司令员林锵云说：“林叔，不要为我难过，我明白，拼死杀敌救国救民，暲儿的牺牲是值得的。”

两年间，杨东和谭杏失去了两个儿子，游击队的战友们都担心杨伯母（游击队习惯的称谓）悲伤过甚而影响身体。但这位英雄母亲却越挫越勇，毅然将小儿子杨日昕和两个女儿杨日增、杨日芳全送到部队。英雄母亲的抗日豪情瞬时传遍了五桂山根据地，极大地鼓舞了子弟兵奋勇杀敌的信心。

杨伯母不但没有消沉，反而做起了游击队的“后勤部长”，她的家也成了游击队的交通站和伤病员休养站。当年，有许多伤病员住在杨伯母家疗养，杨伯母卖掉自己的金银首饰，为伤病员买药、做饭，精心照料，还要设法躲过敌人耳目，确保伤病员的安全。谢立全就是杨伯母照料过的伤病员，一直很感激杨伯母。中华人民共和国成立后，谢立全已经是中国人民解放军海军学院少将院长了，依然关心杨伯母的生活，并经常通信寄钱，直到 1973 年逝世前，还来信说抽时间到中山拜见杨伯母。

杨伯母倾其所有支援革命，冒险照料受伤同志、秘密传递情报、送子女参加游击队的行为，一直鼓舞着游击队官兵。有一次，她到游击队营地看到战士们吃野菜充饥，心疼地说："冒着生命危险打鬼子，还要挨饿受冻。"回家后，她将自己大半生积蓄的 9000 多银元和 100 多担稻谷全部捐给了部队。

一年后，大女儿杨日松从营地回来说部队又揭不开锅了，杨伯母即刻从箱子里翻出一条金项链，跟杨日松说："拿到南朗墟卖了吧！"可买主却压低价钱，杨日松舍不得卖。杨伯母见金项链未卖掉，有些生气地说："真不懂事啊！战士们还饿着肚子呢，项链能当饭吃吗？"

杨日松见母亲生气了，只好又回到南朗墟，这回碰到一位认识杨日松的华侨，金项链换了十担稻谷。杨伯母不仅自己带头支援游击队，还串联廖婶、贺婶、萧伯母等一起支援游击队，让游击队感到人民群众的深情厚谊。

也因此，杨伯母被游击队称为"革命母亲"！

三

石门惨案，国恨家仇。

2023 年 4 月 6 日，乌云低回，林涛阵阵。我和游击队员的后代萧亮忠来到山门坳殉难同胞纪念坟场，悼念在石门惨案中被日、伪军活埋的 41 位抗日乡亲。

山门坳，是岐关公路从珠海进入中山的一道小山梁，看上去像一扇大门横亘在珠海与中山之间。坟场就设在岐关公路的南侧，登上山梁有一座高耸的纪念碑，纪念碑后面是殉难者名单碑刻，石门九堡几乎每一堡都有人殉难，那是一个不堪回首的岁月……

1944 年 7 月 20 日凌晨，月亮躲在云团里动也不动，稀疏的星星眨着诡谲的眼睛，空气凝固般的灼热，寂静凝固了黎明时分的整个时空。石门九堡的乡亲们被这闷热的天气折腾得心烦意乱，人们手里的蒲扇不停歇地摇晃着，期待着新的一天来临。突然，一阵急促的脚步声和叽里呱啦的呐喊声，伴随着乡间的鸡鸣狗吠响彻石门九堡。

石门乡位于老虎坑西部，与翠亨村相邻，下辖九个自然村，大都为客家人。日本人侵入中山之后，为了实施有效管制，对乡村采取甲堡连坐制度，即一个村子有问题，一个甲（乡）的村子全受处罚，石门乡九个自然村故为九堡。日、伪军这次清剿石门乡的缘由是近一年时间里，住在这里的游击队相继袭击了唐家、下栅、南朗、横门一带的日、伪军，打得日军龟缩在据点里不敢露面。这让日、伪军十分恼火，他们调集广州、江门、顺德一带的日、伪军 4000 余人，大举进攻五桂山区，特别对石门九堡进行清剿。

石门九堡是进入老虎坑的西道口，这里的群众大都倾向抗日，而且出了很多堡垒户和交通员。游击队之所以在这里十分活跃，与此地群众政治觉悟高和积极抗日有很大关系。

游击队自进入老虎坑之后，连续打了几个胜仗，干部战士个个精神饱满，情绪高涨，而日、伪军却是惊慌失措，晕头转向。

1944 年元旦，游击队准备袭击南朗据点。

这个据点是五桂山周边八个日、伪军据点中，人员配备和武器装备最强的。原因是这个据点隶属"黄狗仔"伪四十三师，全部日式装备，师长彭济华是汪精卫老婆陈璧君的干儿子。伪四十三师历来以精锐自居，来到中山后盛气凌人，彭济华动不动就拿"契仔"身份来炫耀。中

1932 年 12 月 4 日，安定学校师生合影（南朗安定侨联会供图）

山游击队壮大以后，日、伪军感到了威胁，彭济华便从石岐调了四个营分别进驻五桂山周围，企图通过增加据点，来控制五桂山游击队的活动。其中安插在南朗据点的是该师精锐一二八团三营黄光亚部。

南朗是岐关公路东线重镇，是中山游击队东出伶仃洋的主要通道。黄光亚部的驻地是安定学校，这所学校位于南朗最繁华的街区，是安定村旅居檀香山华侨程天固和旅檀乡亲集资 4.2 万美元兴建的。整栋楼房为两层，钢筋混凝土结构，建于山顶之上，四面是陡坡，给人一种宗教圣地之感。1937 年，当时国内发行量最大的杂志《良友》，曾以半个版的篇幅，报道安定村一则图片新闻，称当时国内文盲众多，乡村教育亟待解决，中山安定学校录取了许多牧牛娃，一切皆由学校供给，不收取任何费用。从此，安定村的大名传遍海内外。

不幸的是，这么圣洁的地方却被杀人如麻的黄光亚部占据。该部有 230 多人，配备轻重机枪 12 挺、掷弹筒 6 具，每个士兵都配有刺刀枪。

再加上营地居高临下，四周皆是陡坡并拉起了铁丝网，从军事上讲此地易守难攻。营区唯一的出口设双岗哨，另有流动哨兵日夜巡逻。营房前沿设有四个地堡，以四通八达的交通壕互相联结。彭济华对营区的防御设施十分满意，声称这个据点固若金汤。

而游击队经过认真分析，认为日、伪军南朗据点虽坚固，但人员浮躁轻敌，狂妄自大，战斗力自然消减。拔掉这个据点，必然大挫日、伪军之锐气，对五桂山根据地是一大利好。

当时游击队尚无攻坚经验，亦无攻坚武器，要打下南朗据点，必须仔细侦察，做好预案，反复演练。游击队指挥部决定派侦察经验丰富的林锋参谋带领陈炳、黎源仔等，对南朗日、伪军据点进行详细侦察，了解地形地物，摸清敌人的防御部署，观察哨兵活动规律，选择进攻路线，并绘制详尽地图。林锋侦察小组回来后，向指挥部大胆建议：采取正面强攻，直插据点，他们的理由是这些日、伪军虽然有戒备，但总体比较麻木。他们侦察的那几晚，据点里总是传出麻将声，还时不时地传出女人的声音，这说明日、伪军根本没把防御游击队放在心上。

游击队指挥部决定采用林锋侦察小组的建议。随即组成了由谢立全、罗章有担任指挥的 120 人突击队；组成了由谢斌、谭桂明担任指挥的拥有 16 挺轻重机枪的火力队；另组成两支警戒队伍，分别部署在岐关公路南朗段两侧，准备阻击北自石岐、南自唐家来的增援之敌。同时，游击队发动 100 多名民兵和群众组成运输队，准备搬运战利品。

1944 年元旦傍晚，乌云片片随风翻卷，蛾眉月穿梭于云间时隐时现，游击队在崎岖的山路上疾行而东，午夜时分各队进入指定位置。指挥部下达准备战斗的指令，突击队按照指挥部指令，子弹上膛，手榴弹打开后盖，随时准备出击；火力队到达南朗据点外围，迅速架好机枪，瞄准敌人主要火力点，屏住呼吸，直待一声令下，即可压制据点火力；短枪队迅速运动到敌营大门附近，准备向敌哨兵齐射，随即用斧头将大门劈开，并向敌营投掷手榴弹。

子夜时分，指挥部下达“攻击”指令，突击队员们奋勇向前，冒着浓烟冲入敌营。在手榴弹爆炸声中，火力组的十六挺机枪同时响起，楼上灯光顿时熄灭，同时传出一串惨叫，敌人的火力点全部被压制住了。中队长霍文率领一个突击组直奔主楼，罗章有和杨日暲带着另一个突击组向四个地堡发起猛攻。不过 30 分钟，地堡被全部炸掉，楼下的敌人也被消灭。

在这次战斗中，黎源仔牺牲了。他就是当年陪着欧初去九区组建游击小队的秘密交通员，到九区之后，他整天磨着欧初想加入游击小队。参加革命以后，他多次出入虎口，凭着机智勇敢每次都圆满完成任务，如击毙汉奸谭日潮、消灭容奇伪护沙队、侦察南朗据点、夜观下栅敌兵部署等，都得到游击队领导嘉奖。

这一仗，指战员英勇善战，全歼了地堡群和楼下敌人，毙伤敌军 20 余人，俘虏伪军 15 人，缴获机枪 3 挺、掷弹筒 4 具、长短枪近 70

翠微村百年民居（资料图片）

支、子弹5000多发。陈璧君干儿子彭济华得知此役失利，吓得心惊肉跳，当夜就把五桂山周围的安定、西桠、北台、马溪等四个据点全部撤销，兵力全都回防石岐。

乘着南朗大捷之喜气，中山抗日武装整合各抗日力量，随即成立了中山人民抗日义勇大队。欧初任大队长，谭桂明任政治委员，罗章有任副大队长，扬子江任政训室主任。义勇大队成立仅几个月，就从300人发展到900多人，先后参加战斗11次，击毙、击伤日、伪军320多人，俘虏340多人，缴获轻机枪12挺、各种长短枪300多支、子弹一万多发。

随着中山抗日武装力量的不断壮大，指战员们打大仗、打胜仗的呼声也在增强。指挥部也顺势而为，准备夜袭中外贸易重镇——翠微。该村东傍澳门，西挽中山，交通便利，商业发达，是澳门与内地商品流通的集散地。内地从澳门进口的洋货或洋人从内地购置的土特产，均在此地贸易。

翠微村至今已有700年历史，南宋宁宗年间，由珠玑巷南下的部分先民，来到香山县的翠微，在这里安营扎寨，繁衍生息。“七街七里一条巷，祠堂庙宇状村容。”据村民讲，翠微村有一座祠堂，大门上有一副对联，写着“翠水交前带，环山倚后屏”。可见，翠微村不仅历史厚重，而且依山傍水、风景如画。

这里也是侵华日军必争之地，连接着澳门与珠三角地区，很多海外人士援助的抗日物资都要从此地进入大陆。有些投机商也在此地做投机生意。1944年1月，驻扎在翠微的日、伪军，要到粮产区坦洲催粮抢粮，驻在坦洲的伪联防大队大队长王祥，不肯将大批粮食交给日军，便私下与澳门方面签订密约。王祥将在坦洲和翠微一带强征的稻谷运往澳门，澳门则供应其枪支弹药。日军驻澳门密侦队队长黄公杰，将这一情况报告给了日军，日军大佐佐田顿时火冒三丈：“王祥，大大的坏人，

‘死啦死啦的’！”

从此，佐田不再信任王祥，转而对李朗鸡投以暧昧的眼光。李朗鸡原为“广东堂”成员，由于凶狠毒辣，深受堂主赏识，很快由一个喽啰跃升为著名打手。抗战时期，国军在番禺市桥成立自卫办事处，李朗鸡受邀担任市桥自卫大队大队长。不久，便驻进日军警备司令部，公开投靠日军，做起了汉奸。1940 年，汪精卫伪政府成立，李朗鸡被任命为陆军第四路军司令，控制了珠三角北部整个沙田地区。同年，他又接纳国民党军统局戴笠派出的特务刘炽。从此，李朗鸡成为日、伪、蒋三位一体的“混世魔王”。

这次，佐田调李朗鸡的四个中队进驻岐关公路南端的翠微村，准备筹建以李朗鸡为首的伪护沙总队，目的是建立稳固的反动据点，控制中山南部的粮产区，从军事上配合日军压缩五桂山根据地，从经济上解决日、伪军供给和封锁游击队给养。游击队指挥部看穿了日、伪军的险恶用心，决定趁其立足未稳先下手铲除之。

此时，李朗鸡正为其扩大地盘而忘乎所以，紧锣密鼓地从番禺运送大批被服物资和枪械弹药到翠微，新营地安排在包家孖祠和吴家祠。李朗鸡的这些动作，都被侦察参谋林锋看在眼里，他化装成商人，在包家孖祠和吴家祠周围反复观察，将地形环境、营房分布、兵力部署、岗哨设置、武器配备、作息规律等，都做了详细的思维导图。回指挥部以后，他提出了游击队快速运动线路和快速接近敌人的建议。

1944 年 1 月 17 日傍晚，林锵云、罗范群、刘田夫、谢立全、谢斌、梁奇达、欧初等率领四个主力中队从五桂山出发，急行军 20 公里到达距离翠微只有六公里的东坑村，这里是游击队堡垒村，群众基础相当雄厚。谭生和李旭军领导的白马队一直在这一带活动，深得人民群众的信赖，这次夜袭翠微，白马队也积极参加。部队集结完毕后，林锵云命令兵分三路：一路由谭生带领白马队警戒前山、拱北方向，霍文带领部分雄狮队员警戒石岐方向；一路由谢立全、谭桂明带领主力部队主攻包家孖祠；一路由罗章有带领仲凯队攻打吴家祠。这座建筑是进入翠微的必经之路，游击队事先已经做好预案，如被敌人哨兵发现，即谎称有急病要找医生。结果，游击队很顺利就到了祠堂门口，在手榴弹掩护下，游击队迅速从正门冲入。李朗鸡部仓皇从后门逃走，恰好进入游击队的埋伏圈，十余名伪军全部被俘。由于迅速快捷地结束了战斗，三个祠堂的 120 多名伪军全部被俘，游击队收获尚未启封的新枪 135 支、机枪 3 挺、子弹一万多发、伪军服装 100 多套。

突袭南朗和夜袭翠微两战两捷，打得日、伪军顾首难以顾尾，而游击队则声威大震。恼羞成怒的敌人不甘失败，纠集伪军四十三师、三十师及李朗鸡手下五个护沙队，再加上日军 1000 多人，总兵力超过一万人，企图向五桂山根据地发动大规模进攻，彻底消灭中山境内的游击队主力。他们采取铁壁合围战术，稳扎稳打，步步推进，逐渐缩小包围圈，企图将游击队主力困死在五桂山区。

中山县委指挥部根据自己的兵力特点，提出“击敌要害，攻其一路，动摇敌阵”的作战方针，部署义勇大队、逸仙大队、民兵组织约 1000 人，准备迎击来犯之敌。

1 月 30 日，中山游击义勇大队按照指挥部命令，连夜来到石莹桥村附近，这里是进入五桂山的南口，是游击队“攻其一路”的主要战场。村内有一座古氏宗祠，占地 360 平方米，布局为上三间、下三间，中间有天井，两侧有走廊。当年，抗日民主政权中山县行政督导处就设在这里。石莹桥村一带地势险要，大帽山气势高峻，左右两侧排列着整齐的山丘，形成游击战的天然屏障，右侧山丘上有一座华光庙，是部队潜伏的绝佳之地。沿着弯曲的小溪有一条山路穿村而过，小溪之上有一棵倒向对岸的古树，成了村民过往小溪的桥梁，石莹桥村由此得名。小溪的尽头被两列山丘夹在中间，形成一个偌大的口袋。

谢立全和林锵云率领三个中队，死死地把住这个口袋，以切断敌人的退路。谢斌带着两个中队埋伏在正面的丛林里，逸仙大队大队长黄鞅带一个中队和手枪队埋伏在左侧，友军钟汉明部埋伏在右侧。欧初和罗章有带领预备队坚守大帽山，随时准备策应。

第二天拂晓，敌人兵分十路，从石岐、南朗、翠亨、唐家、三乡等地出发，对五桂山根据地实施铁壁合围。顿时，枪炮声四起，硝烟滚滚，一场决定五桂山根据地生死存亡的大战拉开了序幕。

这时，各村民兵组成的数十个“麻雀小组”，积极展开了麻雀战，整个五桂山“枪声”不断，仿佛到处是游击队，打得敌人像惊弓之鸟，不敢贸然进山。

进攻石莹桥村一带的日、伪军约 1000 人，分成前后两个梯队，正当第一梯队的日、伪军进入口袋时，坚守在华光庙方向的友军钟汉明部，忽见日、伪军数量多于自己的部队，吓得急令机枪手打排子枪，随后撒腿逃之。唉，原来是没有金刚钻的友军，这样一来，整个伏击战全被友军打乱了。见此情景，欧初和罗章有马上带队冲上华光庙，堵住日、伪军进攻的缺口。这时，部署在后方的三个中队急忙冲向前方，协同游击队主力向敌人开火。敌人倚仗优势兵力，在炮火掩护下，拼命向山头冲锋，均被游击队击退。激战一直持续到下午，敌人遭受严重伤亡，其战斗锐气大挫，官兵大都无心恋战，只好抬着十来具尸体撤走了。

战斗当天，十路日、伪军被游击队和民兵的麻雀战死死缠住，日、伪军互相无法呼应，只能停滞在各个山口附近。晚上，游击队和数十个民兵夜袭小组，实施“敌疲我扰”战术，打得日、伪军无法安寝，且将其电话线和公路桥全部破坏。次日，指挥部令欧初带一个中队跳出包围圈，袭击石岐，大造进攻县城的声势；令罗章有带一个中队袭击六区据点，火烧唐家湾敌营。日、伪军见围剿不成，老窝反被袭扰，不得不停止“十路围攻”，打道回府。

游击队指挥部决定乘胜追击，组织一次规模较大的战斗，进攻目标选定横门。此地是石岐通往港澳的咽喉，又是中山南部通往北部和东江地区的必经之地。所以，日、伪军将其辟为“海防要塞”，任命一位中校伪军官为“要塞司令”，建起码头、兵营，围以数层铁丝网，驻守兵力 120 人，有迫击炮一门，重机枪两挺，还配备了炮艇，时常在海面游弋。

其实，中共地下党早就打入要塞，日、伪军的兵力部署、武器配置、防御工事，甚至岗哨口令都被游击队及时掌握。要塞东南面临海，其他方向河涌环绕，进出要塞须通过一条沙堤，沙堤与要塞连接处是一座吊桥，靠近吊桥处有两道岗哨，两个地堡，一座炮楼。要塞中心另有一座三层高的炮楼，为最高建筑，周围有铁丝网和掩体。而要塞的北面，隔着河涌是大片稻田，视野开阔，很难接近，敌人只布置了几层铁丝网。

针对要塞布防情况，指挥员谢斌认为：“敌人一定会以为我们会沿着沙堤，在蕉林掩护下进攻要塞，我们就遂了日、伪军的愿，派一个中队佯攻沙堤，声势越大越好。主力部队从稻田开阔地往里攻，来他个出其不意。”

大家都赞成这个方案，决定由谢斌担任总指挥。

2 月 13 日晚，袭击横门要塞的部队从灯笼坑出发，部队在南塘掩蔽休息一日。当晚，部队按各自的分工出发了。欧初带领警戒队到小鳌溪，主要负责阻击石岐方向出动的增援部队，为攻打横门要塞的游击队主力提供制胜的时间和空间。

主攻部队由谢立全、谭桂明和罗章有率领，时近午夜，先遣队八人由黄和带领，从敌司令部背后剪开铁丝网，打开主力部队进攻的通道。仲凯队和逸仙队各出一个中队，分别扼守左右两条河涌，以防敌人逃遁。两个尖刀中队，一队满弓满箭刺向堡垒，原本打算打一场遭遇战，结果却是大田里捡红薯，不仅活捉了中校司令官卢汉，还缴获电台一部。另一队蹑手蹑脚接近兵营，准备苦战一场，结果100多名伪军却在蒙头大睡，不知不觉做了俘虏。这次战斗就这样轻而易举地结束了。游击队共缴获重机枪2挺、迫击炮1门、步枪100多支、一大批子弹及其他军需品。

中山游击义勇大队，在实战中总结出一套适合自己的打法——夜袭。几年间，游击队夜袭46次，从消灭一个班，到消灭一个大队，给日、伪军造成了极大的恐慌。为了消除夜袭隐患，日、伪军曾组织六路围剿、七路围剿和十路围剿，但每次都是高射炮打蚊子，效果极差。

这时候，汉奸梁孔先、梁鼎先向日、伪军献策说："石门九堡是游击队堡垒村，游击队之所以猖狂，就是因为有老百姓的支持，何不给他们一点颜色看看！"于是，日、伪军集聚1000多人，在汉奸的向导之下，趁着凌晨人们熟睡之际，潜入石门九堡。

日、伪军进村后进行地毯式搜索，见人抓人，见物抢物，见房烧

今石门九堡俯瞰图（资料图片）

房，见牲口就杀，见农具就毁。总之，不给游击队和村民留下任何有用的东西。当时，石门有一间游击队米站，是石门老百姓专门为游击队提供粮食的地方，米站负责人何兰宽就住在石门，与村民们生活在一起。当日、伪军将石门包围以后，她预感到了危险，马上将来不及送出去的文件藏好，准备与日、伪军周旋。这时来了几个村民，将其藏到屋后牛棚的阁楼上，日、伪军曾两次进入牛棚搜索，都未能搜到她，算是躲过了一劫。

日、伪军在石门翻腾了近三个小时，连游击队的影子都未见到，心里又气又急，便命令汉奸梁孔先和梁鼎先清点村民，带回去审问。就这样，93 名普通村民被日、伪军带到中心坪地上。日军少佐训话：“大家别怕，皇军是来报复游击队的，只要你们说出游击队的下落，便可放你们回家。你们听明白了？”

7 月的中山，燥热难耐。村民们被反绑着双手，蹲在中心坪地上，被火一般的烈日炙烤着，但男女老少无一面露惧色，大家相互鼓励着，用眼神传递着力量。一个多小时过去，村民们依然沉默，日军少佐担心夜长梦多，便下令将 93 名村民全部带到金鼎镇外沙村，将他们囚禁在村口一间不足 30 平方米的房间里。

外沙村虽然不大，却是华侨众多的村庄。孙中山原配夫人卢慕贞就出生在该村的华侨家庭，其父曾与孙中山大哥孙眉同在檀香山做生意。中国四大百货之一的大新百货创始人蔡昌，也是从该村去澳大利亚，后回国创业的。该村紧靠岐关公路，交通十分便利，日军兵营就设在外沙村。

汉奸梁孔先向村民训话：“乡亲们，我和你们一样，都是五桂山客家人。希望你们听我的，将游击队下落和堡垒户指认出来，皇军是不会亏待你们的。皇军说了，倘若有一个人逃走，你们全都‘死啦死啦的’！”

山门坳殉难同胞纪念坟场（资料图片）

翠亨村村长陆宪山，向来与外沙村关系密切，曾去外沙村为乡亲们说情，谁知日、伪军不但不给面子，反而把陆宪山的衣服剥光毒打了一顿。日、伪军对被抓村民进行残酷折磨，不给饭吃，不给水喝，逼着村民说出游击队下落和堡垒户名字。

饥渴难耐，孩子们的哭声被外沙村一青年女子听见，她偷偷提水给乡亲们喝，不幸被日、伪军发现，不仅遭到毒打，还被关押起来。日、伪军见饥渴达不到效果，就将村民何社土和陈润湖捆绑在竹梯上，往鼻子里灌水，等其肚子胀得鼓鼓的，再用竹竿压其腹部，如此反复，灌得鼻血直流。日、伪军见二人不屈服，又把老虎凳抬过来，坐老虎凳、钉竹签，尽管村民们受尽敌人的严刑拷打，但他们始终不吐半个字，恼羞成怒的日军少佐大喊大叫：“全都‘死啦死啦的’！”

1944 年 7 月 22 日，日、伪军把村民押到距外沙村两公里的骆仔沙岗，逼他们挖了两个 3 米宽、2 米深的大坑。次日早上，日、伪军将董顺意、金刀爱等 93 名村民赶到骆仔沙岗，又挑出 41 名青壮年村民，逼他们说出游击队下落和堡垒户名单，坚强不屈的村民们痛骂小鬼子和汉奸卖国贼。穷凶极恶的小鬼子把 41 名村民推进坑里，村民们高呼：“打倒日本帝国主义！赶走侵略者，还我河山！”41 条鲜活的生命就这样被日、伪军摧残了。

消息传到五桂山区，各村青壮年纷纷要求参加游击队，痛打日本侵略者。仅三天，石门乡就有 50 名青年参加了游击队。

那天，我和萧亮忠站在山门坳殉难同胞碑刻前，看着那一个个曾经鲜活的名字，不由得浮想联翩。先辈们生活在一个国难当头的时代，他们用生命担起了救国救民的责任，今天的我们面对先辈们打下的伟业，应该用十二分的谦卑对待之维护之。

因为，我们不能愧对先人！

第六章 世纪回响岁月如歌

Chapter VI In Commemoration of Sun Yat-sen

孙中山——无疑是中国近代史上最富传奇色彩的人物。列宁说："孙中山是充满着崇高精神和英雄气概的革命的民主主义者。"他不仅用毕生精力推动了中国近代历史进程，时至今天，他的伟大形象依然具有鲜活的生命质感。

翠亨既是孙中山的故乡，也是孙中山文化符码的起点和落点。

它就像一盏明灯，召唤着华人、凝聚着华人、激励着华人。尤其是中山先生心怀家国的博爱精神，更成为华人世界的宝贵财富，一代一代发扬光大。

博爱，出自西汉史学家刘向的《说苑·君道》：“人君之道，清静无为，务在博爱，趋在任贤。”一次，晋国公问大臣师旷：“怎样才能做好人君呢？”师旷回答：“做人君的道理应是清心寡欲，以德政感化人民而不施刑治。”师旷也是最早提出“民贵君轻”的人，他认为，作为国君应该事事以人民为中心，将自己置于公仆的位置。

在孙中山看来，博爱不仅是为君之道，也是为人之道。他在赠送友人的多幅书法作品中，大都嘱以“博爱”。100多年前，孙中山高举天下为公的博爱大旗，引领中华民族从愚昧走向觉醒，中山县也随之闻名于世。如今，中山人民用实际行动光大博爱精神，筑起了一座善行中山的博爱丰碑。

1988年春节刚过，中山文化局一群热情奔放的年轻人便组织了一场慈善万人行活动。没想到，此次活动受到了中山人民的大力支持，各机关单位、企业学校、港澳同胞等，都踊跃汇入万人行的洪流，黄圃飘色、沙溪鹤舞、西区醉龙、古镇云龙、起湾百米金龙、濠头金龙，还有各式各样的彩车，形成一种蔚为壮观的文化洪流。从此，每年一度的慈善万人行，便成了中山人展现博爱精神的大舞台，这个活动至今已经持续了36年，市民共捐善款数十亿元人民币。中山福利院、中山启智学校、中山红十字门诊、中山血站、中山急救中心、中山博爱医院、中山一中高中部等上百个福利性单位和数万个贫困个体得到及时资助。

现在，慈善万人行已经成为中山人的一项大型民俗活动，被专家称为善行中国的文化名片。

在慈善活动中，中山人态度积极，行动自觉，涌现出许多可歌可泣的感人故事……

2008年5月12日，汶川发生里氏8级大地震，给汶川人民的生命财产造成惨重损失。地震发生后，中山人民立即组织救援和捐款活动。5月17日，《中山日报》刊发一则新闻《78岁老伯欲卖房赈灾》，主人公叫徐广，膝下一儿两女。2007年，徐广买下宏基路一幢160多平方米的二层楼房，当时的想法是，把房子租出去每月收房租，一来可以改善生活，二来为儿女留一份家产。

但是，这一想法因汶川大地震而改变。汶川地震发生后，他从电视上看到国家领导人亲赴灾区，与汶川人民一起抗震救灾；全国人民都行动起来，为灾区捐款捐物；中山还组织几批救援队奔赴灾区。此刻，他决定将那幢房子卖出去，用实际行动支援灾区。

《中山日报》的新闻刊发后，徐广的事迹在社会上引起强烈反响，大家都为老人叫好。有些读者很关心老人，提醒他能否少捐一部分，留下一些补贴生活。老人执意捐全款，女儿说："他认准的道一定会走到黑。"

其实，徐广家境并不富裕，他之所以这么做是想还自己一个心愿。徐广是一位经历过苦难的中山人，抗战时期，幼小的徐广就在战争中失去了双亲，是乡亲们将他抚养大，并帮助他娶妻生子，过上了正常人的生活。那时候，他就发誓：“一定要报答好心人。”这次汶川地震，他终于有机会回报社会，一是自己有退休金，生活没任何问题；二是那套房对自己是锦上添花，但对灾区却是雪中送炭；三是在有生之年要还自己的心愿。

卖房捐款之前，徐广专门召开了家庭会。他对儿女们说：“我想还一个心愿，希望你们支持我。”说着，徐广将卖房捐款的事告诉了儿女们，没想到儿女们竟表示支持老人的决定。后来，大女儿对记者说：“我们都理解父亲的做法。因为父亲是孤儿，受过很多苦，他看到灾区那么多孩子失去父母，令他想起了自己的童年。我们虽然并不富有，但我们支持他。”

5 月 26 日，徐广和老伴带着三个儿女，在《中山日报》记者的见证下，将 68 万元卖房款悉数捐给了汶川地震灾区。见此情景，买主被感动得热泪盈眶，连声说：“徐伯真了不起，他把一生的积蓄都捐出来了。”

徐广老人的行为感动了社会。5 月 27 日，深圳一位翁姓书法家看到新闻后，专程从深圳赶到中山。他说：“在外闯荡多年，历经坎坷，我没有流过泪，可徐老伯的事迹让我掉泪了。他教育了我，让我校正了人生观和金钱观。”当天，他饱蘸深情挥毫写下“好人一生平安”，赠给了徐老伯。

善行天下，博爱无边。

一

百年中山，富强之路。

2008 年 6 月，中山市委宣传部领导突发奇想，拟请一位全国著名作家写一部有关中山路题材的长篇报告文学。邀请作家的任务自然落到我身上。开始，我推荐了胡平。此人乃江西南昌人，下过乡进过工厂，后来考上了南昌大学。成名于20世纪80年代，代表作有《千年沉重》《世界大串联》《中国的眸子》《在人的另一片世界上》《子午线上的大鸟》《禅机：1957》《战争状态》《情报日本》《100个理由：给日本也给中国》等，胡平的文字冷峻而清丽，极富思想内涵。无论是对问题性报告文学的书写抑或对历史性报告文学的书写，都体现着庄重虔诚的态度和履履沉稳的使命感。他在《胡平文集》的自序中说："我总会想起20世纪初一位俄罗斯诗人在漫天大雪中所吟诵的句子——我不能不爱脚下的这片土地，我不能不恨脚下的这片土地。"爱是因为生于斯长于斯，恨是因为怒其不争哀其不幸。文人作为社会的良心，应该讲真话、讲心里话、讲对社会发展有用的话，而不是见人说人话、见鬼说鬼话、见了官员说溜须拍马的话。

6月的一天，我飞到了南昌，在滕王阁下欣赏着"落霞与孤鹜齐飞，秋水共长天一色"的美景，品尝着庐山云雾茶，与胡平先生促膝长谈。他问我："为什么写中山路？"

我说："世界上没有任何一个国家，用一个人的名字命名了几百座城市的主街道，难道不该写？"

胡平恍然大悟："对哦！这不正是中国近现代史的写照吗？"

我接着说："包括改革开放，我们走的路不就是中山路吗？"

胡平附和说："有道理！"

合作意向就这么谈定了。胡平的性格与我相似，两个人的语言都非常简练，心有灵犀何须言语？相识恨晚大概如此吧！即便是两肋插刀，也要为兄弟插一回。过了几天，他来到中山，我们进一步探讨了很多细节，看得出，他对这部作品是有期待的。不巧的是，回南昌不久，他的"心"出了问题，主要矛盾一下子就从文学变成了保命。

后来，我去深圳找《深圳晚报》总编辑杨黎光，他是中国报告文学学会副会长，享受国务院特殊津贴的专家型作家，代表作有《没有家园的灵魂》《打捞失落的岁月》《惊天铁案》《瘟疫，人类的影子》《大国商帮》等。

同行见面亲三分，我们没有客套，直接就谈了中山路的事。他和胡平一样都对这个题材疑问重重，我把“忽悠”胡平的话重说一遍，杨黎光顿时兴奋了，他是新闻人，懂得什么是新闻价值：“最近，我正想着写一部有关中国近代史的书呢！没想到万里同志送上门来，我就笑纳啦！”

我开玩笑说：“好题材啊！”

中午，杨黎光请我在西餐馆吃饭，这老小子既不吸烟也不喝酒，整天泡在健身房里练肌肉，练得浑身都是“腱子”。他是小家碧玉型的，我是上古雄风型的。春雨江南与秋风塞上，今天成了和谐社会的一道风景。我不怎么喜欢西餐，吃得太斯文不过瘾，我觉得还是大块吃肉、大碗喝酒痛快。中国是农业社会，有稳定的居住条件和烹饪技术，所以，各地有各地的饮食特色，各民族有各民族的饮食特色，任谁也说不清中国的饮食到底有几多特色。但要讲豪华盛宴，非饕餮大餐莫属。饕餮大餐，用一句通俗的话说就是大吃大喝，非此不足以表达请食者的热情，这是中国人待客的传统，“客来主家富，客走穿不上裤”。这种传统确实没有西餐理性，西餐就一个盘子一块肉一撮饭一盅汤。饭

杨黎光著《中山路》封面

量大的不够吃，饭量小的吃不了。

不过，吃西餐便于聊天。那天，我和杨黎光不仅聊了中山路，还聊了纸媒面临的挑战，以及中山与深圳的差距等问题，聊得相当深入，也很推心置腹。其实，人这种生物，不管是春雨江南抑或秋风塞上，只要真心相待，大家就是好朋友。一年后，《中山路——追寻近代中国的现代化脚印》，由人民文学出版社出版。翌年，该书获得徐迟报告文学奖。

中山路，在中国确实是一种很特殊的文化现象，承载着100年来中国人走向现代化的伟大梦想，其中所经历的挫折、抗争、奋斗和精彩，都是书写者最好的创作素材。

现在，将我们的叙述回到中山路的起点……

那是一个"乱世英雄起四方，有枪就是草头王"的时代，在这个历史阶段，一代枭雄袁世凯值得一说，他是孙中山建构共和政体最后也是最危险的拦路虎。此人圆滑而狡诈，有"民国曹操"之称。他既受朝廷信任，亦得洋人青睐，又是革命党的合作者。仅说武昌起义成功后，袁世凯见有机可乘，便迅速率领北洋军占领汉口和汉阳，清政府盼着袁世凯拿下武昌，以平息华中之危局。但袁世凯有自己的打算，如若拿下武昌，铲除革命党，自己一准儿被朝廷"炒鱿鱼"，走上"狡兔死，良狗烹"的不归路。留着革命党，让他们吓唬朝廷，进而达到保护自己、提高身价的目的。

于是，出现了第一次南北和谈。南方革命党首席代表伍廷芳，北方袁世凯代表唐绍仪，二人都是广东人，都受过西方教育，所以谈起来并不曲折，双方都同意停战，通过谈判解决争端；争议的焦点在于南方坚持共和政体，北方则主张君主立宪。后来，武昌方面的黎元洪定调："只要你老袁把清朝皇帝赶下台，共和以后的总统非你莫属。"而此时的老袁有些犹豫，一方面做梦都想当中国的"老大"，另一方面袁家毕竟世代为官，大清之于袁家皇恩浩荡，怎可乘人之危？假如实行君主立宪，皇帝还做皇帝，老袁做个实权人物，学曹操挟天子以令诸侯，岂不两全其美？

老袁正犹豫着，同盟会大佬孙中山从美国急匆匆赶回来了，大家一看齐活，黄兴等人一拥而上，将一件崭新的“龙袍”披在了孙中山身上。孙虽然没有袁世凯的实力，却有超乎袁世凯的声望。1912 年 1 月 1 日，中华民国临时政府在南京成立，孙中山就任临时大总统，共和之路就这样浩浩荡荡铺展开了。

袁世凯正做着总统梦呢，结果南京已经把君主立宪的桌子掀翻了。1 月 2 日，袁世凯致电南京不承认南京政府，不接受共和政体。接着，袁世凯的党羽冯国璋、段祺瑞等 48 个将领，致电伍廷芳坚决反对共和，支持君主立宪。同时，袁世凯指使驻守徐州的张勋进攻南京政府，摆出一副泼皮无赖的架势，暗中却与伍廷芳探讨清廷下台及自己当总统的条件。

与此同时，安徽特使急匆匆来到南京，申请抵抗张勋的军费，孙中山大笔一挥批了 20 万大洋，当胡汉民带着安徽特使到财政部要钱时，财政部告诉他们金库里只有十块大洋，胡汉民一听就泄气了。

乱世之中，维持政府运作需要两样东西：金钱和枪杆子。这两样东西，孙中山全无，而袁世凯全有。在此情形下，临时大总统孙中山于 1912 年 1 月 15 日宣布“如清帝退位，宣布共和”，即让位于袁氏。袁世凯见南京政府做出承诺，便指使小兄弟曹锟在通州、高碑店、长辛店、三家店、保定、天津等地制造事端，逼迫清帝退位。在袁世凯的软硬兼施之下，小皇帝溥仪被迫走出了金銮殿。2 月 11 日，袁世凯电告南京清帝已经退位，并宣布赞成共和政体。在电告中他特别加入“即由袁世凯以全权组织临时共和政府，与民军协商统一办法”。15 日，临时参议院选举袁世凯为临时大总统，黎元洪为副总统。3 月 13 日，经临时参议院同意，袁世凯任命唐绍仪为国务总理。25 日，唐抵南京组织内阁。30 日，袁任命各部总长：外交总长陆征祥，内务总长赵秉钧，财政总长熊希龄，陆军总长段祺瑞，海军总长刘冠雄，司法总长王宠惠，教育总长蔡元培，农林总长宋教仁，工商总长陈其美，交通总长唐绍仪（兼）。

袁世凯虽然坐上了大总统宝座，但眼睛始终盯着金銮殿。1915 年 10 月 6 日，在袁世凯多方鼓动运作下，参政院上书袁世凯，推其为中华帝国皇帝，袁接受帝位。12 月 25 日，唐继尧、蔡锷、李烈钧在云南宣布独立，讨伐袁世凯背叛共和，护国战争爆发。1916 年 6 月 6 日，袁世凯病亡。

从此，中国进入军阀混战时期。

1924 年 10 月 25 日，直系军阀冯玉祥趁直系大佬吴佩孚与奉系军阀张作霖在山海关大战之际，突然进入北京，包围总统府，囚禁曹锟，将溥仪赶出皇宫，请皖系军阀段祺瑞担任中华民国临时执政，电请孙中山进京共商国是。

此时的孙中山已经心力交瘁，但为了“和平，奋斗，救中国”，他毅然接受邀请，于 11 月 10 日发表《北上宣言》，宣布打倒军阀、打倒帝国主义、废除不平等条约，接受中共召开国民会议的主张。12 月 31 日，孙中山偕夫人宋庆龄抵达北京，随后就住进了协和医院，从此便永远倒在了民主共和的大道上。

他从香山出发，最后又安息在北京香山。这位将一生献给“和平，奋斗，救中国”的伟人，临终还谆谆告诫后人：“革命尚未成功，同志仍须努力。”

1927 年，军阀张宗昌和孙传芳纷纷败给北伐军，他们拥戴奉系军阀张作霖为“中华民国”陆海军大元帅，企图再战北伐军以挽回败局。同年 9 月 18 日，张作霖在北京召开会议，紧急商讨如何挽回败局。张宗昌第一个放炮："北伐军打胜仗，皆因孙中山停灵的地方风水好，应该毁掉孙中山遗体，以绝后患。"

张作霖闻听此言，脸色大变："岂有此理，打仗靠的是实力，不能听信旁门左道！"

但消息一经传出，还是引起了轩然大波。当时孙中山灵柩护卫队认为，孙中山灵柩放在碧云寺不安全，他们立即将孙中山遗体藏在了水泉洞。直到 1928 年 4 月，二次北伐成功，张作霖退出北京，随后在皇姑屯被炸身亡。于是，南京民国政府发表宣言，宣布全国统一，中国暂时结束了军阀混战的局面。此时，护卫队才将孙中山先生的遗体重新移至碧云寺。

蒋介石打败了各路军阀，随即决定在南京举行奉安大典。按照孙中山生前嘱托："吾死以后，可葬于南京紫金山麓，因南京为临时政府成立之地，所以不可忘辛亥革命也。"为了落实孙中山先生遗愿，南京政府在紫金山南麓修建了中山陵，另开拓一条迎陵大道。这条大道从紫金山南麓，一直延伸到长江岸边的中山码头，全长 13 公里，是世界第一大道，被称为"民国子午线"，是公认的国内最著名的中山路之一。道路两侧的法国梧桐遮天蔽日，据说宋美龄非常喜欢法国梧桐，蒋介石为得夫人欢心，特意从法国引进两万棵梧桐树种，一路从美龄宫栽种到中山北路。现今梧桐仍是梧桐，城市还是城市，斯人却随时空而去了。

奉安大典于 1929 年 5 月 26 日开始。清晨，北京碧云寺晨钟响过，移灵祭告仪式启动，宋庆龄、孙科夫妇先行祭礼，继由特派员林森行奉移礼，接着 101 响礼炮齐鸣。然后，孙中山灵柩出碧云寺。前列为马队引导，次为军乐队奏响哀乐，紧接着是 600 名学生组成的素纱灯笼队，其后依次为大型孙中山遗像亭、20 对护炉、护灵步兵两个连，荷枪实弹左右拱卫，中间是大型灵棚，由 64 名杠夫抬行。

从碧云寺到火车站，沿途 30 多万人为孙中山灵柩送行。灵柩所到之处，送行的人们脱帽默哀，以示对孙中山先生的崇敬之情。当日下午，火车从北京东站开出，28 日抵达南京。6 月 1 日举行奉安大典，国民党中央委员、国府委员、各国使节、国际友人和南京市民等一万多人参加了奉安大典，蒋介石任主祭，谭延闿、胡汉民等陪祭。祭礼完毕后，由孔祥熙率领杠夫将灵柩移至墓中，鸣礼炮 101 响，亲属与参祭代表随祭送葬。此时，全国民众停止工作，默哀三分钟，至 12 时祭礼完毕。奉安大典的举行，让全国民众进一步认识孙中山“领导中国民族独立，文化复兴，民生发展之国民革命运动”的伟大功绩，激励全国民众团结一致完成孙中山先生的嘱托：“革命尚未成功，同志仍须努力。”

这就是中山路。

实际上，早在 1925 年，孙中山先生逝世不久，民国政府就发出通知，要求各地在建设中的道路、公园以“孙中山”命名。从此，中山路开始出现，最早命名中山路的城市有南京、广州、上海、青岛、芜湖

1929 年 6 月 1 日在南京举行孙中山灵柩奉安大典（资料图片）

等，其后全国各地许多城市出现了中山路。据不完全统计，目前全国共有纪念孙中山的街道326条。其中直接定名为“中山路”的有187条。其余如孙文路、逸仙路等，无论从数量还是空间上都属世界之最。

更可贵的是，“几乎每一条‘中山路’都是那座城市最繁华的核心，既向人们展现了那座城市今天的风貌，也映射着它过去的历史。由此，‘中山路’这三个字便远远超越了单纯的地理概念，甚至超越了人们对孙中山这个人物的简单纪念与缅怀，进而形成了中国现代化、城市化进程中一个极具特色的政治、经济现象，深化为一串值得审视、探究的历史、文化符号和密码。”（杨黎光《中山路》第3页）

最有代表性的是广州中山路，广州人说“读懂中山路就读懂了半部广州史”。至今，广州中山路上仍封存着千年古道遗址和五朝路面、城墙。广州中山路原名惠爱街，20世纪40年代改名“中山路”，全长九公里，由东向西依次为中山一路至八路。广州中山路，是一条横跨广州市东西向的主干道，毗邻广州最繁华的商业步行街“北京路”，如今的北京路和中山路曾是唐代广州主城区，中山路大东门和西门口还保留着古广州的两个城门遗址。明清时期，这里是贯通大东门到大西门的一条主街，沿街分布有官署衙门，如清代的布政司、巡抚部院、广东都司等。尚有诸多名胜古迹隐藏于此，如南越王宫署、秦造船台、南汉御花园、大佛寺、五仙观、六榕寺、光孝寺、陈家祠等。中山四路、中山五路和中山六路一带，还是广州最早的商贸区，鼎盛时期，这里骑楼店铺鳞次栉比，招牌幌子密密匝匝，一派繁华商贸盛景。全市70多家“老字号”也在这里争奇斗艳，如致美斋酱园、三多轩、新以泰、李占记钟表店、孔旺记、沧州腊味、惠如楼、祥珍茶楼、艳芳照相馆、妙奇香等。

这条路上，仁人志士为民族独立、国家富强而抛头颅洒热血。1911年，黄花岗起义，许多革命党人在冲击中山三路附近的广东咨议局时英勇牺牲。1926年，北伐军就是从中山三路誓师出发。1927年，蒋介石叛变革命，大肆屠杀革命者，中共被迫举行广州起义，5000多人死在了中山路上。现在，这里已被打造成了英雄广场。可见，中山路是抗争与流血之路、探索与奋斗之路、追梦与成功之路。如今的广州中山路，不仅呈政治、经济、文化之盛景，还变得宽阔通畅、街景美观，成为人们缅怀先贤、弘扬中山精神的好去处。

现在，我们回到中山路的起点——中山，这里是孙中山生于斯长于斯的地方，也是孙中山萌生《上郑藻如书》《上李鸿章书》等改良思想的地方，更是孙中山酝酿“驱除鞑虏，恢复中华”等革命思想的地方。

1892年7月，孙中山自香港西医书院毕业后，便在澳门镜湖医院行医。由于医术精湛、收费低廉，他受到行业协会排挤，后转到广州西关设中西药局，很快打出了名气。此后，他与人合作在香山县石岐迎恩街开设中西药局，这是孙中山从专业“医人”走向专业“医国”的开始。

迎恩街即现在的孙文西路，始建于南宋香山县建县之初。那时候，铁城以西是石岐渔村，背靠烟墩山，面临石岐海，是古代香山水路交通枢纽。据清康熙版《香山县志》记载，明万历年间，知县但启元等在石岐山（即烟墩山）南面建起一座天妃庙。庙宇规模宏大，人们习惯称之为“大庙”，庙前空地是山脚延伸部分，因地势低于庙宇，被称为“大庙下”。大概因为紧邻石岐渔村，人烟稠密，运输船只往来频繁，商贾云集于此，大庙下逐渐形成了繁盛热闹的墟市。随着时间的推移，大庙下便成了石岐商贸中心。

明代晚期，从大庙下至铁城西门之间，即现在的孙文西路中段，出现了“十八间”商铺。这个名称可能是只有18间商铺时叫起来的，随着县城的扩大和人口的增多，商铺的数量一定在增多，但人们习惯了“十八间”的叫法，所以也就顺其自然保留下来了。据载，“十八间”包括纸料铺、布料铺、陶瓷铺、海味杂货铺、中药铺、铁匠铺等，应有尽有，初具商业中心的规模，呈现出商贾云集、购销两旺的景象。

商贸旺了，迎恩街也就旺了。后来，迎恩街两侧盖起了南洋风格的骑楼式商业建筑，而且一座挨着一座，形成一条十分壮观的商业街。从“十八间”到商业街，不仅氤氲了中山人敢为人先的精神，也孕育了许多出类拔萃的商业人才，如郑翼之、郑观应、王云五、马应彪、黄焕南、郭乐、郭泉、李敏周等。

孙文路是中山人创造辉煌业绩的历史见证。后来，孙文路往东延伸，有了孙文中路，孙文中路向东南延伸又有了孙文东路。应该说这条路不仅纵贯中山老城区，也沿着孙文东路扩展了新城区，如威力洗衣机厂（现在的万象汇）、香山衡器、威力燃气具厂等，都是孙文东路延伸的成果。

孙文路因纪念孙中山而得名，为实践孙中山伟大理想而立万。中山人民对孙中山有非常深厚的感情，除了孙文路，尚有横贯东西的中山路和博爱路，还有民族路、民权路和民生路等。再有孙中山纪念堂、中山纪念中学、孙文公园、逸仙湖公园等。应该说，中山是“一座由孙中山的救国思想和建国理念共同构筑起来的城市。在这里，几乎每一条街道，每一处重点建筑都在无声地对孙中山的思想做着新时代的诠释”。（杨黎光《中山路》第 297 页）

中山人民对孙中山的纪念是融在血液里的，就连中山经济也侧重于孙中山所倡导的民生主义。南头镇的家电、古镇镇的灯饰、大涌镇的家具、沙溪镇的休闲服、小榄镇的五金、黄圃镇的腊肠、翠亨新区的医药等，无一不是围绕着人民群众的衣食住行。我曾经策划过一次“中山品牌走神州”的大型采访活动，共组织七个采访组，分赴华北、东北、西北、华中、华东、西南、港澳等地实地采访调查。历时三个多月，总行程两万多公里，记者足迹遍布 19 个省（市）自治区及港澳特区，最远到达祖国最西端的新疆霍尔果斯市，最东到达黑龙江黑河市，还登上了被誉为“生命禁区”的青藏高原。所到之处，都是中山品牌大放异彩的地方。记者曾经走进黑河市农村的一个家庭，竟然找出七件中山产品。

中山品牌恰似一条内涵丰富的中山路，与全国各地相连，与全国各地 320 多条中山路相连。中山路既是中国一条意义非凡的路，也是中国一百多年来探索民主富强之路。胡锦涛在纪念孙中山诞辰 140 周年大会上说：“中国共产党人是孙中山先生革命事业最坚定的支持者、最亲密的合作者、最忠实的继承者。”一百多年来，中国人从醒起来到强起来，无不是将最初的中山路走成了新时代中国特色社会主义之路。

我赞赏杨黎光先生的话：“历史，一向存在着多种观察角度，存在着多种阅读方式。这一条条纵横南北、遍及全国而又蕴藏着丰富内涵的中山路，一直在默默地等待着人们去走近它、阅读它、发掘它。”它不仅给了我们认识中国的新视角，也丰富了我们建设中国的创造力。因为，中山路本身就构成了中国近代史的追梦图志和现代史的建设蓝本。

在中国，有哪一条路比中山路更宏大、更生动、更厚重呢？

二

“庄严吾校，气象辉煌。”

我对中山纪念中学有一种很特别的感情，吾子曾在这所学校读书，我与当时的校长关系甚笃，很多介绍该校的文章多出自我手。有一年，中央教育研究所所长来纪中调研，看过我写的推介文章后，说“这篇文章写得好，肯定是专家写的”。

我之所以熟悉教育工作，源于 20 世纪八九十年代我曾经在新疆教育厅工作，整天面对的就是教育及教育工作面临的问题。那时我创作的中篇报告文学《高考出示黄牌》，对我国的普通教育和高等教育中存在的诸多问题，进行了深入认真的反思。作品发表后，在教育界引起了强烈反响，该作品曾获中国教育好新闻一等奖。

那是一个倡导“实践是检验真理的唯一标准”的开放时代，人们对社会领域存在的诸多问题提出了自己的看法，政府也真心实意地听取各界人士的意见，所以，才出现了“东方风来满眼春”的大好局面。有一首歌《年轻的朋友来相会》唱出了那个年代人们的普遍向往：“年轻的朋友们，今天来相会／荡起小船儿暖风轻轻吹／花儿香，鸟儿鸣，春光惹人醉／欢歌笑语绕着彩云飞／啊，亲爱的朋友们，美妙的春光属于谁／属于我属于你，属于我们八十年代的新一辈／再过二十年我们重相会，伟大的祖国该有多么美……”中山纪念中学也是从那时开始沐浴“春江水暖”的。

1993 年秋季，威力集团在翠亨宾馆召开全国经销商订货会，那座宾馆就在纪念中学对面。我当时主编《威力人报》，在会上采访各路“神仙”，吃过晚饭散步时无意中走到了纪中校园。那时的纪中很小，除了几幢 20 世纪 30 年代修建的已经斑斑驳驳的教学楼，新建筑几乎没有，在校生也只有 1000 人左右。

这不奇怪，经历了“文化大革命”的十年动荡，教育界损失惨重，几乎十几年处于停滞甚至倒退状态。我在新疆教育厅工作时，农村学校基本上是“土台子、泥孩子”，时不时就听到校舍倒塌砸死学生的消息。那几年我的大部分精力都放在了众多民办教师的转正问题上。在极“左”的年代里，中山纪念中学这所具有国民党背景的学校，自然不会幸免于难。教师队伍受到严重摧残，当时被分成三类：第一类是走资派，是革命的对象，要重点批斗，主要有江士骥、张家荣、余得仁、罗虹楚、梁关河、陈现文、郑国安、韩为东、侯受汉等；第二类为“有历史问题”或出身不好的老师；第三类是中间派。被关进“牛棚”的主要是第一类和第二类。

据进过“牛棚”的老师回忆：“牛棚”分别设在男教工宿舍和女教工宿舍，被关进“牛棚”的老师一般在上午接受批斗，下午接受劳动改造。批斗的形式主要有游街、开批斗会。有些女教师被剃光头，身心受到严重摧残。其中 4 人被迫害致死，10 余人被驱赶回乡，大多数教师被批斗或下放农场劳动。学校原有教职工近百人，留下的仅剩 9 人。校舍遭到破坏，设备被瓜分，校园被肢解，学校一部分改作卫校，一部分拨给制药厂，26 亩运动场被改做农田，美化校园的花草被当作“封资修”连根铲除，校园长年失修，荒草丛生，满目疮痍。学校长期形成的优良校风、学风被破坏，青少年一代的思想受到不良风气的侵蚀，教育教学质量一落千丈，学校由省重点中学沦为南朗乡所辖的一所乡村学校。

“十年动荡”不仅给教育事业带来灾难，也摧毁了一代人的大好前程，阻滞了中国现代化进程。

直到 21 世纪来临，中山经济才得到迅猛发展，中山教育上的欠账才得以充填，纪中作为纪念孙中山先生的学校，自然得到政府与社会的高度关注。特别是 20 世纪 90 年代以后，纪中领导班子励精图治，狠抓教师队伍建设和教学质量，我也是这时候认识纪中校长的。那时候，校长的办公室设在慕贞堂二楼，校长经常很自豪地介绍说：“当年，孙科校长就在这里办公。”

孙科是中山先生与卢慕贞的长子，生于 1891 年 10 月 20 日，曾留学美国，获哥伦比亚大学法学博士。回国后，曾担任大元帅府秘书、广州市首任市长、交通大学校长、行政院长、立法院长等职。1929 年 2 月 8 日，国民政府第十九次国务会议确定中山县为全国模范县，直属国民政府管辖。同年 4 月 9 日，作为建设模范县的指导监督机关——中山县训政实施委员会在中山成立。9 月 26 日，孙科在中山县训政实施委员会第二届二次会议上提议：为建设中山模范县，特规划翠亨乡为全国模范村，拟先建设总理故乡纪念学校一所。

于是，孙科亲自筹措建校资金，最终说服南京政府拨款 18 万元、广州国民政府拨款 18 万元、广东省政府拨款 10 万元，共筹得 46 万元。

至1932年学校建设经费尚差10万元，孙科提议不足部分由中山县政府筹措。当时的县长唐绍仪批示“由政府准批，自当照办”。1933年6月10日，中山县政府令土地局另行划拨10顷沙田，充总理故乡纪念学校校产。

学校整体设计由我国近现代建筑设计大师、南京中山陵设计者吕彦直设计。吕彦直是名门之后，其父吕增祥曾在李鸿章府中任幕僚，姐夫严璩是近代思想家严复之子，吕彦直能去法国留学，得益于严璩时任中国驻法公使馆参赞。吕彦直学成回国后，先在美国设计师手下实习，后成立自己的建筑设计公司，曾主持设计南京中山陵、广州中山纪念堂等，是中国近现代建筑的奠基者。在中山纪念中学设计中，他充分利用背靠寿屏山，前临兰溪河的独特地理优势，将整座建筑群镶嵌在山水之间，形成天人合一的自然氛围，大胆采用宫廷式建筑风格，多处使用立柱、横梁、额枋等中国传统建筑元素，大屋顶采用绿色琉璃瓦，墙体采用红色。远远看去，红墙绿瓦的建筑群掩映在绿树万花丛中，衬托出古朴典雅的校园风格。主体建筑由一座三开门牌坊式校门和八幢单体建筑组成，于1931年11月27日奠基动工。建设用地主要是孙家祖田、孙家坟地和孙氏宗祠用地，总占地面积242亩，建筑面积2.2万平方米，于1934年先后落成，并于同年在全国范围招生。

中国近代杰出的建筑师、中国“近现代建筑的奠基人”吕彦直（资料图片）

走近牌坊式校门，首先映入眼帘的是牌坊正中高悬的“中山纪念中学”几个大字，这是时任全国人大常委会副委员长宋庆龄先生的墨宝。宋先生作为翠亨村的媳妇，非常关心翠亨村的事情。新中国成立初期，她曾来翠亨村瞻仰孙中山故居，并

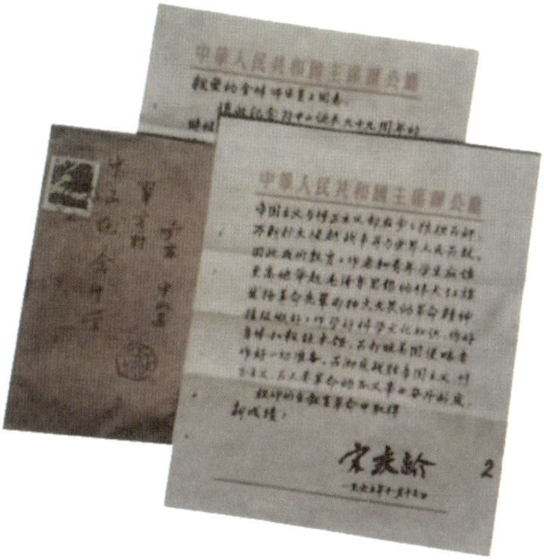

宋庆龄为纪中题写校名（资料图片）

到中山纪念中学参观，教导广大师生要遵循中山先生“育人才而培国脉”的教育理念，将学生个人命运与国家命运联系起来。此后，她多次给纪中写信，嘱托大家办好纪念中学，为国育才。1978 年，国家刚刚走出十年“文革”的阴霾，宋庆龄先生就为纪中题写校名。

牌坊正门，也是中轴线正中，呈南北走向。

牌坊左侧是浩东堂，右侧是寿屏（孙眉）堂。走过牌坊，沿中轴线拾级而上，迎面是一座汉白玉孙中山雕像，再往上走，中轴线左侧是鹤龄堂，右侧是哲生（孙科）堂。沿中轴线继续往上，中轴线之上便是逸仙堂，这座建筑比其他建筑面积稍大，气势也相当雄伟，是整个建筑群的灵魂所在，基座由照壁和阶梯组成，照壁上镶嵌着孙科撰写的碑刻《总理故乡纪念中学校记》，左右阶梯皆有雕花岩玉护栏。基座之上为三层主体建筑，清水红墙，蓝色琉璃瓦，屋顶飞檐，四角高啄，檐下四周均有彩绘。逸仙堂西侧为慕贞堂，东侧为原膳堂和师生宿舍。整个建筑群布局紧凑，设计经典，见山见水，环境悠然，是读书的好去处。

这八幢单体建筑加上牌坊式校门，即初始“总理故乡纪念中学校”。

中山纪念中学校门

2023年5月26日，我再一次来到纪中，实地考察纪中旧校区这几幢建筑。陪同考察的纪中办公室人员吴红玉告诉我："目前，旧校区已经被列入全国重点文物保护单位了。"在逸仙堂基座上，我又见到了孙科撰写的《总理故乡纪念中学校记》。前些年，纪中校长就站在碑记旁跟我说："前段时间，孙中山后人来学校参观，看到碑记上落款处孙科的名字被人凿掉了，很不高兴。"校长为缓解当时的尴尬气氛，特别向孙中山后人介绍了学校如何寻找这块碑记的故事。那是一个艰辛而曲折的过程，其中细节感人至深，因篇幅所限，这里只补录《总理故乡纪念中学校记》：

总理生平善用才，而尤重育才。其说之散见于遗著中者，盖可考而知。余追绍先志，谋所以继述者，久矣。深惟人才之培养出于学校，而学校之设于故乡，则愈有以见总理般拳之意，而收观摩感奋之效。二十年夏，余自京师还里，遂从事于本校之经营，越三年乃成，谨刻石载辞以志始未。且为后人告曰，当清之季世，上昏下愚，内煎外迫，瓜分之祸，在于旦夕。总理知国体未更，政权不属，则一切之改革举皆无由。故首倡大义，纠合英豪，倾覆清廷，以建民国。举数千年专制之政体，一廓而清之，开历史未有之局，其艰虞劳苦之状，百折不回之志，固天下所共闻，吾人所永念也。逮夫共和纪元之后，大盗移国，军阀继之，又不得不竭心力于国是之争，先其大者，难者，然其心曷尝不思，所以谋建设，培人才，为富强根本之计哉。本校之建，固所以追怀总理不世之勋，亦所以策励诸生，矢志于学，有以明夫立国之本耳。建筑费用，所自出中央及地方效助为多，而卓康成、杨华日、陆肇强、林逸民诸君，皆分承其役者，于例得书。

中华民国二十三年夏五月

孙科谨撰并书

中山纪念中学第一届校董合影（资料图片）

总理故乡纪念中学校在建过程中，特别成立了第一届校董会，那是一个迄今为止，在中国数万所中学中，阵容最豪华的校董会：

唐绍仪，留美幼童，民国初年首任内阁总理，时任中山模范县县长。

孙科，孙中山长子，留学美国，时任民国政府立法院院长。

钟荣光，历任岭南大学教授、校长。

吴铁城，历任中山县县长，上海市市长，广东省政府主席。

王云五，近代著名出版家，商务印书馆总经理。

戴恩赛，孙中山女婿，留学美国，法学博士。曾任梧州市市长。

林逸民，曾任岭南大学司库，广州工务局局长。

杨日华，总理故乡纪念中学校基金委员会主席。

总理故乡纪念中学校不仅校董出类拔萃，校长同样卓尔不群。首任校长黄中廑毕业于清华大学，后留学美国，获威斯康星大学政治学硕士学位。回国后，历任中山大学法学院教授、上海暨南大学政治经济系主任等职，是我国著名的政治学专家。1934 年，他应孙科之邀担任纪中校长。这是一位有情怀的学者，他不仅放弃上海优渥的生活条件，还说服多名教师与他一起来到纪中，有校务主任方家铭、萧介农，训导主任高汉夫、刘毅勋，总务主任唐颖坡、余锡恩，农场主任梁冠，体育主任吴今令，附属小学主任梁寒渠，教师谭桂明、曾志良、胡茑存、赵民治、廖稚兰、余宪成、陈衡葆、黎君朴、张显光、姚屿秀、赖恒信等，校医冼维逊。这些教师思想活跃，知识面广，有家国情怀，他们主张“三民主义”兴教，“以充实人民生活，扶植社会生存，发展国民生计，延续民族生命为目的。务期民族独立，民权普遍，民生发展，以促进世界大同”。黄中廑与这些人志同道合，他们因地制宜，开拓学科范围，除了正常的初中班和高中班，还不拘一格开办了农林试验场，增设了农职班和师范班。学校从 1934 年秋季开始招生，从石岐和广州招收初中班新生 100 人，高中班新生 50 人。1935 年，招两个初一班、一个普高班、一个农科班、一个师范班，再加上原有的三个班共八个班、280 名学生。

黄中廑作为学校灵魂人物，非常重视良好校风和学风的培养。他主张学术自由，允许教师授课时穿插相关知识，提倡“学生全面发展和多层面育人”，因材施教，谋个性发展，鼓励课外阅读和广泛阅读，以此来拓宽学生的知识面和眼界。这在当时社会环境中，尤其凸显他和教师们追求革新化、大众化、科学化的教育观。

黄中廑还重视学生集体意识和荣誉感的养成，大胆采用清华大学校歌的音乐旋律，为总理纪念中学校填写校歌歌词：

五桂苍苍，东海泱泱。
庄严吾校，气象辉煌。
唯我先生，四表披光。
振兴中华，开来既往。
莘莘学子来远方，莘莘学子来远方。
春风化雨满故乡，实现理想需自强。
自强！自强！

以此来鼓励学子奋发图强，成为祖国有用之才。

陪同采访的吴红玉告诉我：“如今，纪中校歌已经成为纪中学生的骄傲，被清华大学录取的学生普遍反映，到了清华园就像到了纪中一样，因为每天都能听到校歌的优美旋律。”

只可惜，黄中廑只在纪中任职两年，便去参加抗日运动了。

黄中廑离校后，校董钟荣光推荐岭南大学附小主任杨国荃接任。结果，甫一上任就将屠刀挥向了进步学生，梁孝刚、梁华盛因“疑共”被开除学籍，杨日韶、郭湛洪、梁盛华、余长才、苏德胜等被警告处分。与此同时，还加收学生宿食费和学杂费。杨国荃的恶行引起了广大师生的极度不满，纷纷要求校方撤销对学生的处分，取消加收费用的决定。杨国荃一意孤行，进而导致学生罢课，全校学生还选出护校运动委员会，高三学生唐涤生被推为主席，杨日韶被推为副主席，黄富泉负责文书，余兆吉负责财务，杨国正负责总务，准备与校方打持久战。罢课期间，省县教育部门及校董会杨华日、钟荣光前来调解，因学生主张得不到积极回应而调解失败。官方见学生不买账，便动用军警百余人，包围学校，逮捕唐涤生、吴世康、吴寿康、余兆吉、阮宝文等十余人。警察的抓捕行动激怒了社会各界，学生家长和律师组织出面支援，中山大学和广雅中学的上千名学生上街示威，罢课持续了三个月。孙科不得不亲自出面处理此事，释放了唐涤生等被捕学生；撤销对所有学生的处分；宿食费、学杂费恢复原来水平；免去杨国荃校长职务；孙科接任纪中校长。

至此，学潮妥善解决。

这时，西安事变已经发生，广大师生提出“停止内战，一致抗日”，蒋介石不但不纳谏，反而提出“攘外必先安内”的主张，激起了东北军与西北军的强烈不满，最终发生了华清池兵谏。吓得蒋介石穿着睡衣爬到半山腰的一个山洞里躲了半宿，后来被搜山的士兵发现。延安得知此事后，即派周恩来前去调停，中共提出建立抗日民族统一战线，拥蒋为领袖，听从统一指挥。蒋最后采纳中共建议，西安事变结束。

中山纪念中学的师生们，被西安学生的爱国热情所感染，在中共地下组织的教师谭桂明和学生梁孝刚的组织下，成立了抗日宣传队，深入师生和社会，广泛宣传抗日民族统一战线的各项主张，动员师生和社会各界积极支援抗日前线。在这种氛围中，纪中学生杨文光、汤浩溢、唐涤芬、杨少白等奔赴延安，进入抗日军政大学，走上了抗日救国的道路；梁琦、谭振雄、吴寿康、黄卓然、黄导民等考上了飞行员；麦肇聪、郭湛洪、萧孝文、萧官伟、苏德才、苏德胜、梁华盛、郑敦恒等考入了中央军校。后来，竟有50多名学生加入了五桂山游击队，牺牲的就有13人之多。2011年11月11日，为纪念在抗日战争中牺牲的黄木芬、杨日韶、杨日璋、梁孝刚、陈寿彭、林毓恒、陈建中、郑诚之、赖冠威、唐涤芬、李刚、陈衡葆、董淑英等烈士，由全国人大常委会委员、澳门基本法委员会副主任、澳门日报社董事长、纪中校友李成俊先生捐建的“丹心亭”在纪中校园落成，取义“一片丹心昭日月，满腔碧血荐轩辕”。

战火纷飞的抗战时期，纪中曾迁至澳门办学，翠亨校址被日军强占为战地医院。那时候，广州与珠三角地区诸多学校处于关停状态，很多学生投奔澳门纪中，学生最多时达到700多人。其中就有叶剑英元帅的长子叶选平，他在纪中一直读到中学毕业，后去延安考入延安自然科学院机械系，毕业后分配在延安兵工厂任机械师。新中国成立后，他先后在哈尔滨工业大学、清华大学和莫斯科大学深造，之后于沈阳和北京机床厂担任工程师、副厂长、总工程师等职。改革开放后从政，历任广州市人民政府市长、广东省人民政府省长、全国政协副主席等职。2004年，适逢纪中建校70周年，他亲临纪中与校友们一起回忆在纪中读书时的水木年华。

1947年初，纪中经过八年的颠沛流离终于回到了翠亨。这时，国共内战进入白热化阶段。为稳住这所具有进步倾向的学校，中共中山县委决定派曾海波同志以地理教师身份任纪中党支部书记，江士骙任组织委员，黄富泉任宣传委员。纪中党支部积极配合中共中山县委做了大量艰苦细致的工作，使这所学校始终置于革命洪流之中。仅两年时间，他们就发展鲍康尧、张汉文、孙曼光、张志光、马俊英、伍菊若、严慧玲、徐东翔、刘松添、容剑华、王旭、黄存宣、徐志文等13位同志为中共党员，有力地配合了解放大军南下。1949年10月17日，为吓阻溃败的国民党军队，中共纪中党支部奉上级党组织指示，在“总理故乡纪念中学校”升起中山地区第一面五星红旗。从此，纪中迎来了光辉灿烂的春天。

这个春天是一个相对恒久的时空。

我很想采访现任校长，请他来介绍学校如何在春光明媚的时空里不停歇地探索和创新，但学校负责宣传的同志告诉我：“马上就要高考了，我们校长很忙……”我对忙人历来持崇敬态度，因为我也忙过，也拒绝过许多不必要的应酬。文学创作毕竟是个人行为，绝对不能打扰忙人。好在，我与前校长相当熟悉，前校长任纪中校长那段时间，该校很多重要稿件都是我写的，不客气地说，我对纪中的情况还算了解。我常说：“作为校长遇到学校重大发展机遇是校长的幸运，作为学校遇到一位有情怀有思想的校长是学校的幸运。”恰好，前校长与纪念中学珠联璧合，相互成就。

前校长任校长期间，纪中经过三次大规模扩建，校园占地面积达到了850亩，建筑面积20万平方米。先后建成艺术馆、图书馆、体育馆、天象馆、小球馆、大球馆、户外广场、音乐厅（含报告厅4间、钢琴房45间、合唱厅、舞蹈厅3间、音乐教室7间、管乐室、民乐室、美术室6间）、标准田径场、健身馆、网球馆、篮球场33个、排球场10个、足球场2个、游泳池2个、羽毛球场77个、乒乓球台64张、壁球室2个、攀岩墙2面等。绿化面积占69%，各种教学软硬件设施完备齐全，在校生规模达到6500人，纪中也跨入广东省首批重点中学、首批省一级学校、首批国家级示范性普通高中行列。

20 年时间，纪中在基础设施建设、信息化建设、学生德育工作、教育教学、科研竞赛、校园文化建设、学校管理等各方面都取得显著成绩。前校长还结合纪中特点创造性地提出“中山精神 + 现代素质”的人才培养目标。所谓的“中山精神”即“祖国高于一切，才华奉献人类”，这是纪中学生的价值观，要内化于心，外化于行，并凝聚成为畅想世界的“纪中口音”；“现代素质”即通过“学园 · 花园 · 乐园 · 家园”理念，来建构德育高地、智育殿堂、人才摇篮，力求纪中学生具备抗挫能力、生存能力、竞争能力、发展能力和创新能力。在这段时期，纪中实现了省内领先、全国一流、国际知名的现代化名校目标，成为中山基础教育的领跑者和全国基础教育的一面旗帜。

有这样几组数据，生动地佐证了纪中所建构的斑斓图景：

2016 年，纪中高考实现新的飞跃。文科理科总分有 2 人进入全省前十名，14 人进入全省前 100 名；24 人考上清华北大，位居广东省第二；五大学科奥赛、体艺特长培养成绩斐然，领先全省，闻名全国。2017 年，纪中高考文科总分有 1 人进入全省前十名，人数在全省各中学排名第五，全省只有七个地市有考生进入前十名。

近十年，纪中共出 16 个中山市状元，其中有 6 年包揽全市文科理科状元；纪中连续数年重点上线率、本科上线率、升学率居全市第一；历年高考裸分，文科理科前 100 名人数纪中在整个广东省名列前茅，并率先实现高考各项指标大满贯。近十年高考，学校的本科上线人数、重点上线人数、高分层人数、清华北大人数年年攀升。纪中每年清华北大录取生在全市占 80% 以上。在全国排名前列的部分高校录取纪中学生均占半数以上，一大批纪中学子在后续的学习深造中捷报频传，先后到哈佛大学、剑桥大学、耶鲁大学等世界著名大学攻读硕士、博士。纪中被浙江大学、复旦大学、中国人民大学、上海交通大学等数所国内名牌高校确立为优秀生源基地。

纪中校内一角

数字虽然枯燥，但它诠释的现实却是生动的。

纪中在全国高中五大学科奥赛中，有 2 人获国际金牌，33 人次入选国家集训队，获全国决赛金牌 36 枚、银牌 47 枚、铜牌 38 枚、联赛一等奖 636 人。其中，获全国一等奖人数连续 9 年全省第一。重点大学免试保送人数十年居全省第一，向清华、北大、复旦、交大等名校输送了近 600 人，是广东省唯一一所实现五大学科奥赛五连冠的中学。2016 年计算机编程国际大赛，纪中团体总分力压众多世界著名高校，成为 *THE* 发布的全球学习编程最好的学校排名榜前五名中唯一一所中学，跻身世界第二。2017 年 8 月，杨家齐同学参加第 29 届国际信息学奥林匹克竞赛，为中国队夺得 1 枚银牌。至此，广东省共有 5 块信息学国际奖牌，中山共有 3 块国际信息学奖牌，而纪中是继 2007 年陈启锋获广东省第一枚信息学国际金牌之后再获银牌，成为广东省唯一一个获得两枚信息学国际奖牌的学校。

纪中艺术教育硕果累累。其中音乐专业高考本科升学率达 100%，重点大学录取率达 80% 以上，分别被北京电影学院、中央戏剧学院等著名艺术院校录取；纪中美术专业高考本科升学率达 100%，重点大学录取率 60% 以上，近年来已有 7 人被清华大学录取，有 28 人被中央美术学院录取，超过 130 人被重点大学录取。

这些色彩斑斓的数字，不仅鲜活生动，而且是最有温度的文学语言。

统计数据显示，截至 2023 年纪中获评“全国文明单位”“首批全国教育系统先进集体”“全国精神文明建设先进单位”“全国中小学德育工作先进集体”“全国中小学和谐校园创建活动先进学校”“全国体卫工作先进集体”“全国优秀青少年体育俱乐部”“全国群众体育先进单位”“全国青少年校园足球特色学校”“广东省先进集体”“广东省优秀现代教育技术实验学校”“广东省普通高中教学水平优秀学校”“中山市十大模范集体”等几十项称号。

2016 年 2 月，全国人大常委会副委员长、农工党中央主席、中国红十字会会长陈竺来纪中视察，称赞“纪中是最美的中学，不仅外在美，内在更美”。2017 年 11 月，原国务委员、全国人大常委会原副委员长、教育部原部长陈至立高度评价“纪中是中国最美的学校”。

我们相信，未来永远比当下精彩，今天的纪中走得又实又高，未来的纪中定会在高位求进、文化育人的道路上，取得更加骄人的业绩！

三

伟人故里，瞻仰圣地。

无论从哪个角度讲，孙中山故居都是世界级的地理坐标和人文坐标。因为，它承载着一代伟人和那个时代所有关键性信息，而这些信息是世界性的、独一无二的，我们有理由以无比崇敬的心情对待之。

我曾多次带亲朋好友甚至异地同行来孙中山故居参观，每次都有新发现和新收获。它就像一座取之不尽用之不竭的宝库，激励着后来人为梦想而奋斗！两年前，我带加拿大华侨丹尼到孙中山故居参观，他说："我每次到故居都很激动，就像朝圣一样。"丹尼曾经是加拿大温哥华邮政局局长，退休后一直在同乡会帮忙。前些年，我去加拿大寻访孙中山在海外的足迹时，认识了南朗华侨丹尼。他祖爷爷与左步村的欧仁普一起去加拿大谋生，正赶上孙中山到温哥华发动华侨募款，丹尼的祖上与欧仁普又是孙中山的近老乡，所以孙先生对他们特别热情，他们也积极响应孙中山号召，主动捐款支持孙中山革命。丹尼讲起祖上这些事迹时，脸上有一种骄傲的神情。那年，我在温哥华采访完毕，准备登机返回时，温哥华机场服务台突然用中文广播我的名字，要我到服务台去一趟。后来，服务员告诉我："由于你七天前从纽约来温哥华时在飞机上吸过氧，按加拿大航空局规定，必须有医生出具的健康证明才能继续乘坐航空器。"无奈，我的返程时间只能推迟了。那天晚上，我就住在丹尼家里，我们一边喝着丹尼珍藏多年的"轩尼诗 XO"，一边畅谈丹尼几次回中山的话题。他说："华侨都很崇拜孙中山，每一个华侨协会都悬挂孙中山画像。特别是中山籍华侨，每次回中山一定去孙中山故居。在华侨心里，孙中山故居就是圣地。"

我带丹尼去孙中山故居那次，他参观得很认真，不仅参观了很多与孙中山有关的新项目，还参观了陆皓东故居、杨殷故居、杨心如故居、中山纪中等。他很感慨地说："翠亨变化太大了，让我看到了更多新内容，知道了翠亨涌现出很多仁人志士，他们的精神是值得我们学习的。我每次来这里都像充电，浑身充满了力量。回去后会转告华侨乡亲，让他们都来看看。"

孙中山不仅在海外侨胞心目中是崇高的，在共产党人心目中同样是崇高的。共和国缔造者毛泽东说："孙中山是伟大的革命先行者。"他终生以革命为己任，誓言“亟拯斯民于水火，切扶大厦之将倾”。在“驱除鞑虏，恢复中华”过程中，虽屡战屡败，历经坎坷，但始终坚持“吾志所向，一往无前，越挫越奋，再接再厉”。这种为国为民矢志不移的奋斗精神，终使其走上了胜利者的“神坛”。

坊间曾有一则传说：1913 年，孙中山讨袁失败，被迫远走日本避险，当时一些同盟会员对革命前途十分悲观，其中有一位“八字”先生，想给孙中山测个“八字”，结果却是“天干不济”，意思是革命难以成功。孙中山气愤地说：“我的‘八字’就是打倒军阀，革命到底！”“八字”先生见孙中山大怒，一时语塞。孙中山接着说：“我也送你们一个‘八字’：百折不挠，拯救中华！”

从这个传说中，可以窥见孙中山作为伟大的革命者之英雄气概和坚定信仰。中国共产党人始终将自己定位成孙中山先生革命事业最坚定的支持者、最忠诚的合作者、最忠实的继承者。1956 年，适逢孙中山先生诞辰 90 周年，毛泽东主席发表《纪念孙中山先生》，文中写道：“他全心全意地为了改造中国而耗费了毕生的精力，真是鞠躬尽瘁，死而后已……现代中国人，除了一小撮反动分子以外，都是孙先生革命事业的继承者。”正因此，国家每遇重大节日，都会将孙中山画像与革命导师马克思、恩格斯、列宁、斯大林画像并列出现在天安门广场。这不仅是一种政治荣誉，更是中国共产党人对孙中山伟大历史功绩的高度肯定。

孙中山故居纪念馆就是那时成立的。

之前，故居一直由二姐孙妙茜管理。自 1895 年 10 月孙中山领导的广州起义失败后，全家人得到陆灿的营救而逃往檀香山，寄居在孙眉家中，此时的孙中山故居便处于空置状态。那年月兵荒马乱匪盗猖獗，孙妙茜唯恐故居被人洗劫，便经常回翠亨打理故居事宜。后来，孙中山得知二姐的情况后，先后接济过 2500 元，孙妙茜就靠这些钱在南朗街上开米店，以维持日常生活。1928 年之后，她干脆从婆家崖口村搬到翠

民国年间，孙妙茜（前排坐者）与参观团合影（资料图片）

亨故居生活。那时候，孙中山被国民党尊为“国父”，到孙中山故居参观的人络绎不绝。现在，我们还可以从参观者留下的诗文和老照片中了解这一景象，如孙中山的忠实信徒国民党元老、著名诗人于右任参观孙中山故居，孙妙茜一直陪同左右，并不时地讲解各种趣事，引得于右任诗兴大发，写下了“山围海绕翠亨村，郭外朝西故宅存。世界劳民思救主，同来瞻拜圣人门”“犹有遗闻寡姐传，墙隅手种树参天。井旁两世降生地，老屋翻修三十年”。1931 年，任职于国民党中央党史史料编纂委员会的王斧来故居参观，并采访孙妙茜了解孙中山家世背景，撰写了《总理故乡史料征集记》，发表在 1931 年《建国月刊》第五卷第一期。1935 年，辛亥武昌起义志士喻育之带队来瞻仰孙中山故居，孙妙茜热情接待客人，并讲解孙中山与故居的故事，事后还在故居前合影留念。

孙妙茜打理故居尽职尽责，将打扫故居卫生的任务交给几个孙子，如若打扫不干净就不准上学，从而保持了故居一尘不染。故居有一张大铁床，是当年孙中山用过的，孙妙茜不准小孩子们爬上爬下，使其永久保持完好如初。她对故居文物更是精心保管，如《孙氏家谱》《列祖生没纪念簿》《孙达成兄弟批耕祖尝山荒合约》《翠亨孙氏祖尝账册》和房契地契等，每逢初一、十五，只要天气晴朗，她便拿到院子里晾晒，以防发霉变质。这些极其珍贵的一手资料，为后人研究孙中山家世及生平提供了实物佐证。据中央文物专家鉴定，有些资料被定为国家一级或二级文物后，孙妙茜将这些文物无偿捐给国家，由孙中山故居纪念馆收藏保管。

侵华日军占领中山之前，为保护故居物品，孙妙茜与卢夫人商议，将故居所有物品搬到澳门孙公馆，以备不测。日本友人梅屋庄吉赠送的孙中山铜像，也随之搬到澳门存放。现在其他物品悉数回到了故居，只有铜像永远留在了澳门的“国父纪念馆”。

1942 年，79 岁的孙妙茜回到了婆家崖口村，故居便由中山纪念中学托管，直到 1956 年孙中山故居纪念馆成立，这座世界级的人文地标才开始了尊严而有意义的旅程。彼时，国家百废待兴，各行各业都在嗷嗷待哺，即便在这种情况下，中山县委县政府仍划拨专款对孙中山故居进行原发性保护，复原孙中山在此生活时的布置，并将附近一所房屋买下作为陈列馆。与此同时，推进文物抢救、文物征集和史料调查工作，尽可能多地发掘和保留历史真迹。

20 世纪 60 年代，故居被列入广东省首批文物保护单位。接着，由省县两级拨款，在翠亨韵园旧址兴建新的陈列馆，宋庆龄亲笔题字“孙中山故居陈列馆”。

孙中山故居与全国一样，经历了“文化大革命”的十年动荡，有工作人员回忆说“有一两个战斗队认为故居正厅屏风的蝙蝠是‘四旧’，酸枝椅的寿字是‘四旧’，神龛正中的金色太阳是‘四旧’”等，后来，经过多方努力，红卫兵放弃了“砸烂”的想法。实际上，尽管红卫兵当时的思想很激进，但他们对革命先行者孙中山还是崇敬的，这也是故居能够完好保存的实证，比起全国很多地方的名胜古迹算是很幸运了。

“文革”结束后，全国文物单位迎来了抢救和发展的春天，孙中山故居纪念馆及相关项目也被纳入发掘和发展规划，故居纪念馆规模不断扩大、内涵不断充盈，面貌焕然一新。1986 年，孙中山故居被列入全国重点文物保护单位。

孙中山故居（林丹丹 / 摄，组图）

进入21世纪以来，孙中山故居纪念馆在管理上跳出传统思维，引进大数据建设，扩展大视野大格局，把故居办成经典人文地标。目前，“故居纪念馆管理面积达到了20万平方米，其中向公众开放区域约14万平方米，分为孙中山纪念展示区、翠亨民居展示区、农耕文化展示区、杨殷纪念展示区、中山市非物质文化遗产展示区、辛亥革命纪念公园等区域。确立以‘孙中山及其成长的社会环境’为主题，兼具历史纪念性和多元化的陈列展览体系。孙中山故居纪念馆目前的管理范围包括：全国重点文物保护单位孙中山故居，广东省重点文物保护单位陆皓东故居、杨殷故居、陆皓东墓、孙眉墓、孙达成墓、孙昌墓，中山市文物保护单位冯氏宗祠等翠亨村周围20多处文物点”。（黄健敏著《翠亨村》）

近年来，孙中山故居纪念馆围绕业务研究主题，先后出版了一批学术科研成果，如编辑出版“孙中山著作丛书”，该丛书计划出版20种，目前已出版《三民主义》《建国方略》《革命方略》《自传及叙述革命经历》《辛亥革命前重要论文》《论三民主义与五权宪法》《论民生主义与社会主义》《论民治与地方自治》《论改组国民党与召开一大》《红十字会救伤第一法》《论军事及对军人演讲》《论农民与工人》等12种。编辑出版“孙中山与翠亨历史文化丛书”，该丛书目前已出版《孙眉年谱》《李仙根日记·诗集》《翠亨村》《我所认识的孙逸仙》《官办自治：1929—1934年中山模范县的训政》《宋庆龄研究丛稿》《翠亨求学新论集》《龙田学思琐言——孙中山研究丛稿新编》《姚观顺传——孙中山先生卫士队长的传奇人生》《孙中山研究综目（1990—2015）》《与时俱进的爱国者和革命家孙中山》《孙中山祖籍与家世问题研究》等图书。还出版了一批其他学术论著。

应该说，孙中山故居纪念馆近年来确实发展神速，成绩显而易见，但与中山经济社会发展要求，与日新月异的时代要求，尚有一定距离，发展空间还相当之大。关键要有大气魄、展现大格局、精雕大制作，真正体现在“发展中保护，在保护中发展”的理念。政府应该强力介入，实行统一规划、统一管理，围绕着孙中山故居做大做强文化旅游项目，变路过景点为住过景区；对管理部门要赋权赋能，有效盘活这块最优质的文化资产，避免景区成为“唐僧肉”，任谁都可以割一块，破坏整体布局；故居既要管理，更要经营，二者相辅相成。孙中山故居应该享受更优惠的政策、经营更优质的资源、配置更有能力的管理经营者，将这块得天独厚的文化地标，打造得更靓丽、更有影响力！

尾章

面朝大海春暖花开

Epilogue

Opening up Wider to the World

发展是最好的纪念。

高新科技为船，优美生态为帆，翠亨新区在新一轮发展中突出了雄阔而强劲的气势，显示了千帆竞发力争上游的美好前景，它必将在粤港澳大湾区融合发展中，演绎出超越历史的诗情画意和人间奇迹。

站在翠亨新区的马鞍岛上，看着汹涌澎湃而又柔情无限的伶仃洋，我突然想起了海子的《面朝大海，春暖花开》。年轻的时候，特喜欢海子的诗，我认为，海子是真正懂海的人，他不仅看到了大海的美丽，更感应到了大海的力量，虽然他标榜诗歌的起点是生命元素，而诗则是出于某种巨大元素的呼唤。用哲学语言表达即本体和实体。那么，海子所说的实体是什么呢？有人说是沉睡在我们文化中的原始生命和精神。诗作为主体的能量造就了人类文明史上最灿烂的文化。在这个问题上，我们应该向但丁致敬！恩格斯说："封建的中世纪的终结和现代资本主义纪元的开端，是以一位大人物为标志的，他是中世纪的最后一位诗人，同时又是新时代的最初一位诗人。"

但丁出生在意大利的佛罗伦萨。那个小镇位于意大利中部，西边靠近利古里亚海，东边靠近亚得里亚海，那里历来是教派与教派、贵族与贵族、教派与贵族相互倾轧的舞台。但丁早年师从著名学者布鲁内托·拉蒂尼，系统学习拉丁文、修辞学、史学和古典文学。他崇敬罗马大诗人维吉尔，对神学和哲学兴趣浓厚，受神学理论家圣·奥古斯丁思想影响颇深。他出生于商人家庭，几次参加战争，后陷入政界争斗而被放逐。他有一句世人皆知的名言："走自己的路，让别人说去！"

有人评价他"有诗人的柔肠与激情，也有学者的锐利与智慧，他是当时最杰出的语言学家之一，又是在时代激流中冲浪的政治家，这是博大精深的《神曲》问世的基础”。《神曲》分为三部：地狱、炼狱、天堂，实际上是他人生经历和感悟。作品虽然充斥着神学和宗教色彩，但他强烈谴责教会统治，表达了对真理的执着追求。因此，《神曲》成为欧洲古典四大名著之一，照亮了欧洲文艺复兴的前路。

欧洲文艺复兴发源于佛罗伦萨，兴起于威尼斯和热那亚，后传播到欧洲其他国家。其核心是提出以人为中心而不是以神为中心的观点，肯定人的价值和尊严，主张人生的目的是追求自由和幸福，倡导思想解放，反对宗教禁锢。从而，促进了社会生产力大解放，直接导致了欧洲大航海和工业革命热潮。

那是一个面朝大海的时代，人类走到大航海阶段，似乎才真正明白了大海给予人类的远远超乎陆地给予人类的。实际上，两千年以前，古罗马哲学家西塞罗就说过：“谁控制了海洋，说就控制了世界。”西塞罗究竟是依据什么做出上述判断的，现已无从考究。但有一点可以肯定，西塞罗的观点是中国人最先认识到的。中国人对海洋的征服始于春秋战国，至汉朝形成规模。彼时，中国的丝绸制品已经通过海路运往大秦国（古罗马），该国也通过海路向汉武帝进贡，“元封三年（公元前108 年），大秦国贡花蹄，其色骏，高六尺，尾环绕其身，角端有肉，蹄如莲花，善走多力”。可见，当时古罗马与汉朝的关系已经十分热络，甚至相互之间多有溢美之词。可否这样推断：西塞罗就是根据大汉王朝的航海盛况而发出的感叹呢？

600 多年前，郑和下西洋，回来后向明宣宗汇报工作时，感叹道：“国家欲富强，不能置海洋于不顾；财富取之于海，危险亦来自海上。”

遗憾的是，他们的后人却忘记了大航海家郑和的提醒，放弃了取之于海的巨大财富，而将来自海的危险无限放大，进而实行了严酷的禁海令。海禁不仅把中国从“四海之内皆兄弟”的海洋大国贸然拉回到“筑高墙、广积粮、缓称王”的小农经济内陆国家，而且，给了西方国家走向海洋、称霸海洋的历史性机遇。

大航海时代，彻底改变了世界贸易格局。西方航海家的不断东进，最终打断了中华帝国的海上丝路，疏通了西方列强进军东方的海道。中国主宰的和平“海商”被西方主宰的强盗“海商”所取代。

中国近代的悲剧就这样发生了……

1840年，英国“远征军”驾着20艘炮舰，从珠江口一直打到大沽口，清王朝封闭的大门终于被洋人轰开了。随之而来的便是西方列强通过战争强加于中国人头上的1100多个不平等条约、协定或治外法权条款。由此掠去战争赔款和其他款项1000亿两白银，使大清朝陷入了万劫不复的境地。

伶仃洋是中国近代最先遭受屈辱的海域，它的北端起于广州南沙，东岸经东莞、深圳延至香港，西岸经中山、珠海延至澳门，恰似一支喇叭，从南沙吹向南海，最窄处约4公里，宽处约65公里，水域面积约2100平方公里。100多年前，这里是西方列强掘金的乐园，他们将成批的鸦片运往这里，然后分销华夏。从而，导致中国人被辱为“东亚病夫”，著名的虎门销烟就发生在这里。

近代的伶仃洋，既是“卖猪仔”漂洋过海谋生的通道，也是西风东渐熏染国人的场域，由此也涌现出一大批出类拔萃的政治精英、经济精英、文化精英和军事精英，仅香山县就有孙中山、唐廷枢、徐润、容闳、唐绍仪、马应彪、郭棣活、郑观应、王云五、萧友梅、杨仙逸、杨匏安、杨殷、程璧光、刘丽川、苏曼殊、阮玲玉等。

伶仃洋畔毕竟“一口通商”了几百年，这里的人具有一种与生俱来的商品意识，几乎从小就有创造财富的冲动。风起于青萍之末，浪成于微澜之间，任何的存在都具有它自身的合理性。珠三角地区之所以成为改革开放前沿阵地，与广东人敢为人先的创富精神有很大的关系。有一年，我去新疆喀纳斯旅游，当天晚上住在布尔津县城，哈萨克族副县长马力克接待我，席间问我：“广东来的？”

《新疆经济报》的杨善顺接话：“郑总原来是新疆教育厅的，现在是广东《中山日报》社总编辑。”

马力克说：“广东好！广东好！”

我问马力克：“去过广东吗？”

马力克答：“去过三次！”

“有什么感想？”

“我嘛，三点感想有呢！一嘛，广东人喜欢吃长虫（蛇），长虫吃多了嘛，你们学会了钻空子；二嘛，广东人喜欢吃赖瓜子（青蛙），赖瓜子吃多了嘛，你们跳跃式发展；三嘛，广东人喜欢吃螃蟹，螃蟹吃多了嘛，你们横向发展呢！”

听完马力克的话，我们都笑了。

哈萨克族是一个充满智慧的民族，马力克对广东人的看法是准确的。“钻空子”不是贬义词，恰恰是“摸着石头过河”的生动实践，那是前进路上的大智大勇。1979年，邓小平站在伶仃洋畔，不无悲壮地说：“可以划出一块地方，叫作特区。陕甘宁就是特区嘛。中央没有钱，要你们自己搞，杀出一条血路来。”这可不是一句轻松的口号，其中的艰难险阻是难以想象的。鲁迅先生曾说：“在中国，连搬动一张桌子都是要流血的。”更何况是一场伟大的变革。改革开放首先要避免撞上石头，“钻空子”就是循着石头的缝隙走，就是先行先试杀出一条血路来，用孙中山的话说，就是“敢为人先”。有了这种敢于担当的精神，才会有后来的跳跃式发展和横向发展。中山在改革开放之后的第一波大发展中，抢抓机遇，大步迈进，走出了自己的特色和辉煌，成为广东“四小虎”之一。但是，这种村村点火、户户冒烟的粗放型经营模式，已经被科学技术的滔天巨浪远远甩在了后面，当今世界的经济舞台上最活跃最强劲的驱动力已经变成高新科技。相形之下，中山经济转型升级的步伐显然是太小了，经济结构基本没有出现脱胎换骨的变化，缓慢——成为中山新一轮经济发展的代名词。面对今天的高科技时代，中山应该如何突围并迎头赶上呢？

站在伶仃洋畔，眺望浩渺无垠的海域，樯帆远影，密密匝匝，一片繁忙景象。2023 年 5 月 19 日，中山市委宣传部组织数十家中央、港澳和省市媒体到翠亨新区，开展“走进伟人故里，传播翠亨故事”的采风活动。所到之处，最突出的感觉就是“面朝大海，春暖花开”。昔日“卖猪仔”下南洋走欧美的地方，今天却吸引了众多南洋客和欧美客到此投资，在这里，我似乎看到了中山的活力，到处都是工地，到处都是在建的厂房，到处都是沸腾的景象。

资料显示，翠亨新区是广东省政府批准设立的省级新区，于 2013 年 3 月 25 日挂牌成立，是粤港澳大湾区建设的重点战略平台。总规划面积 226 平方公里，包括深中通道上岸的马鞍岛片区、翠亨村所在的南

2023 年，位于伶仃洋畔的翠亨新区航拍图（图片来源：视觉中国）

朗片区以及中山港所在的临海区域。建区 10 年来，已经取得了明显成效，仅 2022 年，新区实现地区生产总值 220.71 亿元，增速为 16.3%，规模以上工业增加值 105.43 亿元，同比增长 13.2%，固定资产投资 269.15 亿元，工业投资 39.44 亿元，增速 7.5%。各种数据显示，翠亨新区已经成为中山市乃至粤港澳大湾区经济发展的快速增长极。

南海之滨，伶仃洋畔，翠亨新区的价值在于它是方圆百里同心圆的原点，向北可对接广州南沙自贸区、向南可对接珠海横琴自贸区、向东可对接深圳前海自贸区、向西可融入广佛经济圈。可见，翠亨新区在大湾区融合发展战略中，是一个不可或缺的支点。此外，深中通道的建设与开通，必将给翠亨新区带来高新企业争相落户的冲击波，这也是翠亨新区紧紧贴近湾区适度向东发展，倾力打造国际一流、湾区顶尖的现代化滨海新城的初衷与构想。

站在马鞍岛向东看，粤港澳大湾区超级工程——深中通道宛如一条巨龙横卧于伶仃洋之上，它是目前全球最高最大桥岛隧相融合的跨海钢箱梁悬索大桥，主塔高度 270 米，相当于 70 层楼高，总投资 460 亿元，全长 24 公里，桥面采用双向八车道。它创造了许多世界建桥史上的奇迹，打破了以往架桥的惯例，将“桥、岛、隧、地下互通”融为一体，恰如一部舒缓而又激越的交响乐，将隔绝了千万年的伶仃洋两岸变为通途。

这是人类文明史的奇迹，它将从未谋面的两个板块温柔地挽在一起，大幅度压缩了伶仃洋两岸的时空距离。昔日从中山到深圳须绕道虎门大桥，所需时间两小时。深中通道建成后，从中山到深圳只需半小时。在时间就是金钱，效率就是生命的珠三角地区，深中通道显然是一座黄金通道。长期以来，珠三角地区的发展很不平衡，始终存在着东强西弱问题，东岸的香港和深圳相互依托，走出了一条金融服务高科技、高科技反哺金融的大体量快速发展的经济模式。而西岸的澳门和珠海大都是服务型产业，且体量明显小于香港和深圳，其带动辐射作用有限，西岸各市基本上是各自为政，谁也帮不了谁。深中通道的开通，港深的拉动力必将辐射西岸，而且两岸产业互补性很强，从这个意义上讲，深中通道就是东西两岸协调发展的强韧加速器。

深中通道的开通，也使中山的地理空间发生了深刻变化。过去，中山偏于一隅，虽然在伶仃洋西岸尚为亮点城市，但因整个西岸的不温不火注定了中山的不温不火。深中通道建成后，中山成为东西两岸的节点城市，成为粤港澳大湾区交通枢纽城市。地理空间的改变，注定会促进城市建设提速和经济体量的扩张。

这就是马鞍岛沸腾起来的主要原因。这里也是中山新城区的中心，它的陆域面积 35 平方公里，规划显示，该岛将重点强化科技创新功能，打造科技创新高端平台，吸引优质总部企业和研发机构落户，聚焦发展现代服务业。目前，马鞍岛已有 150 多家企业入驻，80 多个项目动工，如华为、中兴、哈工大等。广东四大国家级科学城之一的翠亨科学城也落户马鞍岛。

2024 年 6 月 30 日正式通车试运营的超级工程——深中通道（资料图片）

翠亨科学城规划面积18.27平方公里，其中陆域面积13平方公里。从空中俯瞰就像一条长长的彩链拖着一颗偌大的珍珠。彩链即深中通道，珍珠即翠亨科学城。它的目标是建设成为大湾区内具有国际化、现代化、创新型城市新中心，其中包括“两轴、四带、一心、五区”。“两轴”即东西向以客运港为节点构建一条连通山、海、城、河涌、湿地的东西向创智服务轴；以基地中部的翠城道为依托构建连接马鞍岛北部的南北拓展轴。“四带”即依托茅龙水道、海岸、横八涌、横九涌等水系形成四条滨水休闲景观带，构建滨海风光带和生态景观廊道。“一心”即以超级街区和水岸湖湾为特色，由城市创享中心与城市公共客厅共同构成的城市中心。“五区”即东部依托客运港形成以合作交流为导向的门户综合服务特区；西部为生态湿地休闲区；中部为创智综合服务区；北部为产业研发单元化布局的科创启动区；南部是面向未来和创新的品质生活区。

春潮叠起的横门水道历来是咸淡水文化的兴奋点，依偎在这条黄金水道旁的翠亨科学城，正在以超乎寻常的气魄建设电子信息、装备制造、健康医药等三个超千亿产业集群；打造五金制品、白色家电、纺织服务和家具制造等四大特色产业集群。

翠亨科学城的定位，主要是对接粤港澳大湾区内部整合，加快“时空重构，内湾隆起”的需要。近年来，湾区发挥极点带动、轴带支撑、辐射周边的牵引功能，推动城市群合理分工、功能互补，提升湾区发展协调性，促进城乡融合发展，构建结构科学、集约高效的内湾发展格局。当前，内湾发展高端化、区域化、国际化职能正在向环湾核心区集聚，城市重心向湾内挺进，珠江口两岸已经成为引领大湾区创新发展的前沿地带。

这是一幅波澜壮阔又气势恢宏的建设图景，一批批投资体量大、品牌效应强、科技含量高、市场前景好、经济效益优的重点项目，正在翠亨新区这片沸腾的土地上开花结果。

氦气装备就是一例。

近年来，半导体产业成为市场宠儿，无论是国际还是国内，均采取大手笔投入，大规模建设，大容量吞吐的经营模式，而且国内外都将半导体产业纳入国家未来发展战略。翠亨新区看准了半导体产业的发展前景，大胆引进半导体制造关键性装备——氦气装备。

氦，是一种从天然气中提取的惰性气体，具有在半导体制造过程中所需的多种特性。氦不容易与其他元素发生反应，又具有高导热性，不但可以控制硅制造的温度，而且使半导体更精微的纳米制造成为可能，氦气和氦气装备成为制造半导体不可或缺的两大要素，而且广泛应用于医疗保健设备、磁共振成像、分析和实验室应用及工程科学应用等超高附加值的产品。全球氦气产量供不应求和低温特性的不可替代，使得氦气和氦气低温设备成为未来先进制造业的战略装备产业。

2017 年 8 月成立的中科富海（中山）低温装备制造公司，是北京中科富海集团主要的装备制造基地，定位于国家重大科学工程、战略氦资源综合开发利用及绿色氢能产业发展需求。公司董事长朱诚介绍说："这些装备上市以后，可以在任何地方生产液氦、液氢等特殊气体，市场需求很大，我们不仅掌握了核心技术，而且很快就会盈利。"

引进战略氦资源产业，是翠亨新区瞄准产业制高点、高质量发展的生动写照，也是有为政府和有效市场恰当结合的结果。新区"十四五"规划明确，重点聚焦生物医药、先进装备等领域进行技术攻坚，其中包括氢能核心技术研发和先进设备制造。这个过程中，作为翠亨新区开发建设的战略产业撬动者，翠亨新区发挥国企国资力量，在城市开发与运营、产业发展、资本投资等领域市场化运作成效显著。（新华社《中山风云起湾区，翠亨崛起新时代》）

还有一间制药企业也成为翠亨新区的骄傲。

康方湾区科技园，总投资25亿元，现一期工程已投入生产，公司自主研发的全球首创新药卡度尼利获批上市，填补了宫颈癌免疫治疗的市场空白。康方生物创始人、董事长夏瑜表示，康方湾区科技园承载着对自身、对产业、对粤港澳大湾区、对中山的深远期待，志在成为粤港澳大湾区乃至全国技术水平最领先的生物医药创新产业化基地。

科创研发、生物制药、高端装备制造业、电子信息产业、高端服务业等等，聚集了中科富海、熠日照明、冠科生物、江波龙等一批战略性新兴产业项目。这座承载着梦想与荣光的现代化新城，正一步一个脚印地悄然崛起。

据介绍，仅落户翠亨新区的深圳项目就达36个，总投资额761亿元，其中已投产14个、促动工2个，在建或正开展竣工验收项目20个，预计达产后年产值约318.68亿元，达产后年税收约46.14亿元。其中包括西湾国家重大仪器科学园、湾区未来科技城、精密装备制造园等一批由深中联动建设的重点科创项目。深圳医疗器械产业园近年来已经吸引了一批疫苗研发、药剂生产、器械制造、动物实验等产研结合的生物医药企业，成为深圳和中山产业创新合作的典型案例。

我们沿着横门西水道南行直到伶仃洋畔，便见水道东面的马鞍岛和水道西面的翠亨国家湿地公园。这是2023年6月9日，雨过天晴，我们披着霞光在水岸漫步，心情格外清爽。夏日的海风撩动着湿地的柔情，更把我们带到了一个童话般的水上乐园。一条内河将妩媚多彩的湿地公园与浩瀚无垠的伶仃洋挽在了一起，看上去是如此的曼妙神奇及珠联璧合。水岸处“蒹葭苍苍”，随风摇曳，芦叶上的水珠晶莹剔透，始终未见白霜，这是南方的水景，总是那样郁郁葱葱。而《诗经》所写“蒹葭苍苍，白露为霜”，一定是北方景色。我的老家在渤海湾，那里有一望无际的芦苇，从天津直到秦皇岛，绵延几百公里的海岸全是密密麻麻的芦苇，每到秋季，天气转凉，晚上的露水经过夜的沉淀，第二天凌晨

翠亨国家湿地公园（资料图片）

一定是白茫茫一片，但太阳升起之后白霜便化为水汽，芦苇又恢复了苍翠的景色。

陪同我采访的公园负责人介绍说：“翠亨湿地公园是珠江流域河口湿地生态系统的典型代表。湿地公园的建设对保障区域生态安全，保护珠江河口湿地生态系统和红树林群落具有重要意义。公园规划面积625.6公顷，长5.4公里，其中陆地面积243.9公顷，湿地面积395.44公顷，湿地率达63.21%。2019年12月，已经通过国家林业和草原局国家湿地公园验收，正式成为国家湿地公园。现在，公园有成片的红树林、滩涂地、桑基鱼塘，水网纵横，鱼虾蟹丰富，各种水鸟长期在此繁衍生息，被专家称为中山最后一块最美丽的处女地。”

堤岸边，伫立着一块示意总图的牌匾，引起了我的兴趣：三千亩渡、江林野步、大茅上渡、红树林风、海围田园、曲沼幽境、香山海忆、琼林鸟影、香洲学馆、鹭屿飞烟等，都是些诗意盎然的景点。通过这些景点，可以游览许多淡水湿地风光，观察红树林盛景，欣赏人工花境和园林风光，细品原生态自然意境。尤其是浅水处的红树林，遮天蔽日，十分茂盛，给人带来许多美好的遐想……

前几年，我曾经与中山电视台宋章商定，拍一部关于红树林的专题片，我负责撰写解说词。后来宋章去了电视台经营公司，这个想法就搁置了，但我对红树林的兴趣却一直未了。我第一次见红树林是在广西北海，那里的红树林挨挨挤挤，非常茂盛，当时我很惊奇：树怎么会长在水里呢？这在北方是不可想象的。后来才明白红树林有许多“独门绝技”，由于生长在潮起潮落的海岸，红树的种子成熟后不会像其他树种一样随风飘落，而是像哺乳动物怀胎生仔一样，由红树孕育而生。当红树在春秋两季完成开花结果后，果实并不急着落地，而是继续在母树上生长，萌生出胚轴，胚轴成熟后才会离开母树，散落到海滩上，然后寻找适宜的环境扎根发芽。红树由于生长环境恶劣，还发育出很多功能各异的根系。比如支柱根、呼吸根、泌盐根等。正是这些奇妙的生存“绝技”，让红树林历经风雨仍傲然屹立。

后来，我到过海南岛、湛江、阳江、珠海、南沙等，所有的大海边都有茂盛的红树林，而且它就像母亲一样，维持了一个复杂的生态循环系统。依靠它来涵养的植物有红树植物、半红树植物、红树林伴生植物以及水体浮游植物等；由它供养的生物有鱼类、底栖动物、浮游动物、鸟类、昆虫等。站在红树林仔细观察，你会发现，树冠上有成群的鸟儿在那里繁衍生息，树根处有数不尽的鱼、虾、蟹、贝、浮游生物等在那里觅食嬉戏。顿时，你会对红树林肃然起敬，它们真的和母亲一样，哺育着“天”，哺育着“地”。

公园负责人指着一片红树林说，公园内有 50 多公顷独特的红树林景观，为湿地公园增加了宝贵的研究价值。公园将以保护红树林湿地资源为重点，改善与恢复红树林湿地资源和水生动物的栖息环境，以厚重的生态文化、丰富的湿地文化、独特的民俗文化为内涵，建设由沼泽、河流和水上森林构成的独特入海口湿地景观。

以高新科技为船，优美生态为帆，翠亨新区在粤港澳大湾区融合发展中，展现了雄阔而强劲的气势，必将演绎出超越历史的诗情画意和人间奇迹。

面朝大海，春暖花开！

参考文献

References

章开沅、林增平主编：《辛亥革命史》，东方出版中心 2010年版。
蒋廷黻：《中国近代史》，武汉出版社2012年版。
陈廷一：《共和之路》，河南文艺出版社2006年版。
黄宇和：《三十岁前的孙中山》，生活·读书·新知三联书店2012年版。
黄宇和：《孙逸仙伦敦蒙难真相》，联经出版公司1998年版。
吴相湘：《孙逸仙先生传》，远东图书公司1984年版。
陆灿：《我所认识的孙逸仙》，文物出版社2008年版。
徐茹：《少年孙中山》，浙江教育出版社2021年版。
黄彦主编：《自传及叙述革命经历》（孙中山著作丛书），广东人民出版社2007年版。
［美］保罗·林百克：《外国人眼中的中国人：孙中山》，东方出版社2013年版。
［澳］雪珥：《国运1909：清帝国的改革突围》，陕西师范大学出版社2010年版。
陈蕴茜：《崇拜与记忆：孙中山符号的建构与传播》，南京大学出版社2009年版。
张玉法：《辛亥革命史论》，三民书局1993年版。
中国社会科学院近代史研究所近代史资料编辑组编：《华侨与辛亥革命》，中国社会科学出版社1981年版。

张鸣：《辛亥：摇晃的中国》，广西师范大学出版社2011年版。
郑万里等：《梦回东方》，广东人民出版社2011年版。
［秘］欧亨尼奥·陈：《美洲华人简史》，新世界出版社2021年版。
许知远：《醒来：110年的中国变革》，湖北人民出版社2009年版。
黄顺力：《中国近代思想文化史探论》，岳麓书社2005年版。
何芳川、万明：《古代中西文化交流》，商务印书馆1998年版。
［日］上田信：《海与帝国：明清时代》，广西师范大学出版社2014年版。
何建明：《革命者》，上海文艺出版社2020年版。
杨黎光：《大国商帮》，广东人民出版社2016年版。
杨黎光：《中山路》，人民文学出版社2009年版。
黄健敏：《翠亨村》，文物出版社2008年版。
黄健敏：《孙眉年谱》，文物出版社2006年版。
李伯新：《翠亨：孙中山故居》，文物出版社1981年版。
吴东权：《革命第一烈士：陆皓东传》，近代中国出版社1982年版。
余松岩：《地火侠魂》，中国青年出版社1990年版。
郭昉凌：《杨殷传》，广东人民出版社2012年版。
曲辰：《五桂山儿女英雄传》，广东人民出版社2019年版。
欧初：《少年心事要天知》，广东人民出版社1999年版。
黄雄主编：《怀念罗章有同志》（资料汇编）2010年。
中山纪念中学编：《中山纪念中学校史》（资料汇编）2009年。

后记

Epilogue

翠亨村是我崇敬的地方，上小学时就知道这里是孙中山的故乡。

后来，我到中山日报社工作，对翠亨村及孙中山的了解越发深入，特别是在辛亥革命百年前夕的2010年，我策划了中山日报社的大型系列专题报道“潮起东方：纪念辛亥革命100周年”。随之，中山日报社分成四个采访组分赴北美洲、欧洲、东南亚和日本，沿着孙中山在海外进行革命活动的足迹深入采访，总行程五万多公里，采访专家学者、辛亥革命后人和侨领侨商200多人，收集了大量一手史料。可以这样说，到目前为止，没有一个史学家或文学家，像我们这样沿着孙中山在海外进行革命活动的足迹，几乎全覆盖式地认真考察。

这次采访，我们不仅完成了100多篇系列专题报道，还组织国内外20多家华文媒体共同出版了《世纪之魅：孙中山》100版特刊。参与报道的国外华文媒体有《星岛日报（欧洲版）》、《星岛日报（美洲版）》、意大利《欧洲商报》、芝加哥《神州时报》、纽约《世界日报》、洛杉矶《侨报》、加拿大《枫华》杂志、澳大利亚《华厦周报》、印尼《千岛日报》、马来西亚《光华日报》、日本《关西华文时报》《留学生新闻》《中文导报》等；中国港澳台地区媒体有《香港商报》、《澳门商报》、台湾《旺报》等；大陆媒体有《新民晚报》《新华日报》《湖北日报》《广州日报》《今晚报》《北京青年报》《唐山劳动日报》《中山日报》《韶关日报》《梧州日报》等。

此外，我们还创作了长篇纪实文学《梦回东方：华侨华人百年心灵史》。此书于2011月6月同时在大陆和台湾出版，同时在大陆、台湾、夏威夷、华盛顿、纽约、旧金山、费城、温哥华等地举行首发式，创造了“两地出版、多地首发”的盛大景象。2011 年，该书获得第三届华侨华人文学奖。

“辛亥百年”的系列活动，使我更深入地走近了孙中山和翠亨村，这就是我书写翠亨村念头的缘起。2022 年夏天，适逢我的长篇纪实文学《山河血脉》和盛子的《出伶仃洋》出版。后来，这两本书引起了一些反响，我们所书写的左步村和崖口村也莫名地火了起来。一天晚上，南朗街道办宣传委员欧嘉喜请我、盛子和出版单位的王忠等，在一个十分简陋的地方吃饭。席间，欧嘉喜说：“接下来可以写写冲口村和华照村。”我说：“最应该写写翠亨村。”

欧嘉喜同意了我的想法。

其实，写翠亨村难度很大，原因是写翠亨村的人太多了，有些故事已经家喻户晓，再写也如同嚼蜡。好在我写的是纪实文学，况且我和我的团队沿着孙中山的海外足迹走过一遍，做过实地考察，也采访过许多著名的民国史专家，如居住在美国旧金山的国民党党史专家刘伟森、悉尼大学教授黄宇和、南京大学教授陈蕴茜等。前些年，大陆与台湾的关系尚好，中山日报社与台湾《中国时报》建立了一些业务联系，我利用去台湾的机会，曾两次拜访台北孙中山纪念馆，并向他们求取一批资料。这些都为我准确书写翠亨村起到了重要作用。

翠亨村，不仅走出了孙中山，还有陆皓东、杨鹤龄、杨心如、杨殷等，这些人物在中国近代史上都是熠熠生辉的。本书利用许多鲜为人知的一手史料，更好地复原了这些曾经叱咤风云的人物。

写翠亨村，不仅要反映这些推动历史进程的大人物，也要关注后继者的作为。翠亨村的不同凡响就在于，她的后继者与先贤一样，始终站在时代前列，与国家与民族同呼吸共命运。在这个伟大进程中，你能感觉到翠亨人的脉搏始终随着国家的脉搏跳动。如抗日战争时期，翠亨人积极参与其中，涌现出杨日韶、杨日暲、杨维学等 25 位英烈。由于村民顽强构建抗日堡垒、积极支持五桂山游击队，使日、伪军主力遭受重创，敌人为报复村民，疯狂制造了“石门九堡惨案”，41 位村民被害。

同时期，位于翠亨村的中山纪念中学，更是以“祖国高于一切”的精神，投入抗战之中。七七事变后，纪中学生杨文光、唐浩溢和杨少白三人结伴奔赴延安；梁孝刚、陈寿鹏、杨正国、刘元昌、黄木芬、阮宝文、鲍康尧、区永宁等 40 多名学生参加五桂山游击队，其中 13 人血洒疆场。纪中还是中山解放时第一面五星红旗升起的地方。

综上所述，都是本书最鲜活的内容，这些内容所展现的无疑是一幅壮美的家国情怀长卷。作为创作者，我始终被翠亨人这种崇高的精神激励着感动着。记得诺贝尔文学奖得主、挪威作家约恩·福瑟说过：“写作就像一种聆听的过程。”我很欣赏这句话，本书的创作就是一种聆听的过程。历史抑或历史人物，自有其所处时代的原声，那才是最准确的历史回响。我们需要做的是认真聆听，然后从阴阳顿挫中产生灵感，历史题材的文学创作必须有一个正确的态度。历史不是未完成的雕塑，不能任凭艺术家随意涂抹。历史是已经固化的雕塑，你只能感知它、描摹它，决不能按自己的意志塑造它。即便是你对历史的感想，也不能太虚无，历史毕竟是那个时代的今天，人类对自然对社会对自身的认知，总有一个渐次而深的过程。我们需要做的就是将历史回响中能够为当今时代助力的旋律，提炼出来以激励今人和后人。

这就是聆听的含义。

最后，说几句感谢的话。在本书的创作过程中，我阅读和参考了大量书籍和资料，在此向这些书籍和资料的作者表示感谢！同时，向我的支持者欧嘉喜、古翠珠、王忠、李锐锋、吴嘉文等表示感谢！

郑万里

2024 年 7 月 23 日

名人故里的文化印记
『码』上追寻
纪念革命先驱
民主革命的开拓者，也是三民主义的倡导者。
追思伟人足迹
寻脉历史的痕迹，也见证伟人的革命印记。
游历名人故里
探寻名人故里，也要体验翠亨村的美景美食。
探索历史文脉
推荐同社好书，也窥见近代历史的文化符码。
天下為公
孫文